Peter Mellert

Ghom

Die Suche nach der magischen Stadt

Books on Demand Norderstedt

Geschichten für Luis

Jeder trägt Geschichten in sich.
Ob sie aber erwachen,
das ist eine andere Frage.

Geschichte vom kleinen König Horst

Der kleine König Horst war zwei Meter groß. Ein riesiger baumlanger Kerl. Trotzdem wurde er von allen nur „Kleiner König Horst" genannt. Das lag daran, dass sein Königreich so klein war. Genau genommen war es geradezu winzig. Es bestand lediglich aus einem nicht sehr hohen Hügel mit einer eher bescheidenen Burg darauf und einem einzigen Dorf am Fuße der Erhebung. Das war alles! Sein Königreich grenzte an drei andere große Königreiche mit mächtigen Herrschern: Rudolf, der Rauflustige, Zacharias, der Zänker und Siegfried, der Säbelrassler wurden sie genannt. Es waren wüste Gesellen, die ihr Leben mit wilden Saufgelagen und Kriegen untereinander verbrachten. Den kleinen König Horst ließen sie in Ruhe. Das lag zum einen daran, dass Horst so riesengroß und stark war. Mit so einem legt man sich nicht gerne an. Zum anderen lag es natürlich auch daran, dass sein Königreich so klitzeklein war: Es war als Kriegsbeute einfach uninteressant.

Heute saß der kleine König Horst schon seit Stunden auf seinem Thron, hielt Hof und langweilte sich. Keiner seiner Untertanen war heute erschienen und wollte etwas von ihm. Kein Streit war zu schlichten, keine Urteile waren zu fällen. Der kleine König Horst blickte missmutig aus dem Fenster. Es regnete und ein bisschen Schnee war auch dabei. Der Winter stand vor der Tür.

Plötzlich klopfte es am großen Burgtor. „Kommt ja doch mal jemand", dachte der kleine König Horst. Er wartete darauf, dass sein Diener öffnen und den Besucher hereinlassen würde. Als es ein zweites Mal klopfte, diesmal etwas länger und lauter, fiel ihm ein, dass sein Diener krank im Bett lag. Dummerweise hatte er nur diesen einen Diener, der auch noch gleichzeitig Koch und Gärtner war. Immer wenn er krank war, blieb die ganze Arbeit an Horst hängen. Dann war der König noch missmutiger als sonst.

Brummend und schimpfend erhob er sich von seinem Thron und ging nach unten, um das Tor zu öffnen.

Quietschend bewegte es sich in den großen Angeln und der kleine König Horst schaute hinaus. Erst sah er niemanden. Dann blickte er ein wenig nach unten und erspähte eine kleine schmale Gestalt in kunterbunten Kleidern und mit einem lustigen Hut aus drei Spitzen auf dem Kopf.

„Hmm?", brummte Horst fragend.

„Seid gegrüßt, Herr König", antwortete das Männlein. „Ich bin der große Leoula, der König der Gaukler und Narren." Mit einer etwas spöttisch anmutenden Geste nahm er den Hut ab und verbeugte sich tief.

„So, so", sagte der kleine König Horst amüsiert. „Der große Leoula, ja? Besonders groß bist du ja nicht gerade! Was willst du denn von mir?"

„Nun, ich wollte fragen, ob Ihr in nächster Zeit nicht vielleicht ein großes Fest auf Eurer Burg feiert, bei dem Ihr meine Dienste gebrauchen könntet?"

„Nein, leider kein Fest, ich feiere nicht sehr oft auf dieser Burg", antwortete der kleine König Horst und sah ein wenig traurig dabei aus. Der eisige Ostwind, der schon seit gestern blies, pfiff um die Burg. Der kleine König Horst fing an zu frieren. „Dann mach´s mal gut und viel Erfolg bei meinen Nachbarn." Mit diesen Worten begann er, das Tor wieder zu schließen.

Auf einmal hielt er inne: „Was für Kunststücke machst du denn so?", fragte er neugierig. „Ich jongliere, mache Feuerzauber und erzähle Geschichten" war die Antwort. Die Augen vom kleinen König Horst begannen zu leuchten. „Du erzählst Geschichten?", rief er. Der kleine König Horst liebte Geschichten. An einem kalten Wintertag in eine warme Decke gewickelt vor dem Ofen zu sitzen, Tee zu trinken und Geschichten zu hören, das war das Größte für ihn!

„Los, komm rein!", sprach der kleine König Horst und öffnete das Tor weit. „Ich will deine Geschichten hören! Ich hoffe, es sind viele. Der Winter ist lang und hat gerade erst begonnen."

Der kleine König Horst führte den großen Leoula in den Thronsaal, verschwand dann kurz in der Küche (sehr lästig, wenn Diener krank sind!), um bald darauf mit einer riesigen Kanne heißen Tee und einem Berg Plätzchen zurückzukehren. Er schenkte ein, machte es sich mit seiner Decke auf dem Thron bequem und schaute seinen Gast erwartungsvoll an. „Na los, erzähl!" Und Leoula begann mit der ...

Geschichte vom gläsernen König

Vor langer, langer Zeit lebte hinter sieben Bergen und hinter sieben Meeren der gläserne König. Alles an ihm war durchscheinend: Die Hände, Arme, Beine, das Gesicht, ja sogar der ganze Körper sahen aus, als seien sie aus Milchglas. Er war klein und zierlich und sprach mit einer hellen feinen Stimme. Er wohnte in einem großen Schloss aus Glas und Bergkristall.

Der gläserne König war berühmt für seine Maskenbälle; und wenn er zum Fest lud, kamen zahlreiche Gäste von überall her. Um in das Schloss zu kommen, mussten sie über eine lange gewundene Rampe aus Glas reiten. Das sah dann so aus, als würden sie durch die Luft schweben, denn da die Rampe aus klarem Glas war, sah man sie nicht. Wenn die Gäste dann das Schloss betraten, staunten sie über die wundersame Welt, die sich ihnen auftat:

Die Wände der unzähligen Zimmer, die das große, weitläufige Schloss beherbergte, waren aus verschiedenfarbigem dünnen Glas, durch welches das Licht der Sonne mühelos hindurchschien.

Mosaike aus Milchglas bildeten die Fußböden. Manchmal waren sie auch aus ganz klarem Glas, sodass man in den Raum darunter blicken konnte und das Gefühl hatte, einfach durch die Luft zu wandern. Die Decken waren mit Blumen und Ranken bedeckt, riesige Kristalllüster hingen herab. Die Schränke und Truhen, die lange Tafel im Bankettsaal mit den vielen Stühlen, die Vorhänge – alles, einfach alles in dem Schloss war aus Glas; die Wächter und Diener eingeschlossen. Kam man in den Park, der den Palast umgab, fand man Beete voller Glasblumen in allen Farben, die man sich nur vorstellen konnte. Bäume aus braunem und grünem Glas, dazu wunderschöne Statuen und Figuren, die in der Sonne leuchteten und funkelten.

Am herrlichsten aber war das Schloss in der Nacht! Denn nicht nur die Sonne, sondern auch der Mond und die Sterne schienen durch das Glasschloss hindurch und tauchten alles in ein geheimnisvolles Licht. Das war die Zeit der großen Feste: Musik war überall in den Räumen zu hören, welche die gläsernen Musikanten auf ihren gläsernen Instrumenten spielten. Die prächtig gekleideten Gäste, die aus allen Nachbarkönigreichen gekommen waren, unterhielten sich mit leisen Stimmen. Ihre langen, reich verzierten Gewänder raschelten vornehm beim Gehen. Wenn dann schließlich der Zeremonienmeister alle in den Bankettsaal rief, bogen sich dort bereits die Tische unter der Last der köstlichen Getränke und Speisen. Das war das Einzige im Schloss, was nicht aus Glas war!

Manchmal, wenn es bewölkt war und der Mond nicht schien, musste das Schloss künstlich beleuchtet werden. Dafür gab es die großen Leuchter. Der gläserne König konnte das gar nicht leiden, denn es war natürlich nicht so schön und verwunschen wie das Mondlicht. Er war dann immer sehr aufgebracht. Könige können es überhaupt nicht leiden, wenn etwas nicht nach ihrem Kopf geht!

Nun kamen zwar die Menschen aus den umliegenden Gebieten sehr gern zu den Festen des Glaskönigs, die zu Recht hoch gelobt wurden. Aber trotzdem war ihnen das alles ein wenig unheimlich. Ein Schloss ganz aus Glas, das mochte ja noch angehen; aber das die Bewohner ebenfalls gläsern waren, war ihnen doch nicht ganz geheuer! Schnell machten sich Gerüchte breit: Das Schloss ist verflucht. Natürlich wusste niemand wirklich etwas, aber das hatte die Menschen ja noch nie daran gehindert, sich ein Urteil zu bilden.

So war es, wenn es gerade kein Fest gab, sehr ruhig auf dem Schloss des Glaskönigs. Die Bauern und Handwerker mieden den Ort. Sie fürchteten sich und außerdem gab es für sie dort oben auf dem Berg nie etwas zu tun. Die Handwerker bekamen keine Aufträge, obwohl es einige Glasbläser unter ihnen gab und auf so einer Glasburg doch sicher immer mal wieder etwas zu Bruch ging. Wo auch immer all die Speisen und Getränke herkamen, die auf den üppigen Festen serviert wurden: von den umliegenden Bauernhöfen jedenfalls nicht.

Der junge Junker Jonas nahm sich eines Tages vor, das Geheimnis zu lüften. An einem nebligen Herbstmorgen sattelte er sein Pferd und ritt zum Glaspalast. Langsam lief sein Pferd die lange gewundene Rampe hinauf. Durch den Nebel war das Glas feucht und das Pferd hatte die größte Mühe, bis ganz nach oben zu kommen. Immer wieder rutschte es aus.

Am Tor angekommen, rief der Junker Jonas laut nach den Wachen und begehrte Einlass; doch niemand antwortete. Jonas war bisher immer nur zu den Festen hier gewesen, wenn viele Menschen gekommen waren, sich unterhielten und die eigenartige Musik, die am Hofe des Glaskönigs gespielt wurde, erklang.

Doch obwohl man im Nebel auch noch das allerleiseste Geräusch hören konnte, war es vollkommen still. Keine Insekten summten, kein Vogel sang, und er konnte auch kein Blätterrauschen hören. Die Stille war unheimlich.

Nach ein paar vergeblichen Versuchen, sich bemerkbar zu machen, hörte Jonas auf. Es hatte keinen Zweck, man würde ihn nicht hineinlassen. Was nun? Aufgeben? Nein, das wollte er auf gar keinen Fall. Er musste einen Weg finden, um über die gläserne Mauer des Schlosses zu kommen. Aber wie? Vielleicht gab es ja noch ein Nebentor, weniger hoch als das Haupttor.

Er begann, das Gebäude zu umrunden – vergeblich! Bis auf das große Tor, gab es keine Lücke in der Mauer. Sie sah fahl aus im Nebel, ein bisschen gespenstisch. Sollte er versuchen, über die Mauer zu klettern? Jonas nahm sie genauer in Augenschein. Sie war spiegelglatt und durch den feuchten Nebel, der sich an ihr niederschlug, auch noch rutschig. Ein Seil hatte er nicht dabei und schon gar keinen Wurfanker, der sich auf der Mauerkrone hätte festhaken können. Der Junker setzte sich auf einen gläsernen Stein neben dem Tor und überlegte fieberhaft: „Soll ich mich unter der Mauer hindurchgraben? Kein Werkzeug dabei!" Wilde Fantasien über abenteuerliche Fluggeräte schossen ihm durch den Kopf. „Alles Blödsinn!", schimpfte er sich selber. Noch einmal rief er laut, obwohl er wusste, es würde niemand kommen, um ihn einzulassen.

„Ich werde wohl wiederkommen müssen, aber dann mit Werkzeugen. Vielleicht sind ja auch alle nur auf eine Jagd geritten und ich habe beim nächsten Mal mehr Glück" dachte er.

Dem Tor gegenüber stand ein großer Baum. Auf ihm landete mit einem Mal eine Dohle. Sie legte den Kopf schief und betrachtete Jonas neugierig mit ihren schwarzen Knopfaugen.

„Hey!", rief Jonas. „Kannst du mir vielleicht helfen, in die Burg zu kommen? Ihr Rabenvögel seid doch schlau." Jonas lachte über seine Idee. Wie sollte ihm ein Vogel schon helfen? Unvermittelt flog die Dohle auf, landete vor dem Tor und pickte drei Mal mit ihrem spitzen Schnabel gegen einen kleinen roten Glasstein, der in der rechten unteren Ecke in das Tor eingelassen war. Geräuschlos schwang das Tor auf. Die Dohle blickte noch einmal zu Jonas hinüber, als wollte sie sagen: „Los, mach schon!" Dann flatterte sie auf und verschwand wieder im Wald, aus dem sie gekommen war.

Junker Jonas saß verdattert auf seinem Stein und rieb sich die Augen. Erst, als er sah, dass sich das Tor langsam wieder schloss, sprang er auf und rannte hindurch.

Das Tor schloss sich so geräuschlos, wie es sich geöffnet hatte. Ein wenig außer Atem stand Jonas im ersten Hof. Das Mosaik, das sich vor ihm ausbreitete und den Hofboden bildete, zeigte allerlei seltsame Fabelwesen: Elfen waren zu sehen, Trolle, Zwerge und Faune – sogar ein Einhorn entdeckte er. Eigentlich hatte Jonas schon erwartet, dass nun, da er in das Anwesen eingedrungen war, Wachen kämen, um ihn aufzuhalten. Doch nichts unterbrach die gespenstische Stille, die über der Burg lastete. Mittlerweile lastete sie auch auf Jonas Gemüt. Nichtsdestotrotz ging er weiter, kam zu dem Tor, das in den zweiten Innenhof führte, und stellte fest, dass es sich ebenso problemlos öffnen ließ wie kurz darauf die Tür zum Schloss selber.

Direkt hinter der Tür lag linker Hand ein kleiner Raum mit einem großen offenen Fenster zur Eingangshalle. In dem Raum saß ein Wächter. Jonas blieb stehen und sah den Glasmann erwartungsvoll an, doch der rührte sich nicht.

„Hallo, ich möchte zum Glaskönig", sagte Jonas und erschrak ein wenig über den Heidenlärm, den seine Stimme in der drückenden Stille machte. Keine Antwort! Jonas ging kurzerhand in den Raum und berührte den Wächter an der Schulter. Keine Reaktion. Er begann, den Wächter regelrecht zu schütteln und konnte ihn im letzten Moment noch auffangen, bevor er von seinem Stuhl auf den Glasboden fiel. Nichts! Verwirrt ging Jonas weiter.

In den folgenden Stunden durchsuchte er systematisch das ganze Schloss. Immer wieder traf er auf Wächter, Diener, Küchenmägde und Stallknechte. Alle waren sie aus Glas und keiner von ihnen rührte sich, egal wie laut Jonas rief oder wie heftig er sie rüttelte und schüttelte.

Jonas wurde langsam müde und seine Beine immer schwerer. Da beschloss er, in den Thronsaal zu gehen, der, wie er wusste, nicht mehr weit entfernt lag.

Die Tür zum Thronsaal war die schönste und aufwendigste, die es im Schloss gab. Sie bestand aus zwei hohen Flügeln und war besetzt mit Edelsteinen. Oder waren es am Ende doch nur Glassteine? Jonas war sich nicht ganz sicher. Er öffnete sie und betrat den Saal. Am gegenüberliegenden Ende stand der prächtige, reich verzierte Thron und darauf saß der Glaskönig. Junker Jonas verneigte sich tief und wartete darauf, vom König angesprochen zu werden.

Die Haltung war sehr unbequem und anstrengend und sehr bald tat ihm der Rücken weh.

„Was nun?", fragte sich Jonas. Sich einfach aufrichten, ohne vom König dazu aufgefordert zu werden, konnte böse Folgen haben. „Wenn er doch mal was sagen würde!", wünschte sich Jonas.

Endlich hielt er es nicht mehr aus und stellte sich wieder gerade hin. Der Glaskönig schaute ihm unverwandt in die Augen, blieb aber bewegungslos. Junker Jonas beschlich eine Ahnung. Mit einigen großen Schritten ging er durch den Thronsaal zu dem Glaskönig hinüber und berührte ihn: Er war tatsächlich genauso leblos wie all die anderen, denen er bisher hier begegnet war.

Jonas war ratlos. Er war schon oft hier im Schloss gewesen und hatte an den Maskenbällen teilgenommen. All die Glasmenschen hatten sich bewegt, hatten getanzt, gesprochen und waren lebendig gewesen. Was war nur geschehen? Jonas würde dieser merkwürdigen Sache nur zu gerne auf den Grund gehen. Aber wie sollte er das anstellen? Es war wie vorhin, als er vor der Burg stand und nicht wusste, wie er hineinkommen sollte: Er hatte nichts, wo er ansetzen konnte.

Er setzte sich auf die Stufen des Throns und saß eine ganze Weile einfach nur resigniert da.

Plötzlich erschrak er fürchterlich! Er hatte ein Geräusch hinter sich gehört und wie von der Tarantel gestochen, fuhr er herum. Er sah gerade noch, wie eine Gestalt durch eine niedrige Tür hinter dem Thron verschwand.

Ohne lange zu überlegen, rannte er ihr nach. Es wurde eine schwierige Verfolgung. Die Person, der er nachsetzte, lief sehr schnell und sie kannte sich offenbar bestens im Schloss aus. Im Gegensatz zu Jonas, der hier fremd war. Außerdem war es der Unbekannte gewohnt, über Glas zu rennen. Doch Jonas ließ nicht locker und obwohl ihn der Fremde Haken schlagend ein paar Mal fast abgehängt hätte, blieb er ihm auf den Fersen. Schließlich blieb die Gestalt keuchend stehen und wandte ihm den Rücken zu. Auch Jonas atmete schnell. Da er aber als Junker oft für Turniere trainierte, beruhigte sich sein Atem schnell wieder.

„Wer bist du?", fragte er die Gestalt, die keine Anstalten machte, sich zu ihm umzudrehen. Jonas war froh, endlich ein lebendes Wesen gefunden zu haben. Jetzt würde er nicht mehr locker lassen, bis er etwas erfahren hatte, das ihn der Lüftung des Geheimnisses näher bringen würde. Als er keine Antwort bekam, rief er noch einmal „Wer bist du? Los, antworte, denn ich gehe nicht eher weg, bevor du mit mir gesprochen hast." Er machte zwei Schritte auf die Gestalt zu und fasste sie an der Schulter, um sie herumzudrehen. Doch sie entwand sich geschickt seinem Griff.

„Geh weg, ich will nicht mit dir reden!" Die Stimme klang sonderbar verzerrt und wie von weit weg.

„Jetzt sei doch nicht so und dreh dich endlich mal zu mir her!", antwortete Jonas. Die kleine und etwas bucklige Person, die da immer noch vor ihm stand, schüttelte nur den Kopf.

Dem Junker Jonas wurde es schließlich zu dumm. Mit einem kurzen schnellen Satz sprang er vor, packte die Gestalt mit aller Kraft mit beiden Händen und riss sie herum.

Er erschrak fürchterlich bei dem Anblick, der sich ihm bot. Seine Augen weiteten sich vor Schreck und sein Atem entwich mit einem Keuchen. Vor ihm stand der hässlichste Mensch, den er je gesehen hatte. Der Mund war schief und die vorspringenden Zähne standen kreuz und quer darin. Die Augen waren ganz schräg gestellt und schlitzförmig. Die vielen Narben, die dicht behaarten wulstigen Augenbrauen und der Buckel taten ihr Übriges. Entsetzt sprang Jonas zurück.

„Siehst du, so reagieren alle", sagte das Weiblein traurig und eine Träne rann über ihr Gesicht. „Ich wusste schon, warum ich mich nicht umdrehen wollte. Ich kenne dich von den Festen. Immer versuchst du, die allerschönsten Damen auf dich aufmerksam zu machen. Ach, warum hast du mich denn umdrehen müssen, ich schäme mich fürchterlich. Geh endlich und lass mich in Ruhe. Reicht es dir nicht, mir den Tag verdorben zu haben?"

Während die Frau vor ihm schimpfte, hatte sich Jonas wieder etwas gefangen. „Es tut mir sehr leid!", sagte er. „Ich wollte dich nicht verletzten, aber ..."

„Was aber!", kam die scharfe Antwort zurück.

„Nun ja, also, ich äh", stammelte Junker Jonas hilflos. Dann riss er sich zusammen. „Dein Anblick kam sehr plötzlich und unvorbereitet. Nun ja, es ist, wie es ist: Man kann sich leicht ein wenig erschrecken dabei."

Jonas sah der Frau geradewegs ins Gesicht, als er das sagte. Ein wenig gewöhnte er sich schon an ihr Aussehen. „Tut mir wirklich leid das eben", murmelte er noch einmal

„Hmm!" Ein Brummen war alles, was er darauf als Antwort bekam. Nina, so hieß die Frau, besah sich ihren Besucher genauer: Jonas war von eher mittlerer Größe, aber kräftig und muskulös gebaut. Um die Hüften hatte er ein wenig Speck angesetzt, da er in letzter Zeit ein eher geruhsames Leben geführt hatte. Schulterlanges braunes Haar umrahmte ein ansprechendes Gesicht. Er gefiel Nina ganz gut.

„Ich bin der Junker Jonas", stellte der sich nun ganz förmlich mit einer leichten Verbeugung vor.

„Ich bin Nina, die Hässliche", sagte Nina ebenfalls mit einer leichten Verbeugung.

Einen kleinen Moment schwiegen beide.

„Wie bist du überhaupt hier hereingekommen und was willst du auf meiner Burg?", fragte Nina, die Hässliche schließlich, als das Schweigen langsam unangenehm wurde.

„Ich wollte herausfinden, wie das sein kann: Eine Burg komplett aus Glas mitsamt den Bewohnern und den Blumen im Garten. Das ist doch sehr ungewöhnlich!"

Nina musterte den Junker scharf. „Also du warst mal eben ein wenig neugierig, ja? Da kommst du dann einfach angeritten, dringst ohne zu fragen in meine Burg ein, durchsuchst alles und jagst mich schließlich noch durch das halbe Schloss!" Ihre Stimme wurde immer lauter, während sie sich so in Rage redete.

„Äh ja, also, ich meine ...", stammelte Jonas schon wieder kläglich vor sich hin. „Also ja, ungefähr so", brachte er schließlich hervor.

„Unverschämter Kerl", schimpfte Nina, die Hässliche und funkelte Jonas böse an. Der hielt ihrem Blick stand und nach einer Weile bemerkte Nina: „Na, ein Feigling bist du jedenfalls nicht, das könnte helfen."

„Helfen, wobei?", fragte Jonas neugierig.

„Wie du hier hereingekommen bist, hast du mir immer noch nicht erzählt", entgegnete Nina, ohne weiter auf die Frage einzugehen. „Das war schon eigenartig", antwortete Jonas: „Ich habe eine ganze Weile gerufen und gebrüllt, aber niemand kam, um das Tor zu öffnen. Ich wollte schon aufgeben, da kam eine Dohle und hat das Tor geöffnet."

„So", sagte Nina nachdenklich „Eine Dohle! Es ist ein schöner Tag heute, lass uns in den Garten gehen."

Mit zügigen Schritten lief Nina den Gang entlang und Jonas blieb nichts anderes übrig, als ihr zu folgen. Nach einer Weile, die sie schweigend durch das Schloss gewandert waren, kamen sie an eine niedrige Tür. Nina, die Hässliche öffnete sie und trat in den Garten hinaus. Der Nebel hatte sich mittlerweile verzogen und die Sonne schien warm vom Himmel. Der Garten glitzerte und funkelte im Licht. „So etwas Schönes habe ich noch nie gesehen", dachte Jonas, „aber irgendetwas ist seltsam."

Dann wurde ihm klar, was das war: Es war vollkommen still in dem Garten. Keine zwitschernden Vögel, keine summenden Bienen und keine Blätter, die im Wind raschelten. Bei aller Schönheit war es ein toter Garten und das machte ihn unheimlich.

Nina ging zu einer Bank in der Sonne, setzte sich und deutete mit der

Hand auf den Platz neben sich. Jonas nahm das Angebot an und setzte sich ebenfalls. Er saß nun dicht neben Nina, der Hässlichen, denn die Bank war nicht sehr groß. Obwohl er sich vorhin schon sehr bei ihrem Anblick erschreckt hatte, machte ihm das nun nichts mehr aus. Er war kein Mensch, der allzu viel auf Äußerlichkeiten gab, auch wenn er, da hatte Nina durchaus Recht, bei Festen immer mit den schönsten Frauen tanzen wollte. Er saß also ganz entspannt neben Nina und war neugierig, was nun kommen würde. Die betrachtete ihn eine Weile und schließlich huschte ein kurzes Lächeln über ihr Gesicht und ließ ihren schiefen Mund einen Moment noch ein wenig schiefer werden.

„Ich werde dir meine Geschichte erzählen und dann sehen wir weiter", verkündete sie. Nina rückte sich auf der Bank noch ein wenig zurecht, um bequem zu sitzen, und erzählte schließlich die …

Geschichte von Nina, der Schönen

*„Ich wurde im großen Seenland geboren, kennst du das?",
begann Nina ihre Erzählung. Jonas schüttelte den Kopf. Im
Seenland war er nie gewesen, obwohl er schon viel davon
gehört hatte.
„Schade", meinte Nina. „Das große Seenland ist eine
wundervolle Gegend aus Land und Wasser. Es gibt dort
unzählige Seen, Weiher, Flüsse und Kanäle. Das viele Wasser
spiegelt immerzu den Himmel. Mal ist es also grau und
schwer, wenn es regnet. Ein anderes Mal ist es tiefblau und
glitzert, wenn die Sonne scheint. Aber dieses Glitzern ist
lebendig, verändert sich immerzu und das Wasser ist voller
Leben. Nicht so wie dieses tote Schloss hier. Oft kann man die
vielen Fische springen sehen. Die Bäume und Häuser an den
Ufern spiegeln sich auch. An manchen Stellen wächst der
Wald bis ins flache Wasser hinein. Die Bäume stehen einfach
im Wasser. In den Wipfeln nisten die großen Wasservögel:
Weiße Reiher und Ibisse, graue Kraniche und die schwarzen
Kormorane. In manchen Seen stehen große Gruppen von
rosafarbenen Flamingos. Es ist einfach herrlich!", schwärmte
Nina und man sah, dass sie stolz auf ihre Heimat war. „Das
Land ist sehr fruchtbar durch den ganzen Schlamm, den die
Flüsse aus den Bergen bringen. Weil es auch noch jede Menge
Wasser und oft Sonne gibt, ist das Land grün über grün.
Hunger ist in meiner Heimat unbekannt. Gemüse und
Getreide wächst in Hülle und Fülle und Fische gibt es mehr als
genug. Ach, ich vermisse das alles so sehr", seufzte sie und ihr
Gesicht wurde für einen Moment sehr traurig. Doch bald hatte
sie sich wieder gefangen und fuhr fort:*

*„Ich wurde in einem der unzähligen Dörfer geboren, die es im
Seenland gibt. Da es, je nachdem wie viel es regnet, mal mehr,
mal weniger Wasser gibt, bauen die Menschen ihre Häuser auf
Stelzen. So kommt das Haus nicht so schnell zu Schaden,
wenn es eine Überschwemmung gibt. Ich war das schönste
Mädchen weit und breit und wurde von allen nur ‚Nina, die*

Schöne` genannt! Auch wenn man das heute kaum glauben mag.", fügte sie bitter hinzu.

„**In** unserer Nähe lebte der größte Zauberer des ganzen Seenlandes. Goromir, der Prächtige wurde er genannt. Er war ein wenig eitel und trug immer die ausgefallensten und prächtigsten Gewänder, die man sich nur vorstellen kann. Die Menschen in meiner Heimat kleiden sich sehr einfach. Sie arbeiten als Bauern, Fischer oder Handwerker. So fiel Goromir, der Prächtige überall auf, wenn er erschien. Seine Künste waren legendär: Feuerzauber, Geisterbeschwörung, Materialisieren von Gegenständen, plötzliches Verschwinden und Erscheinen – all das und noch vieles mehr beherrschte er in Perfektion! Er wohnte ganz nah bei unserem Dorf, ganz allein auf einer kleinen Insel.

Als ich größer war, ging ich ihn oft besuchen, denn die Zauberei faszinierte mich sehr. Schon früh hatte ich beschlossen, Zauberin zu werden. Meine Eltern meinten nur, ich solle mir diese Spinnerei aus dem Kopf schlagen. Später würde ich fischen so wie sie und einen der Fischer aus dem Dorf heiraten. Es gäbe schon eine Menge Bewerber, fügten sie dann immer stolz hinzu. Mich ließ das kalt. Ein Leben als Fischerin in diesem langweiligen Dorf. Nicht mit mir, schwor ich. Der Einzige, der mir bei meinem Plan würde helfen können, war Goromir, der Prächtige.

Also ging ich zu ihm hin und bat ihn, mir das Zaubern beizubringen. Doch Goromir lachte einfach nur und jagte mich davon. Aufgeben kam für mich nicht infrage. Ich bin ein wenig dickköpfig", sprach Nina und reckte dabei ihr mächtiges Kinn herausfordernd nach vorne. „Also bin ich wieder zu ihm hin, mit demselben Ergebnis. Wieder und wieder habe ich es versucht, immer jagte er mich weg.

Eines Tages schließlich, Goromir versuchte gerade wieder mich zu verjagen, stieg auf einmal ein gewaltiger Zorn in mir auf; so stark, dass ich einen riesen Schreck bekam. Mit einem gewaltigen Blitz, der Goromir, den Prächtigen nur ganz knapp verfehlte, entlud sich meine ganze seit langem angestaute Wut. Goromir wurde etwas blass, fing sich aber schnell wieder.

„Da ist ja wohl doch ein magisches Talent", sagte er

nachdenklich. „Hartnäckig und ausdauernd bist du außerdem, wie ich nur zu gut weiß. Ich werde dich also unterrichten. Aber eines musst du wissen: Die Magie ist eine gefährliche Kunst und schwer zu erlernen. Du wirst hart arbeiten müssen und ich verlange absoluten Gehorsam von dir."
Ich war am Ziel! Natürlich versprach ich, alles zu tun, was Goromir von mir verlangen würde. Das mit dem hart arbeiten war weiter kein Problem, aber der Gehorsam: Nun, ich war sehr jung damals und in einem Alter, in dem man sich mit dem Gehorsam sehr schwertut. Dazu bin ich, wie schon gesagt, ein wenig eigenwillig.
Meine Zeit bei Goromir begann damit, dass wir einen magischen Vertrag miteinander schlossen: In einer Vollmondnacht ging Goromir mit mir in den Wald zu einem der heiligen alten Bäume, unter denen die Menschen im Seenland die Ahnen verehren. Vor dem kleinen Steinaltar zog er mit seinem Stab einen Kreis um uns herum. In die vier Himmelsrichtungen ritzte er einige geheimnisvolle Zeichen und Symbole. Dann stimmte er einen eigenartigen, kehligen Gesang an und hob die Hände. Die Ahnen, die in dem Baum Wohnung gefunden hatten, erschienen einer nach dem anderen. Goromir rief sie als Zeugen für unseren Vertrag an. Dieser Pakt verpflichtet ihn, mich zu unterrichten, und mich als Schülerin, an seiner Seite zu bleiben und für ihn zu arbeiten, bis ich meine Lehre abgeschlossen habe. Keinem ist es also somit möglich, einfach alles hinzuschmeißen. Bei all den Herausforderungen, Hochs und Tiefs, die eine magische Ausbildung für Lehrer und Schüler mit sich bringt, ist ein solches Ritual unbedingt nötig.
Dann begann mein Unterricht! Es war schwerer, als ich in meinem jugendlichen Leichtsinn angenommen hatte. Nur sehr mühselig kam ich mit der Entwicklung meiner Künste in kleinen Schritten voran. Oft war ich völlig verzweifelt und am Boden zerstört. Aber Goromir, der Prächtige lachte nur. „Das wird mit der Zeit schon noch werden", war der einzige Trost, den er hatte. Ich vermisste meine Familie schrecklich, denn ich war ja mehr oder weniger von zu Hause ausgerissen, um bei Goromir zu sein. Meine Eltern besuchen, das traute ich mich nicht. Ich hatte also keine schöne Zeit damals, es war ganz

anders als in meinen Träumen.

Am meisten interessierte mich die Geisterbeschwörung. Doch da war Goromir hart. „Kommt nicht infrage! Du hast keine Ahnung, mit was für Wesen du dich da einlassen willst. Viele Zauberer machen um diese Kunst einen Bogen. Erst wenn du ausgelernt und viel Erfahrung gesammelt hast, werde ich in Erwägung ziehen, dich darin zu unterrichten."

Natürlich war ich wütend und sah das Ganze überhaupt nicht ein. Was sollte mir schon passieren? Da mich Goromir ansonsten in allem unterrichtete, was mir Freude bereitete, war ich auch irritiert. So ein Theater! Ich wandte meine bewährte Taktik an und ließ nicht locker. Immer wieder versuchte ich, Goromir dazu zu bewegen, mir die Geisterbeschwörung beizubringen. Ich hatte keine Chance, es war absolut nichts zu machen. Da beschloss ich, auf anderem Weg ans Ziel zu gelangen.

Als Goromir das nächste Mal zur Geisterbeschwörung ging, schlich ich ihm, trotz seines Verbotes das Haus zu verlassen, nach. Es gelang mir, ihn zu belauschen. Nun kannte ich also die Sprüche, die es brauchte, um einen Geist zu beschwören. Sobald wie möglich würde ich es ausprobieren. Ich musste nur warten, bis Goromir mal wieder für ein paar Stunden ohne mich wegging. Dann wäre ich unbeobachtet und hätte freie Bahn. Ich freute mich riesig darauf, mein neues Wissen auszuprobieren und Goromir zu beweisen, dass ich viel fähiger war, als er glaubte. Bald war es so weit. Goromir verließ eines Morgens das Haus mit den Worten: „Ich werde bis zum Abend weg sein. Versuche nicht allzu viel Unsinn zu veranstalten, bis ich zurück bin. „Wohin gehst du?", fragte ich. Ich wusste genau, dass ihn solche Fragen auf die Palme brachten. Aber unter normalen Umständen hätte ich mit Sicherheit so eine Frage gestellt, neugierig und aufsässig wie ich nun mal war. Goromir durfte keinen Verdacht schöpfen. Auf keinen Fall durfte er das Gefühl bekommen, dass ich etwas im Schilde führte und es nicht erwarten könne, in loszuwerden. „Geht dich nichts an", bellte er und verschwand.

Ich wartete noch eine Weile, die mir wie eine Ewigkeit vorkam, und ging dann zu einem magischen Platz tief im Wald. Dort begann ich mit meiner Beschwörung.

Ich war sehr erfolgreich!" Ein heiseres Lachen drang aus Ninas Kehle. „Urplötzlich erschien ein wilder dunkler Geist auf der kleinen Waldlichtung. Mit einer Stimme wie Donnergrollen herrschte er mich an: „Wer bist du? Was willst du von mir? Wo ist Goromir und vor allem, wo sind meine Geschenke?" Geschenke?! Mir wurde siedend heiß. Ich hatte nichts von Geschenken gewusst, da ich Goromir bei meiner Spähaktion ja nur gehört und nicht gesehen hatte. Gesprochen hatten sie über Gaben nicht, aber offensichtlich waren die wohl unverzichtbarer Bestandteil des Rituals. Wie sollte ich da rauskommen? Der Geist, den ich beschworen hatte, war keiner von der freundlich-sanftmütigen Sorte. Das war mir bei seinem Erscheinen sofort klar geworden. So langsam dämmerte mir, das Goromir vielleicht doch nicht übertrieben hatte mit seinen Warnungen.

„Äh ja, die Geschenke", stammelte ich schwitzend. „Die müssen mir da hinten aus meinem Beutel gefallen sein, am besten ich hole sie schnell. Wenn du mal bitte einen Augenblick warten kannst." Der Geist lief dunkelrot an vor Wut und schwoll zur doppelten Größe. „Du wagst es hier, ohne Geschenke aufzutauchen und mich zu belästigen? Da hinten aus dem Beutel gefallen. Willst du mich auch noch zum Narren halten? Da ist rein gar nichts, da hinten! Mit dem Leben wirst du deine Frechheit bezahlen."

Dann schleuderte er mir einen fürchterlichen Zauber entgegen. Im Bruchteil einer Sekunde war mir klar: Dagegen hätte ich mit meinen Anfängerkenntnissen nicht den Hauch einer Chance. Das war`s, mein Leben war zu Ende.

Doch dann überschlugen sich die Ereignisse: In einem blendend weißen Blitz erschien Goromir aus dem Nichts! Ich habe bis heute keine Ahnung, woher er von meiner Lage gewusst hatte. Er schleuderte dem Geist einen Gegenzauber entgegen: Es war fürchterlich. Die beiden Zauber prallten aufeinander. Bäume gingen in Flamen auf und der Geist verschwand so plötzlich, wie er gekommen war. Doch irgendetwas ging schrecklich schief: Goromir verwandelte sich urplötzlich in eine Dohle und flog mit einem, wie ich fand, vorwurfsvollen Blick davon.

Ich rappelte mich aus dem Gebüsch hoch, in dem ich gelandet war. Aber etwas war anders. Ich konnte mich nicht mehr richtig aufrichten und alles wirkte größer, als ich es gewohnt war. Ich ging zu einem nahen Teich, um mich in einem Spiegel anschauen zu können. Ich musste wissen, was mit mir passiert war. Du wirst dir vorstellen können, wie ich erschrak, als ich mein Spiegelbild sah. Wie alle schönen Menschen war ich stolz auf mein Aussehen und nun das! Lange saß ich bitterlich weinend am Ufer des Teiches. Was hatte ich da in meinem Größenwahn nur angerichtet? Irgendwann versiegten die Tränen. Ich zog mich tief in den Wald zurück, so durfte mich niemand sehen.

Doch bald wurde der Hunger immer stärker. Zu trinken hatte ich ja genug, überall gab es Bäche mit frischem Wasser. Ich kannte mich nicht gut aus mit den Pflanzen im Wald. Einige Beeren waren mir bekannt, auch zwei, drei Arten Pilze konnte ich sicher unterscheiden. Das war aber nicht genug, um im Wald zu überleben.

Schließlich hielt ich es nicht mehr aus und schlich eines Nachts zum Haus meiner Eltern. Ich klopfte, meine Mutter öffnete und stieß einen fürchterlichen Schrei aus. So sehr erschreckte sie sich. „Ich bin es, Nina!", rief ich. „Du Teufel, verschwinde: Auf deinen Trick mit der Stimme meiner Tochter falle ich nicht rein!", stieß sie hervor und schlug mir die Tür vor der Nase zu. Ich versuchte es erneut. Diesmal riss mein Vater die Tür auf, eine seiner Harpunen in der Hand. Ohne ein Wort zu sagen kam er drohend auf mich zu.

Ich lief so schnell ich konnte zurück in mein Versteck im Wald. Ich hatte eine kleine Höhle gefunden. Dort war es trocken, wenn draußen mal wieder ein heftiger Regenschauer niederging.

Die nächsten Monate schlich ich mich jede Nacht auf die Felder, um mir Essen zu besorgen. Das war sehr gefährlich für mich. Wäre ich beim Stehlen erwischt worden, hätten die Bauern wahrscheinlich kein Erbarmen mit mir gekannt. Ich wäre vermutlich einfach erschlagen worden. Auch hatte mich die Harpune meines Vaters auf eine Idee gebracht: Ich schaffte es, einen langen geraden Ast mit Werkzeugen, die ich fertigte, anzuspitzen. Nun konnte ich Fische mit diesem Speer aufspießen. Allein und ohne Lehrer versuchte ich, das Erlernte weiterzuentwickeln und meine Zauberkünste zu erweitern. Schließlich schaffte ich es, Feuer herbeizuzaubern. Das war ein echter Durchbruch. Als es mir dann auch noch gelang, Dinge erscheinen zu lassen, ging es aufwärts mit mir. Seltsam ist nur, dass ich nur zwei Arten von Dingen herbeizaubern kann: Essen und Glas. Ich konnte nie herausfinden, woran das liegt, aber an allem anderen scheitere ich.

Schließlich wurde meine Einsamkeit wieder übermächtig. Ich wagte mich erneut in ein Dorf. Es war nicht das Dorf meiner Eltern, sondern irgendein anderes, das gerade in der Nähe lag. Ich ging am helllichten Tage, da ich dachte, im helle Sonnenschein hätten die Leute vielleicht weniger Angst. Es war verheerend! Laut schreiend und kreischend vor Angst rannten die Kinder zu ihren Müttern. Die Alten im Dorf murmelten allerlei Beschwörungen. Alle wichen vor mir zurück. Als dann schließlich einige Männer anfingen, mit Steinen nach mir zu werfen, ergriff ich die Flucht.

Ich war so geschockt, dass ich das Seenland verließ. Hier wollte ich nicht mehr bleiben. Zu viel Schreckliches war geschehen. Ich wanderte viele Wochen lang umher. Ich ging nur in der Nacht, am Tag versteckte ich mich irgendwo in einem Wald, einer Höhle oder in einem verlassenen Haus, was ich halt gerade so fand. Zu Essen hatte ich ja nun genug, ich konnte es einfach herbeizaubern. Da bestand nun auch kein Risiko mehr beim Stehlen erwischt zu werden. Innerlich war ich immer noch in einem Schockzustand. Ich wanderte völlig ziellos umher, es gab keinerlei Plan, was ich nun anfangen könnte oder wollte. Jeden Tag nagte die Einsamkeit mehr an mir, ich wurde fast verrückt vor Sehnsucht nach einer Stimme, die mit mir redete. Goromir ließ mich die ganze Zeit nicht aus den Augen. Immer wieder begleitete er mich in seiner neuen Gestalt. Sprechen konnte er nicht mit mir, so sehr ich mir auch gerade das gewünscht hätte. Ich verstand auch gar nicht, warum er mir folgte. Was wollte er denn noch von mir? Ich hatte ihm doch nur Unglück gebracht.

Irgendwann, als ich innerlich völlig am Ende war, erreichte ich diesen Berg hier.

Als ich ihn sah, durchfuhr mich eine Idee wie ein Blitz aus heiterem Himmel: Ich würde hier ein Glasschloss erschaffen und darauf Maskenbälle geben. Dann kämen Menschen zur mir, mit denen ich hinter meiner Maske versteckt sprechen könnte. Das Ende meiner Einsamkeit, so malte ich es mir aus! Es war viel Arbeit, dieses Schloss zu erschaffen. Magie verbraucht viel Kraft und so kam ich nur Stück für Stück voran. Ich brauchte einen endlosen Winter lang, um fertig zu werden. Es war einer der längsten und schneereichsten Winter, die es jemals gegeben hatte. Das war mein Glück. Der Berg war meist Wolken verhangen und wegen des Schnees und der Kälte kam sowieso niemand aus den umliegenden Dörfern hierher. So blieb ich erst einmal unentdeckt. Als Letztes erschuf ich den Glaskönig und seine Dienerschaft. Die Menschen in den Dörfern hatten das Schloss inzwischen entdeckt und kamen verwundert her, um zu erfahren, was es damit auf sich hatte. Ich ließ niemanden herein. Über die hohen glatten Mauern konnten sie nicht klettern und so gaben sie schließlich auf.

Ich verbrachte inzwischen mehrere Monate damit, den Glaskönig dazu zu bringen, sich zu bewegen und zu sprechen. Ich wollte, das die ganzen Glasmenschen lebendig wurden. Gesellschaft zu haben war alles, was mich noch antrieb.

Eines Tages, ich brach gerade wieder einen nutzlosen Versuch ab mein Ziel zu erreichen, da landete eine mir wohlbekannte Dohle im Schlossgarten. Es war ein sonniger Tag und ich hatte alle Figuren nach draußen gebracht. Traurig und frustriert saß ich auf einer der Gartenbänke. Goromir betrachtete mich eine Weile. Schließlich plusterte er sein Gefieder, schüttelte sich, flog auf und landete auf dem Glaskönig. Sachte pickte er mit seinem Schnabel an eine bestimmte Stelle an seinem Kopf.

Da erwachten der König und seine komplette Dienerschaft. Sofort begann der Glaskönig, den Dienern und Wächtern Befehle zu erteilen. Die stoben in alle Richtungen auseinander, um sich sogleich ans Werk zu machen. Da bemerkte mich der Glaskönig. „Wer bist denn du?", fragte er erstaunt. „Nina, die Hässliche", antwortete ich. Der Glaskönig lachte. „Ein guter Name, sehr treffend", sagte er, beachtete mich nicht weiter und schritt Richtung Thronsaal davon.

Noch einmal flog Goromir auf und landete ein zweites Mal auf dem Kopf des Glaskönigs. *Er pickte wieder drei Mal auf dieselbe Stelle, die er vorhin schon benutzt hatte, um den König lebendig werden zu lassen. Sofort blieben die Glasfiguren stehen, sie waren wieder nur aus totem Glas. Goromir wendete sich kurz zu mir um und betrachtete mich prüfend. Dann flog er über die Schlossmauer und verschwand im Wald.*

Aufgeregt ging ich zum Glaskönig und klopfte mit meinen Knöcheln sanft auf die kleine Stelle an seinem Kopf, die Goromir benutzt hatte. Es funktionierte! Als sei nichts gewesen ging der Glaskönig in den Thronsaal und die Diener verrichteten ihre Arbeit.

Entschlossen ging ich ihm nach. „Ihr wolltet wissen, wer ich bin?", sprach ich ihn an. „Nun, ich bin eine Prinzessin aus einem weit entfernt gelegenen Königshaus", behauptete ich frech. „Also, wie eine Prinzessin seht ihr nun wirklich nicht aus, eher wie eine Landstreicherin", entgegnete der Glaskönig und musterte mich von oben bis unten. „Ich wurde von einem Drachen aus dem Schloss meines Vaters entführt, konnte ihm aber gerade noch entkommen. Auf meiner Flucht bin ich lange gewandert, meine Kleider gingen dabei schließlich kaputt. Mildtätige Bauern haben mir dann diese Kleider geschenkt. Nun bitte ich euch, eine Weile hierbleiben zu können, bis ich mich erholt habe", erfand ich blitzschnell eine Geschichte. „Ja, ja – bleib nur", antwortete der König.

So verbrachte ich eine Weile in Gesellschaft meiner Glasmenschen. Ich sprach mit den Dienern, den Wachen und dem König selber und erzählte ihnen Teile meiner Geschichte. Sie hörten zu, antworteten aber kaum. Ihr Gesprächsstoff und ihre Gedankenwelt waren sehr begrenzt. Es war nicht sehr befriedigend mit ihnen zu reden, aber es war allemal besser als vorher. Ich erholte mich ein wenig.

Schließlich gelang es mir, den Glaskönig für die Idee meiner Maskenbälle zu begeistern. Dem ersten folgten viele weitere, da der Glaskönig genauso begeistert war wie ich. Endlich konnte ich, versteckt hinter meiner Maske, wieder mit richtigen Menschen sprechen. Zuerst war ich begeistert. Doch irgendwann wurde mir klar, dass das alles auch nur eine Illusion war. Ich wusste im Grunde nur zu genau, was passieren würde, sollte ich meine Maske während eines Balls verlieren oder einfach ablegen. Es wäre nicht anders als in dem Dorf damals, oder bei meinen Eltern. Im Grunde war ich immer noch allein.

Dann begann sich der Glaskönig zu verändern. Es geschah langsam und zuerst unmerklich. Doch mit der Zeit wurde es unübersehbar: Er wurde immer herrschsüchtiger und launischer. Zweimal ließ er von seinen Wachen einen Diener, der einen Fehler begangen hatte, von der Mauer stürzen. Die Ärmsten zersprangen in tausend Scherben. Ich begann, den König so gut es ging zu meiden. Es wurde wirklich gefährlich, mit ihm zusammen zu sein.

Dazu kam, dass er nicht mehr so einfach abzuschalten war. Er wurde immer vorsichtiger: Er hatte den Trick durchschaut und drohte mir mit dem Tod, wenn ich es noch einmal versuchen sollte. Nach dem letzten Ball schließlich war er einen Moment unvorsichtig und es gelang mir, ihm schnell dreimal hintereinander auf den Kopf zu klopfen. Nun sind alle Glasmenschen erstarrt und rühren sich nicht mehr. Ich kann den König nicht noch einmal wecken. Ich würde ihm nicht mehr Herr werden.

Auf dem letzten Ball aber konnte ich ein Gespräch zwischen zwei Besuchern belauschen. Der eine erzählte meine Geschichte. Sie war längst über das Seenland hinaus bekannt und wurde, so erfuhr ich zu meinem großen Erstaunen, oft in den Städten und Dörfern erzählt.

Es gab zahlreiche Spekulationen, was aus mir geworden seien könnte. Eine besagte, ich sei eines Morgens einfach in meiner alten Gestalt wieder aufgewacht und hätte in einem weit entfernten Königreich einen Königssohn geheiratet. „So ein Unsinn!", entgegnete der andere unwillig. „So ein mächtiger Zauber, wie er hier geschehen ist, verschwindet nicht einfach so. Ich bin selber ein wenig zauberkundig. Bei so etwas braucht es einen starken Gegenzauber." „Kennst du einen?", fragte der Erste. Ich wurde mächtig aufgeregt, mein Herz schlug wie wild. „Nein, aber wenn es einen gibt, so ist er mit Sicherheit in der Stadt Ghom zu finden. Dort gibt es eine Bibliothek mit allen magischen Werken, die je erschienen sind. Dort würde ich suchen." Ich ging weg von den beiden. Die verfluchte Stadt

Ghom! Zu weit weg, zu gefährlich. Für mich ist sie unerreichbar.

„Was ich nun tun werde, weiß ich nicht", schloss Nina ihren Bericht."

Schweigend saßen sie eine Weile nebeneinander. „Danke", murmelte Nina schließlich ganz leise.

„Was? Wofür?", schreckte Jonas aus seinen Gedanken auf.

„Dass du mir zugehört hast und vor allem, dass du nicht davongelaufen bist. Es ist viele Jahre her, dass ich frei mit einem Menschen reden konnte."

„Oh, gerne geschehen", antwortete Jonas und erhob sich abrupt. „Ich muss gehen", sagte er.

Die Trauer auf Ninas Gesicht war unübersehbar. Junker Jonas ging in Richtung Tor, um das Schloss zu verlassen. Kurz vorher drehte er sich noch einmal kurz um. Nina wandte sich hastig ab, aber Jonas hatte die Tränen dennoch gesehen. Er ging noch ein Stück weiter. Er merkte, wie es in ihm arbeitete. Er mochte Nina, auch wenn sie so hässlich war. Außerdem tat sie ihm leid und er wusste genau, dass sie keine Chance hatte, allein nach Ghom zu gehen. Die Stadt hatte einen üblen Ruf, und das bestimmt nicht ohne Grund. Andererseits war er doch nur hergekommen, um das Geheimnis des Schlosses zu ergründen. Damit hatte er zu Hause auf dem Herrensitz seines Vaters angeben wollen, vor allem natürlich bei den adligen jungen Damen. Wenn er jetzt ging, was würde aus Nina? „Dann muss sie für immer hässlich bleiben und allein sein", sagte er zu sich selbst.

„So ein Mist!", schimpfte er plötzlich laut und drehte sich um. Nina war inzwischen schon bei der Tür angekommen, die vom Garten ins Schloss führte.

„Warte!", rief er ihr zu.

Nina blieb stehen und drehte sich um. Sie sah Jonas mit einem fragenden Gesichtsausdruck an.

„Was hältst du davon, wenn wir zusammen nach Ghom reiten?", fragte Jonas.

„Das würdest du tun?", erwiderte Nina erstaunt. Sie hatte klammheimlich gehofft, dass Jonas ihr helfen würde, aber sie hatte nicht wirklich daran geglaubt. Sie hatte erwartet, dass Jonas einfach wieder nach Hause verschwinden würde.

„Aber das geht nicht!" Ihre Enttäuschung war deutlich zu hören. „Du könntest mit mir nur nachts reiten und müsstest dich dauernd verstecken. Wie willst du da in Ghom die Bibliothek finden?"

Jonas seufzte und rang noch einen Moment mit sich, obwohl er wusste, dass er sich längst entschieden hatte.

„Na gut, dann reite ich halt allein. Ich werde diese Bibliothek finden und das Buch mit dem Gegenzauber herbringen. Ich weiß zwar nicht, wie ich das richtige Buch finden soll. Ich kenne mich mit Magie überhaupt nicht aus. Aber mir wird schon was einfallen", sprach er Nina und vor allem sich selbst Mut zu.

Nina machte eine kleine Bewegung und für einen kurzen Moment sah es so aus, als würde sie Junker Jonas um den Hals fallen. Doch sie tat es nicht. Im letzten Moment verließ sie der Mut. „Bestimmt würde er entsetzt zurückweichen", dachte sie. Das wollte sie nicht riskieren, sie war oft genug verletzt worden.

„Meinst du das wirklich ernst?", fragte sie „Ich meine, wenn du wegreitest, kannst du ja auch sonst wo hin reiten. Dann würde ich vergeblich hier warten. Sei ehrlich: Gehst du wirklich nach Ghom?"

„ Hältst du mich etwa für einen Lügner?", antwortete der junge Junker Jonas empört.

„Nein, nein", beschwichtigte Nina schnell „Es ist nur, dass, weil ... Ach, vergiss es! Das wäre eine echte Chance, für mich wieder ein normales Leben unter Menschen zu führen. Danke!"

Jonas rang sich ein Lächeln ab. Was hatte er sich da gerade nur aufgehalst? Aber nun war es zu spät, er konnte sein Angebot nicht mehr zurücknehmen. Das wäre unehrenhaft gewesen und eines Junkers unwürdig.

„Nur, wie soll ich Ghom finden?", fragte Jonas. „Jeder hat von dieser Stadt gehört, aber ich kenne niemanden, der wirklich wüsste, wo sie liegt."

„Der Legende nach können nur Geister und Zauberer die Stadt finden. Allen anderen bleibt der Zugang verwehrt. Ziemlich sicher ist aber, dass Ghom weit drunten im Süden liegt. Das bedeutet, dass du ruhig jetzt schon aufbrechen kannst. Bis es richtig Winter wird, bist du schon in wärmeren Gegenden. Du musst jemanden finden der dir hilft, den Weg zu finden. Im Wald, der an das Schloss grenzt, lebt Konrad der Köhler. Wie alle Köhler kann auch er zaubern. Er wäre ein guter Begleiter für dich."

„Warum genau sollte er so eine gefährliche Fahrt auf sich nehmen?", fragte Jonas skeptisch.

„Das wirst du schon erfahren, wenn du erst dort bist", erwiderte Nina mit einem geheimnisvollen Lächeln.

Jonas begriff, dass er von Nina nicht mehr erfahren würde, und wechselte das Thema.

„Du könntest mir ein paar Vorräte für die lange Reise herbeizaubern.

Futter für mein Pferd wäre auch nicht schlecht, es hat heute noch gar nichts gefressen", schlug Jonas vor.

Dann wanderte sein Blick zum Himmel. Die Sonne war schon ein gutes Stück zum westlichen Horizont gewandert. „Hat keinen Zweck, heute noch aufzubrechen. Es ist schon zu spät, lange wird es nicht mehr hell sein. Ich nehme an, in diesem großen Schloss gibt es für mich irgendwo einen Schlafplatz?"

„Klar", antwortete Nina. „Den gibt es und Essen für dich und dein Pferd auch. Wo steht es?" „Vor dem Schloss, hoffe ich", entgegnete Jonas.

Gemeinsam gingen sie nach draußen, um nach dem Pferd zu sehen. Das stand immer noch auf dem kleinen Vorplatz vor dem Haupttor. Wie aus dem Nichts erschien plötzlich ein kleiner Heuhaufen vor dem Tier, das sofort eifrig zu fressen begann.

„Wasser musst du herschleppen, da geht nichts mit zaubern", erklärte Nina Jonas, der wenig begeistert begann, einen Eimer in den Schlossbrunnen hinabzulassen, um sein Pferd zu tränken.

„Ich kümmere mich mal um den Rest", meinte Nina die Hässliche und verschwand im Schloss.

Jonas bekam ein fürstliches Abendessen und danach führte ihn Nina in eine Kammer in einem der vielen Schlossflügel.

„Musst in meiner Kammer schlafen", sagte sie und zeigte auf einen Haufen alter Decken in der Mitte der Kammer.

„Oh, schaut ja sehr bequem aus", spottete Jonas.

„Es gibt natürlich auch einige Glasbetten im Schloss. Falls dir das lieber ist, bitte sehr", antwortete Nina spitz.

„Nö, passt schon so", beeilte sich Jonas zu erwidern. Er machte es sich auf den Decken so gut es ging bequem und war auch sogleich eingeschlafen.

Früh am nächsten Morgen brach der junge Junker Jonas auf. Der Abschied von Nina war kurz. Beide wollten das Ganze nicht in die Länge ziehen, und so ritt Jonas langsam die Glasrampe hinunter und verschwand bald darauf im Wald.

Der große Leoula beugte sich nach vorne, um einen Schluck Tee aus seiner Tasse zu trinken. Doch sie war leer. Genauso wie der große Plätzchenteller in der Mitte des Tisches. König Horst, der gebannt der Geschichte zugehört hatte, läutete nach dem Diener, der inzwischen wieder gesund war.

„Bring uns Nachschub", befahl Horst und der Diener eilte von dannen, um das Gewünschte zu bringen.

„Das ist aber spannend", sagte der kleine König Horst. „Ich kann es gar nicht erwarten, dass du weiter erzählst. Wie Jonas wohl die Stadt Ghom finden wird und ob es ihm gelingt, das Buch zu finden? Ich hoffe doch sehr. Sonst muss die arme Nina für immer so hässlich bleiben."

Der große Leoula schmunzelte vergnügt. Der kleine König Horst war ein großartiger Zuhörer. Er ging ganz und gar auf in der Erzählung. Nicht so wie viele andere Könige, vor denen er schon als Erzähler aufgetreten war. Gelangweilt saßen sie auf ihren bequemen Sesseln und es entstand immer der Eindruck, als ob sie es nicht erwarten konnten, dass er fertig wurde zu erzählen. Ganz anders König Horst: Für ihn konnte er, das war klar, den ganzen Winter hindurch erzählen. Der kleine König Horst würde niemals müde werden zuzuhören.

Der große Leoula spürte, wie ihn dieses Interesse beflügelte. Er hatte das Gefühl, die Geschichte wurde größer, prächtiger und reicher, je interessierter König Horst war. Schon lange nicht mehr war ihm eine Geschichte so gelungen.

„Gut, dann will ich gerne weitererzählen, mein König", sprach der große Leoula.

„Als der junge Junker Jonas das Schloss von Nina verließ und in den Wald ritt, geriet er mitten hinein in die ...

Geschichte vom wilden Wald

Der Wald, der das Glasschloss von Nina der Hässlichen an drei Seiten umgab und in den der junge Junker Jonas nun ritt, war der große Wald von Bor. Ein riesiges Meer von Bäumen, die dicht an dicht gedrängt, vom Schloss bis an den Rand der großen Steppe Kiwara reichten. Es war ein unheimlicher dunkler Wald voller Geheimnisse und Gefahren. Wölfe und Bären bevölkerten ihn in großer Zahl und es gab Gerüchte, dass auch Feen und Zwerge in ihm zu finden waren. Nur wenige Wege durchzogen den riesigen Urwald. Links und rechts dieser Wege standen die Bäume und Sträucher wie eine grüne Mauer. Es war unmöglich weiter als einen Meter in den Wald hineinzusehen. Den wenigen Reisenden, die den Wald durchquerten, war das nur recht. Sie wollten gar nicht so genau wissen, was sich alles im Dickicht verbarg. Nachts hörte man wispernde Stimmen unter den Bäumen. Große Fledermäuse und riesige Eulen begaben sich auf die Jagd. Lautlos flogen sie dahin und verdunkelten für ein paar Sekunden den Himmel, wenn sie vorüber zogen. Die schaurigen Rufe der Uhus und das Heulen der Wölfe ließen die Wanderer vor Schrecken näher an ihr Feuer heranrücken, das sie die ganze Nacht brennen ließen. Es hatte schon Menschen gegeben, die für ihren Rückweg einen wochenlangen Umweg in Kauf genommen hatten, nur um kein zweites Mal durch Bor hindurch zu müssen. So manche Wanderer waren gar für immer im Wald verschwunden. Niemand hatte sie je wieder gesehen und die Suche nach ihnen, wenn sie überhaupt stattfand, blieb erfolglos.

Von all dem wusste Jonas nichts, als er unter die ersten Bäume ritt. Doch es dauerte nicht lange, bis es Jonas zunehmend unheimlich wurde. Der Pfad, dem er folgte, war bald, nachdem er den Waldrand verlassen hatte, immer schmaler geworden, bis er schließlich so gerade mit seinem Pferd zwischen den Bäumen hindurchpasste.
Dem Tier, das spürte Jonas, war ebenfalls nicht wohl hier. Es war nervös, legte die Ohren an und tänzelte immer wieder auf der Stelle. Jonas musste ständig beruhigend auf sein Pferd einreden, um es zum Weitergehen zu bewegen. Ein, zwei Mal stieg er sogar ab und führte es am Zügel. Der Anblick des vertrauten Menschen beruhigte das Tier, sodass Jonas nach einiger Zeit erneut aufsteigen und weiterreiten konnte.

Es war ein für den Herbst ungewöhnlich heißer Tag und die Luft stand förmlich zwischen den Bäumen. Kein Lüftchen regte sich und es war stickig. Jonas fiel das Atmen schwer und der Schweiß rann ihm in Strömen den Rücken hinunter. Der dichte dunkle Wald schluckte auch noch das meiste Licht. Kaum ein Sonnenstrahl drang bis zum Boden vor, auf dem nur Pilze, diese aber in großer Zahl wuchsen. Lediglich über dem Pfad zeigte sich ein schmaler Streifen blauer Himmel als einziger Hoffnungsschimmer für den Junker.

Plötzlich raschelte es hinter ihm. Jonas fuhr herum, eine Hand an seinem Schwert. Doch es war nur eine Dohle, die hinter ihm auf einem Ast gelandet war. Sie kam ihm irgendwie bekannt vor. Klar, das war die Dohle, die ihm das Tor zum Schloss geöffnet hatte. Wahrscheinlich, dachte er, ist es auch die, die den Glaskönig zum Leben erweckt hatte. „Goromir, nehme ich an", sagte Jonas zu dem Vogel. Doch der gab nur ein heiseres kurzes Krächzen von sich.

Jonas ritt weiter, bis er an eine der seltenen Lichtungen im Wald kam. Einer der ganz großen Bäume war hier umgestürzt und hatte einige der kleineren in seiner Umgebung mitgerissen. Kreuz und quer lagen die Stämme am Boden, dick mit Moos und großen, harten Baumpilzen bewachsen. In der Mitte moderte der Urwaldriese vor sich hin. Insektenlarven hatten zahlreiche Gänge in das tote Holz gefressen. An einigen Stellen faulte es und es waren Höhlungen entstanden, die kleineren Tieren als Unterschlupf dienten. Vor allem aber war es hell. Jonas stieg vom Pferd. Er war müde und sein Tier war es auch. Viele Stunden waren sie heute nun schon unterwegs.

Jonas beschloss hier zu lagern.

Langsam wurde es ein wenig kühler und Jonas genoss das sehr. Er nahm seinem Pferd Sattel und Gepäck ab und suchte aus seinen Vorräten etwas zum Abendessen heraus. Es war ein eher bescheidenes Mahl, das er sich gönnte, aber so ist das nun mal auf einer Abenteuerfahrt.

Goromir war auf einem Ast am Rande der Lichtung gelandet und beäugte den Junker. Der kam sich beobachtet vor. „Was willst du?", rief er dem Vogel ärgerlich zu. Doch dann glaubte er zu verstehen. „Ich weiß ja nicht so genau, wovon du so lebst in deiner Tiergestalt, aber wahrscheinlich nicht unbedingt von Menschennahrung. Er brach ein Stückchen von dem Zwieback ab, den Nina für ihn herbeigezaubert hatte, und fügte noch ein wenig Käse dazu. Beides legte er auf einen der herumliegenden Baumstämme. Sofort flog Goromir auf und machte sich über die Speisen her. „Wohl bekomms!", lachte Jonas und sah vergnügt zu, wie es sich die Dohle schmecken ließ.

Doch bald versank er in Grübeleien. Wie sollte er denn hier diesen Köhler finden? Es gab keinerlei Hinweise, wo er wohnte, und er hatte auch den ganzen Tag keine Menschenseele getroffen, die er hätte fragen können. Jonas überlegte hin und her, aber es wollte ihm einfach keine Idee kommen. Wieder einmal sah es so aus, als steckte er fest.

Ein Krächzen von Goromir riss ihn aus seinen trüben Gedanken. Es war schon reichlich dämmrig geworden, bald würde es ganz finster sein. Jonas schluckte. Der Wald hatte ihm schon bei Tag nicht behagt. Wie sollte das erst in der Nacht werden? „Auf jeden Fall Feuer machen und die ganze Nacht brennen lassen. Das hilft bestimmt!", dachte er und machte sich sogleich ans Werk. Holz gab es ja genug.

Er begann, Äste von den herumliegenden Bäumen abzubrechen. Für einen Moment hatte er das verrückte Gefühl, dass ihn der Wald dabei missbilligend beobachten würde. Unwillig schüttelte er den Kopf. „So ein Blödsinn!", brummte er und fuhr energisch fort, einen Holzvorrat aufzuschichten. Dann holte er eine Decke aus einer der Satteltaschen. Nina hatte sie ihm mitgegeben, obwohl sie eigentlich nicht viele davon hatte. Ihr eigenes Nachtlager war dadurch ein wenig dünner und unbequemer geworden. Jonas hatte das erst nicht gewollt, doch Nina ließ sich nicht abbringen. „Du kannst doch nicht einfach so losreiten, nur mit dem, was du am Leib trägst", hatte sie gesagt.

Nun war er froh, dass er etwas hatte, in das er sich heute Nacht einwickeln konnte. Es würde ihm vielleicht auch ein wenig das Gefühl von Schutz geben, so hoffte er.

Kurz darauf war es dunkel. Nur ein paar wenige Sterne standen am Himmel. Jonas war froh um jeden einzelnen. Er starrte in die Flammen seines Feuers und wartete auf den Schlaf.

Plötzlich knackte vernehmlich ein Ast hinter ihm. Jonas fuhr herum und noch in der Drehung zog er bereits sein Schwert. Er glaubte, ein Paar Augen in der Dunkelheit des Dickichts zu erkennen.

„Wer ist da?", schrie er in die Finsternis. Doch er bekam keine Antwort und die Augen waren verschwunden. Er war sich nicht einmal sicher, ob sie wirklich da gewesen waren. Er spürte, wie sein Herz rasend schnell schlug.

Jonas setzte sich. Lauthals begann er, mit sich selbst zu schimpfen: „Was bin ich nur für ein Idiot? Ich könnte schon längst auf dem Weg zum Gut meines Vaters sein. Das Geheimnis des Glasschlosses wollte ich lüften. Nun, ist mir ja gelungen. Hätte ja gereicht. Könnte man ja nach Hause zurückreiten. Aber nicht so der junge Junker Jonas. Der muss ja den Helden spielen und verzauberte Jungfrauen retten. Jetzt sitze ich hier in diesem gruseligen Wald und kann schauen, wie ich wieder rauskomme." Langsam beruhigte er sich und irgendwann im Laufe der Nacht sank ihm vor Übermüdung das Kinn auf die Brust und er schlief doch noch ein wenig.

Als er am nächsten Morgen erwachte, spürte er sofort, dass er beobachtet wurde. Er riss die Augen auf und sah eine junge Frau am Rand der Lichtung stehen.

„Wer bist du?", fragte Jonas erstaunt.

„Ich bin Jada die Flinke", antwortete die junge Frau.

Es entstand ein peinliches Schweigen. „Was machst du denn hier im Wald?", versuchte Jada schließlich das Gespräch in Gang zu bringen.

„ Ich suche Konrad den Köhler, aber ich weiß nicht, wo ich ihn finden kann", antwortete Jonas

„Kennst du dich etwa nicht aus hier im Wald?", fragte Jada

„Nein, überhaupt nicht! Ich war noch nie in meinem Leben im Wald von Bor", erwiderte Jonas.

„Du warst noch nie im wilden Wald, kennst dich nicht aus und reitest einfach so hinein, um jemanden zu finden?", fragte Jada erstaunt.

„Ja, so ungefähr. Dort, wo ich herkomme, gibt es viele Dörfer und man trifft überall, auch im Wald, auf Menschen. Mir war nicht klar, wie einsam dieser Wald ist."

„Irre!", murmelte Jada nur und Jonas war sich nicht sicher, ob sie ihn bewunderte oder für verrückt hielt.

„Willst du dich nicht setzen?", fragte Jonas und wies mit einer einladenden Geste auf einen der kleineren Bäume, der direkt neben seinem Lager lag.

Jada überlegte einen Moment und kam dann auf Jonas zu. Sie setzten sich nebeneinander auf den Stamm.

„Gestern Nacht, da hab ich im Dickicht Augen gesehen, die mich beobachtet haben. Warst du das?", wollte Jonas wissen.

„Nein, gestern Nacht war ich nicht hier. Es gibt eine ganze Reihe von Bewohnern hier im Wald. Nicht alle sind nett zu Wanderern. Da ist es schon besser, wenn man nachts ein schützendes Haus um sich hat, oder wenn man wenigstens zu mehreren ist. Immerhin hast du ein Schwert. Was willst du überhaupt von Konrad dem Köhler?", Jada blickte neugierig zu Jonas hinüber.

„Ich brauche einen Begleiter", antwortete Jonas.

„Einen Begleiter? Er soll mit dir mitgehen? Wohin und warum?" Jada zog verblüfft die Augenbrauen in die Höhe.

„Nun ja, ich muss in die magische Stadt Ghom und die kann nur finden, wer zaubern kann. Ich kann das nicht, aber die Köhler können es."

„Die Köhler und die Schmiede", murmelte Jada in sich hinein, und dann zu Jonas gewandt: „Was willst du in Ghom?"

Jonas überlegte: Es war sicher nicht klug, herumzuziehen und jedem, der einem gerade begegnete, von seinen Absichten zu erzählen. Jedenfalls nicht dann, wenn es sich um etwas so Heikles wie die Stadt Ghom und das Aufspüren eines magischen Buches handelte. Andererseits würde er Konrad den Köhler niemals allein und ohne Hilfe im Wald von Bor finden können. So viel war ihm nach den Erfahrungen des gestrigen Tages und der letzten Nacht klar. Er hatte den Verdacht, dass Jada wusste, wo der Köhler zu finden war. Sie war anscheinend allein und unbewaffnet unterwegs. Das konnte man hier nach Jonas' Meinung nur, wenn man mit dem Wald und seinen Bewohnern bestens vertraut war. Wahrscheinlich wohnte Jada hier im Wald. War sie vielleicht die Tochter des Köhlers?

„Wohnst du hier im Wald und kennst du Konrad den Köhler?", versuchte es Jonas mit einer Gegenfrage.

Jada die Flinke schüttelte lachend den Kopf: „Erst will ich eine Antwort auf meine Frage, dann erzähle ich dir von mir."

Verärgert sah Jonas zu Jada hinüber. So leicht wollte er sich nicht geschlagen geben. Jada fing seinen Blick auf: „Kannst es natürlich auch für dich behalten. Vielleicht solltest du langsam aufbrechen, um den Tag gut für weiteres Herumirren zu nutzen", stichelte Jada frech. Jonas schluckte seinen Ärger hinunter. So kam er nicht weiter.

„Ich muss ein Buch in Ghom finden. Eines, das einen ganz bestimmten Gegenzauber enthält. Eine Freundin von mir ist durch einen Zauber verunglückt und braucht Hilfe. Deshalb will ich Ghom finden."

Jada schwieg, begann aber, Junker Jonas ausgiebig zu mustern. Dann wanderte ihr Blick zu seinem Pferd und blieb eine ganze Weile an seinem Schwert hängen. Schließlich betrachtete sie ausgiebig ihre Schuhspitzen, tief in Gedanken versunken.

Jonas spürte, dass er sie jetzt besser nicht stören sollte, und wartete geduldig.

„Ich kann dich zu Konrad dem Köhler bringen", brach Jada schließlich das Schweigen. „Warum glaubst du eigentlich, dass er dich begleiten wird?", fragte sie provozierend.

„Weiß nicht", gab Jonas ehrlich zu. Über diesen Punkt hatte er schon gestern lange nachgedacht. Er hatte dann beschlossen, das Thema zu vertagen. Eins nach dem anderen, hatte er sich gedacht. Wenn ich ihn erst mal gefunden habe, lässt sich bestimmt etwas finden, um ihn zu überzeugen.

Jada schüttelte den Kopf. „Ich glaube, ihr könnt euch gegenseitig helfen. Hast du schon gefrühstückt?"

Erst jetzt bemerkte Jonas, dass er ordentlich Hunger hatte. „Nein. Willst du auch was?" Jonas holte etwas von seinen Vorräten. Jade musterte das Angebot kritisch: „Harter Zwieback, Dörrobst und trockener Käse? Nein danke, da weiß ich etwas Besseres."

Jonas hatte nichts dagegen. Die Sachen, die er dabei hatte, waren lange haltbar. Das war ihm das Wichtigste gewesen, da er davon ausging, lange unterwegs zu sein. „Zwischendurch wird es schon immer mal wieder eine Abwechslung geben", hatte er sich gedacht. Nun sah es ganz danach aus.

„Komm, lass uns aufbrechen!", sagte Jada und erhob sich. Rasch packte Jonas seine Sachen zusammen und folgte Jada der Flinken auf den Pfad, auf dem er gestern hierhergekommen war.

Unbemerkt von Jonas, aber nicht von Jada der Flinken, folgte ihnen die Dohle Goromir in einigem Abstand.

Schon bald, nachdem sie die Lichtung verlassen hatten, bog Jada nach links auf einen weiteren Pfad ab. Dieser kreuzte mehrere andere Trampelpfade. Plötzlich stießen sie auf ein regelrechtes Wegenetz. Nachdem sie noch einige Male abgebogen waren, kamen sie schließlich zu einer weiteren Lichtung im Wald. Darauf stand eine große Holzhütte mit einer kleinen Veranda vor der Eingangstür. Jonas bemerkte mehrere Erdkegel, die auf der Lichtung standen und deren Bedeutung im unklar war. Auf der Veranda saß ein Mann auf einem Stuhl. Er war sehr breitschultrig, in grobes Leinen gekleidet und seine Haut hatte einen bläulich-schwarzen Schimmer.

Jada schritt auf die Hütte zu und ging hinein. Jonas blieb unschlüssig auf der Veranda stehen und murmelte einen Gruß. Der Mann nahm keine Notiz von ihm, sondern starrte einfach weiter vor sich hin. Jonas spürte, dass eine große Trauer von ihm ausging.

Mit einem großen Tablett in den Händen kam Jada aus dem Haus. Sie stellte es auf dem Tisch ab und lud Jonas mit einer Geste ein, sich zu setzen. Auf dem Tablett lag ein frisches Brot, ein halber Schinken und frisches Obst. Beide griffen herzhaft zu und ließen es sich schmecken. Jonas sah immer wieder einmal zu dem Mann im Stuhl hinüber. Konrad der Köhler, so vermutete er, zeigte keine Anteilname an dem Geschehen rund um ihn.

Schließlich deutete Jonas mit dem Kopf in Richtung Stuhl: „Ist das Konrad?"

„Ja", antwortete Jada knapp.

„Na toll! Das wird was werden, so aktiv wie der ist", seufzte Junker Jonas.

„Warte, bis du seine Geschichte kennst!", entgegnete Jada. „Dann wirst du verstehen."

Nach dem Essen trug Jada das Tablett wieder ins Haus und kehrte mit einem großen Krug kühlen Quellwassers nach draußen zurück. Sie machte es sich in einem der Schaukelstühle, die auf der Terrasse standen, bequem und begann mit der ...

Geschichte vom Wächter der steinernen Stadt

„Konrad der Köhler lebte hier mit seinem Sohn. *Mirac der Starke wurde er von allen genannt, denn schon als Junge war er stärker als alle anderen. Miracs Mutter starb, als er noch sehr klein war. Seitdem lebten die beiden alleine miteinander in diesem Blockhaus. Konrad hat nie wieder geheiratet. Na ja, es ist ja auch ziemlich einsam in Bor; da lernt man selten jemanden kennen. und Konrad war noch nie sehr gesellig. Er ist ein echter Eigenbrötler und wird von den meisten gemieden. Noch dazu ist er Köhler. Die haben sowieso nicht den besten Ruf. Mit dem Teufel sollen sie im Bunde sein. Alles Quatsch, aber das glauben die Leute nun mal.*

Ich wohne nicht weit von hier, ebenfalls auf einer Waldlichtung. Ich bin die Tochter von Adelgard der Stillen und Cassian dem Schmied.

Mein Vater braucht für seine Arbeit große Mengen an Holzkohle und so ging er oft zu Konrad, um Nachschub zu holen. Die beiden waren so etwas wie Freunde.

Ich ging meistens mit, um Mirac zu sehen. Er war mein einziger Spielgefährte hier im Wald. Als wir älter und erwachsen wurden, verliebten wir uns und wurden ein Paar.

Wir hatten eigentlich ein recht schönes Leben hier draußen. Wir waren frei und ungebunden. Selten, dass mal jemand von außerhalb bis zu uns vorstieß. Eigentlich nur hin und wieder Händler, die Holzkohle und Schmiedearbeiten einkauften, um sie in der Stadt südlich des Waldes weiterzuverkaufen. Die Obrigkeit ließ sich nie blicken. Wir waren schließlich oft zusammen: meine Eltern, Konrad, Mirac und ich. So waren wir nicht so einsam. Allerdings sind wir arm. Die Holzkohle bringt nicht viel ein. Auch für Hufeisen, Ketten und andere geschmiedete Dinge gibt es nicht allzu viel. Vieles von dem, was wir hier draußen brauchen, lassen sich die Händler teuer bezahlen. Für uns ist es sehr schwierig, auf Märkte in den Siedlungen außerhalb des Waldes zu kommen, und so sind wir von den Händlern abhängig. Mit diesem Umstand begann dann letztendlich die ganze Tragödie:

Es war ungefähr vor zweieinhalb Jahren, dass unsere Väter auf dieser Veranda zusammensaßen und Pläne schmiedeten. Der Anstoß kam von meinem Vater: Er wollte nicht länger nur einfache Schmiedearbeiten ausführen.

„Konrad, eins sage ich dir: Wir müssen Schwerter herstellen! Die sind sehr teuer, damit können wir einen Haufen Geld machen und unsere Armut hat ein Ende."

„Wie stellst du dir das vor? Wir haben überhaupt nicht das Können, um erstklassige Schwerter zu fertigen", erwiderte Konrad.

„Wir nicht, aber die Zwerge, die wissen wie es geht. Die berühmtesten Schwerter des Reiches wurden von ihnen geschmiedet", bekam er zur Antwort.

„Diese Kunst, die zum bestgehüteten Wissen der Zwerge gehört, werden sie ausgerechnet dir beibringen!", schnaubte Konrad.

„Du vergisst, dass die Zwerge habgierig sind. Das ist unsere Chance. Vor ein paar Jahren begegnete ich im Wald der Feenkönigin Ava. Sie trug ihr berühmtes Collier Helin, das die Zwerge einst an sie verloren. Ich unterhielt mich eine Weile mit ihr und konnte dabei das Schmuckstück in Ruhe studieren. Du weißt, dass ich ein ausgezeichnetes Gedächtnis besitze. Viele Stunden habe ich seitdem damit verbracht, es zu kopieren. Es sieht täuschend echt aus. Dafür habe ich mit ein paar Zaubern gesorgt, obwohl ich natürlich keine edlen Materialien zur Verfügung hatte. Niemand wird den Schwindel merken. Ich werde es Draupnir, dem Zwergenkönig anbieten. Er wird nicht widerstehen können, glaube mir. Seit vielen Jahrhunderten brennen die Zwerge darauf, es wiederzubekommen. Im Gegenzug soll er Mirac zum Schmied ausbilden. Die Zwerge sind zäh und arbeiten sehr hart. Das halte ich in meinem Alter nicht mehr durch. Mirac der Starke ist genau der Richtige. Wenn er einmal Jada heiratet, ist es gut, wenn er ein Schmied ist."

Einige Tage später kehrte mein Vater mit einem Zwerg nach Hause zurück. Er hieß Skafid und war vom Zwergenkönig geschickt worden, um Helin zu prüfen.

Er nahm es genauestens in Augenschein, prüfte die Machart, die Festigkeit und die Anordnung der Steine.

Schließlich gab er es zurück. „Ich finde keinen Fehler, es scheint tatsächlich echt zu sein. Woher hast du es und warum hallt der Wald noch nicht wider vom Wutgeheul der Feen, die es verloren haben?", sprach er zu Cassian.

„Wo ich es herhabe, tut nichts zur Sache. Es ist mein Geheimnis. Die Feen haben den Verlust nicht bemerkt, dafür habe ich mit einem Zauber gesorgt", antwortete mein Vater mit fester Stimme.

„Also Skafid, was ist: Gilt unser Handel nun?"

„Ja, wir werden Mirac den Starken ausbilden. Wenn die Ausbildung beendet ist, bekommen wir als Lehrgeld den Schmuck. Wir wissen, dass Mirac sehr stark ist, jedenfalls für einen Menschen. Das wird er auch brauchen, wenn er die vereinbarte Lehrzeit durchhalten will. Neumond ist die beste Zeit, um ein solches Unternehmen zu beginnen. Bring Mirac dann zu uns."

Mit diesen Worten verließ uns Skafid. Mein Vater war sehr zufrieden. Auf meine Bedenken, dass die Zwerge irgendwann den Schwindel bemerken würden, gab er nichts.

Wie vereinbart ging Mirac beim nächsten Neumond in die Steinerne Stadt, die große Festung der Zwerge, die tief im Wald versteckt liegt. Die Zwerge leben sehr zurückgezogen und meiden die Nähe der Menschen, sodass kaum einer von ihnen je einen Zwerg zu Gesicht bekommt. Für sie sind die Zwerge nur ein Märchen und die Steinerne Stadt eine Legende, die man sich an langen Winterabenden erzählt, um sich die Zeit zu vertreiben.

Die nächsten zwei Jahre sah ich Mirac nur selten. Meist blieb er in der Steinernen Stadt. Er war abends nach getaner Arbeit zu müde, um noch nach Hause zu wandern. Die Zwerge hatten nicht übertrieben: Die Arbeit war hart und für einen Menschen kaum zu bewältigen. Selbst Mirac mit seinen Riesenkräften schaffte es nur mit Mühe.

Wenn wir uns doch einmal sahen, erzählte er mir von den Zwergen, ihrem Leben und vor allem von ihrer Stadt. Die beeindruckte Mirac über alle Maßen. Er konnte richtig ins Schwärmen geraten, wenn er von ihr erzählte:

„Weißt du Jada, die Steinerne Stadt ist riesig. Wenn du an den Platz im Wald kommst, an der sie sich befindet, siehst du aber so gut wie nichts von ihr.

Einige große Felsen ragen aus dem Waldboden, das ist alles. Diese Felsen sind nichts weiter als die Eingänge in die Stadt, gewissermaßen die Stadttore. Durch kleine Spalten und Höhlen erfolgt der Zutritt. Lange eng gewundene Treppen führen von diesen Pforten in die Tiefe, denn die Steinerne Stadt liegt unterirdisch.

Breite prächtige Straßen führen zu den Hallen und Werkstätten der Zwerge. Oft stehen rechts und links dieser Straßen große Steinsäulen, die wie Bäume aussehen. Prachtvolle Brücken überwinden tiefe Abgründe und schier endlose Treppen führen immer weiter in tiefere Ebenen der großen Stadt.

Du solltest erst mal die prunkvollen Hallen sehen, die die Zwerge geschaffen haben. Du weißt, dass sie auch Steinmetze sind und nicht nur Schmiede. Ich weiß nicht, was sie besser können: schmieden oder Stein bearbeiten. Die Hallen sind rundherum mit Figuren geschmückt, die die Zwerge in jahrhundertelanger Arbeit aus dem Fels gemeißelt haben. Diese Figuren erzählen die ganze Geschichte der Zwerge, bis hin zu ihren Anfängen, an die sie sich selber kaum noch erinnern können.

Am schönsten aber ist das Licht. Die Stadt ist nämlich gar nicht dunkel, obwohl sie unter der Erde liegt. Überall quillt goldenes Licht aus den Wänden und aus den Säulen, die die Straßen säumen. Ich weiß nicht, wie sie das machen, dieses goldene Licht. Ich habe sie gefragt. Aber da wurden sie sehr zugeknöpft: „Sei nicht immer so neugierig. Immer willst du alles wissen und unsere Geheimnisse erforschen. Das Schmieden sollen wir dich lehren, sonst nichts. Begnüge dich also damit!", herrschte mich Galar, mein Lehrherr an.

Ein paar Mal schon habe ich mich verlaufen. Es ist schwer, sich in der Zwergenwelt zu orientieren. Die Straßen und Hallen ähneln sich oft sehr. Nur kleinste Unterschiede ermöglichen eine Orientierung. Für die Zwerge ist das wohl ausreichend, sie verirren sich nie. Mir bereitet es aber große Schwierigkeiten. Oft habe ich deshalb Ärger mit den Zwergen. Sie glauben mir nicht, dass ich mich verlaufen habe, sondern meinen, dass ich für Cassian spionieren will. „Wir vertrauen Cassian nicht. Er ist ein Halunke, der nur auf seinen Vorteil bedacht ist. Um seine zwielichtigen Ziele zu erreichen, ist ihm jedes Mittel recht. Wir wissen, dass du seine Tochter liebst, aber du solltest vorsichtig sein, was den Vater angeht."

Das hat Skafid erst kürzlich zu mir gesagt, kannst du dir das vorstellen? Ich weiß nicht, wie die auf so etwas kommen. Ich kann nichts Schlechtes an deinem Vater finden."

So klang das, wenn Mirac von der Steinernen Stadt und den Zwergen erzählte.

Zu ihren Vorwürfen meinem Vater gegenüber schwieg ich. Ich liebe meinen Vater, aber ich weiß auch von seiner Rücksichtslosigkeit, die er bisweilen an den Tag legt. Ich hatte ständig Angst um Mirac, da ich ja, wie wir alle, von dem gefälschten Collier wusste.

Es war ein gutes Beispiel für die Schattenseiten meines Vaters. In erster Linie war Mirac in Gefahr. Ihn würde der Zorn der Zwerge treffen, sollte der Schwindel auffliegen. Mein Vater hingegen hatte wenig zu befürchten. Mit seinen Waffen und seiner Zauberei kann er sich im Ernstfall sicher gut verteidigen.

Meine Sorge schien jedoch unbegründet. Die Lehrzeit verging ohne Zwischenfälle. Schließlich war es so weit:
Mirac war Schmied und hatte sein Gesellenstück, einen Hirschfänger, geschmiedet. Es war Zeit, das Schmuckstück bei den Zwergen abzuliefern. Eines Morgens also machte sich mein Vater fertig, um zu den Zwergen zu gehen. In einem Beutel hatte er die Kopie von Helin. Ich wollte mitgehen, aber mein Vater wollte nichts davon wissen. „Nichts da, zu gefährlich", wies er mich ab. Er wirkte nervös, etwas, dass ich an meinem Vater sonst gar nicht kenne.

Was dann geschah, weiß ich nur aus Cassians Erzählungen:
Am späten Nachmittag sah ich ihn über unsere Lichtung kommen. Er war allein. Seit Stunden schon hatte ich unruhig vor unserem Haus gewartet. Die beiden müssten schon längst

da sein, sagte ich mir. Es war nicht so weit bis zur Stadt und zurück. Was konnte sie aufgehalten haben? Je länger es dauerte, umso ängstlicher wurde ich.

Schließlich erreichte mein Vater das Haus. Er war totenblass. „Wo ist Mirac? Was ist geschehen? Los, red doch", bestürmte ich ihn. Schwer ließ sich mein Vater in seinen Schaukelstuhl auf unserer Veranda fallen und vergrub sein Gesicht in seinen großen schwieligen Händen. „Jada, ach Jada", war alles, was er von sich gab, wieder und wieder.

Schließlich riss mir der Geduldsfaden. Ich war mittlerweile völlig außer mir vor Angst, denn dass etwas Schlimmes geschehen war, daran gab es keinen Zweifel, so wie sich mein Vater benahm. Zornig packte ich ihn bei den Schultern und rüttelte ihn. „Jetzt mach endlich den Mund auf. Was ist los?", schrie ich ihn an. Endlich nahm er die Hände vom Gesicht und sah mich an. Er sah furchtbar müde, erschöpft und plötzlich um Jahre gealtert aus. „Ich bin heute Morgen zügig und ohne Pause zu den Zwergen gewandert. Etwa auf halbem Wege schloss sich mir plötzlich eine Dohle an. Die ganze Zeit flog sie vor mir her, immer wieder einmal auf einem Ast sitzend, um auf mich zu warten. Komisch war das, findest du das nicht auch?", begann Cassian seinen Bericht und sah mich fragend an.

Ich schüttelte nur unwillig den Kopf, ohne zu antworten. Mir war nicht nach Verzögerungen zumute.

„Die Zwerge warteten in großer Zahl auf einem freien Platz zwischen den Felsen der Steinernen Stadt auf mich. Sie freuten sich offensichtlich über die vermeintliche Rückkehr von Helin. Auf der freien Fläche stand ein riesiger Steinthron. Darauf saß reich geschmückt Draupnir, der König der Zwerge. Um ihn herum hatte sich sein ganzer Hofstaat, mit allen seinen Ministern und Würdenträgern versammelt und hinter ihnen standen erwartungsvoll die Zwerge der Steinernen Stadt. Mir wurde ganz heiß. Ich hatte die Bedeutung, die dieser Schmuck für die Zwerge hatte, wohl unterschätzt.

Etwas abseits stand Mirac mit einigen der Zwergenschmiede zusammen. Ich winkte ihm zu und er lachte zurück. Die Vorfreude, nach Hause zurückzukehren, war ihm anzusehen. Als ich den Thron erreichte und mich vor Draupnir verbeugte, erhob er sich. Mit laut erhobener Stimme sprach er zu seinem Volk: „Vor Jahrhunderten verloren wir Zwerge durch Missgeschick und Arglist Helin. Es ist eines der größten Symbole unserer Kultur, unseres Könnens und unserer Macht. Heute kehrt es zu uns zurück. Dafür danken wir dir, Cassian. Erhebe dich nun und gib mir den Schmuck."

Ich sah auf und blickte in Draupnirs erwartungsvolles Gesicht. Mit zitternden Fingern löste ich die Kordel an meinem Beutel und entnahm ihm die Fälschung. Ich reichte sie Draupnir und flehte innerlich zu allem, was mir heilig ist, hier unbeschadet wieder wegzukommen.

Draupnir nahm das Collier entgegen, hob es hoch über seinen Kopf und begann in einer eindringlichen und beschwörenden Weise in einer uralten, mir unbekannten Zwergensprache zu rezitieren. Mit lautem Gekreisch flog die Dohle, die mir gefolgt war, aus einem nahen Baum auf. Gleichzeitig begannen sich Draupnirs Gesichtszüge vor Wut zu verzerren.

Schlagartig wurde mir klar, dass Draupnir die uralten Beschwörungen kannte, die nötig sind, um Helins Kräfte zu wecken. Doch die Zauberformeln Draupnirs wirkten nicht. Sie konnten nicht wirken, denn in dem von mir geschmiedeten Schmuck steckten keine besonderen Kräfte.

Ich wirbelte herum und schrie Mirac zu:"Renn, renn, so schnell du kannst!"

Geistesgegenwärtig wie er nun einmal ist, verlor Mirac keine Zeit und spurtete los. Die Zwerge waren uns bald dicht auf den Fersen. Allen voran Draupnir. Er war außer sich vor Wut. Plötzlich schleuderte er uns einen Fluch hinterher, der Mirac mit voller Wucht traf.

Im Weiterrennen drehte ich mich zu ihm um: Er war zu einem riesigen Felsen erstarrt. Der steht nun am Eingang zur Talsenke, die die Steinerne Stadt beherbergt. Die Zwerge waren stehen geblieben und auch ich hielt einen Moment an – froh wieder zu Atem kommen zu können.

„Du elender Betrüger. Du hast unser Vertrauen schamlos ausgenutzt. Mirac aber wird unser Wissen nicht weiterverbreiten oder nutzen können. Als Wächter der Steinernen Stadt wird er dieses Tal bewachen. Jetzt geh und tritt Konrad dem Köhler, dem deine Machenschaften den Sohn

nahmen, und Jada deiner Tochter, die ihren Liebsten verlor, unter die Augen. Ihre Anklage und ihr Leid sind deine gerechte Strafe und der Lohn für deine Ränke. Wage es niemals wieder, in dieses Tal zu kommen, wenn du am Leben bleiben willst."
Das waren Draupnirs Worte an mich. Dann machten er und seine Gefolgschaft kehrt und sie gingen zurück zur Steinernen Stadt. Cassian sank wieder auf seinem Stuhl zusammen und vergrub sein Gesicht in den Händen.
Ich ging wie schlafwandelnd ins Haus. Nur langsam begriff ich, was geschehen war, und was das für mich und mein Leben bedeutete.

Am nächsten Morgen schlich mein Vater zu Konrad. Nachdem er meinen Vater von seinem Grundstück gejagt hatte, brach Konrad zusammen. Seitdem ist er in dem Zustand, in dem du ihn jetzt kennengelernt hast. Ich sehe öfter mal nach ihm. Schaue, dass er etwas isst, sich ein bisschen bewegt und frische Kleider anzieht."

Eine Weile saßen Jada und Jonas einfach nur da. Dann brach Jada das Schweigen. Sie zeigte auf einen nahe gelegenen Baum, auf dem Goromir auf einem Ast saß. „Die Dohle ist dir aus dem Wald gefolgt. Hast du das auch bemerkt?"

„Nein, aber es wundert mich nicht. Sie folgt mir schon seit ich aufgebrochen bin. Der Vogel ist eigentlich ein Mensch. Ein Zauberer: Goromir der Prächtige!

Jada entfuhr ein erstaunter Aufschrei: „Das ist Goromir? Ich habe Gerüchte gehört, dass ihm etwas zugestoßen ist. Weißt du mehr darüber?"

Jonas erzählte Jada die ganze Geschichte, soweit er sie von Nina kannte.

„Klar, dass er dir folgt. Wenn du das Buch findest und den Gegenzauber anwendest, kommt auch er frei", meinte Jada.

Nach einer Weile, in der wieder keiner der beiden etwas sagte, begann sie plötzlich: „Man braucht ein Schwert, das mit einem speziellen Zauber versehen ist, und sehr viel Mut." Sie schwieg wieder und betrachtete die Holzbohlen, die die Veranda bildeten. „Um Mirac zu befreien?", hakte Jonas nach. Jada nickte.

„Wenn ein Mensch versteinert, flüchtet die Seele im letzten Moment aus dem Körper und sucht Schutz im nächst gelegenen Baum oder Strauch. Nur deshalb ist es möglich, den Versteinerten wieder zu befreien. Fände die Seele keinen Unterschlupf, müsste sie in die Anderswelt gehen. Von dort gäbe es keine Rückkehr. Diesen Baum muss man mit dem durch Zauber präparierten Schwert fällen. Dann endet der Fluch. Die Zwerge werden aber bestimmt nicht tatenlos dabei zusehen, und mit ihnen ist nicht zu spaßen."

Jonas dachte über das gerade Gehörte nach. „Aber wenn der Baum nun einfach so gefällt wird oder sonst wie zugrunde geht, was dann?", fragte er.

„Dann ist alles verloren und Mirac ist tot", antwortete Jada mit belegter Stimme. „Das ist meine größte Angst. Oft kann ich nachts nicht schlafen deswegen. Neulich habe ich geträumt, Draupnir selber fällt den Baum. Ich bin schweißgebadet aufgewacht. Aber ich glaube nicht, dass die Zwerge das tun werden. Soweit ich weiß, mochten sie Mirac. Außerdem geben sie sowieso meinem Vater die Schuld."

„Die Frage ist nur, was sie tun werden, wenn Mirac befreit wird. Aber das werden wir ja dann sehen", sprach Jonas munter und erhob sich. „Ich nehme an, Cassian und Konrad kennen die nötigen Zauberformeln?"

Jada nickte. „Wenn die beiden versprechen, mich nach Ghom zu begleiten, werde ich versuchen, Mirac zu befreien!"

Jadas Augen begannen zu leuchten. Eilig erhob sie sich und eilte davon in den Wald.

Nach einer Weile kam sie mit Cassian zurück. „Ich habe ihm schon alles erzählt", rief sie Jonas von Weitem zu.

Cassian war ein gedrungener, muskelbepackter Mensch. Seine Augen lagen tief in den Höhlen und Jonas fand seinen Blick ein wenig verschlagen. Er war ihm nicht sonderlich sympathisch, aber Jonas würde auf ihn angewiesen sein, um nach Ghom zu kommen.

Sie schüttelten sich die Hände, wobei Cassian fest zudrückte. Jonas nahm sich zusammen, um nicht vor Schmerz aufzuschreien, und hielt unverwandt dem Blick des Schmiedes stand.

Schließlich wandte der sich um und ging zu Konrad hinüber. Er betrachtete ihn eine Weile und schüttelte den Kopf. „Ist es immer noch nicht besser mit ihm?", fragte er zu Jada gewandt. Die zuckte nur mit den Schultern. „Ich glaube, solange Mirac nicht nach Hause kommt, besteht da wenig Hoffnung."

„Also," sagte Cassian zu Jonas gewandt. „ Ich muss dein Schwert in den Wald mitnehmen, an einen geheimen Ort. Dieser Ort hat die Kraft, Zauber zu verstärken, damit sich ihre Wirkung bestmöglich entfalten kann. Dort werde ich die Waffe vergraben. Drei Tage muss sie in der Erde ruhen. Danach kannst du dein Glück versuchen. Schaffst du es, werde ich dich nach Ghom begleiten. Ob Konrad mitgeht, weiß ich nicht. Das kommt darauf an, ob Miracs Rückkehr ihn endlich aus diesem Zustand reißt."

Jonas war nicht wohl. Seine kostbare Waffe diesem Schmied anvertrauen? Was, wenn der einfach damit verschwand? Er würde ihn niemals im Wald wiederfinden. Sein Schwert aus der Hand zu geben bedeutete, sich auszuliefern. Misstrauisch und ein wenig feindselig musterte er Cassian.

Der lachte nur. „Traust mir nicht, was?", rief dieser.

Dann wurde er ernst und sah Jonas in die Augen. „Kann sein, dass ich ein Schlitzohr bin, wie viele behaupten. Aber eins ist mal sicher: Ich liebe Jada, meine Tochter. Ich kann es nicht mehr ertragen, wie sie sich jede Nacht die Augen ausweint nach ihrem Mirac. Also, mach dir keine Sorgen. Du bekommst dein Schwert in drei Tagen zurück wie abgemacht."

Ohne eine Antwort ging Jonas in die Hütte und kam kurz darauf mit seinem Schwert in den Händen wieder heraus. Er gab es Cassian, der, ebenfalls wortlos, damit im Wald verschwand.

Jonas setzte sich in die Sonne. Jetzt hieß es wohl, drei Tage lang zu warten. Das behagte ihm gar nicht, aber was sollte er machen. Jada setzte sich zu ihm.

„Was ist denn so besonders an diesem Collier, dass die Zwerge so wild darauf sind?", fragte er Jada ganz unvermittelt. Er hoffte auf eine gute Geschichte, die ihm die Zeit ein wenig vertreiben würde.

„Das kann ich dir verraten", gab Jada zur Antwort und begann mit der ...

Geschichte von Ava und Helin

„In längst vergangenen Tagen errichteten die Feen eines ihrer Königreiche, tief im Herzen von Bor.
Dort lebten sie lange glücklich in Abgeschiedenheit. Es war eine Zeit des Friedens und der Harmonie, denn die Feen führen keine Kriege. Ihr Zusammenleben gründet sich auf Respekt und Achtung. Wenn es einmal Streit gibt, berufen sie den großen Rat ein, um ihn zu schlichten. Gelingt auch das nicht, hat die Königin das letzte Wort. Ihrer Entscheidung beugen sich alle. So gelang es den Feen, in Frieden zu leben.

Doch irgendwann wanderten die ersten Menschen ein und der Frieden im Wald war dahin: Die Menschen stritten immerzu über irgendwas: Land, Schätze, Macht oder den rechten Glauben. Nie konnten sie lange ohne Krieg miteinander auskommen. Nicht lange nach den Menschen kamen Zwerge und Riesen. Damit wurde es nicht besser, denn auch sie trugen ihre Zwistigkeiten mit der Waffe in der Hand aus.

Eines Tages schließlich überfielen die Menschen die Feen und erschlugen einige von ihnen. Warum sie das taten, weiß ich nicht. Die Überlebenden zogen sich noch tiefer in den Wald zurück und schützten ihr Reich mit einem Zauber vor Besuchern.

Seitdem liegt das Reich der Feen neben unserer Welt und nur ein Schleier im Bewusstsein trennt uns voneinander. Es heißt, dass die Feen uns spüren, manchmal sogar sehen und hören können. Für uns bleiben sie unerreichbar.

Die Feen haben Tore errichtet, durch die sie von ihrer in unsere Welt gelangen können. Menschen gelangen nur durch Zufall ins Feenreich oder werden gelegentlich dorthin gelockt. Geschieht dies mit einem, muss man sehr vorsichtig sein. Wer etwas isst oder trinkt, bleibt für immer dort und vergisst seine eigene Welt. Alle anderen kehren zurück. Doch sollte man sich beeilen, denn die Zeit im Feenreich vergeht sehr, sehr langsam. Kehrt man schließlich zurück, sind alle viel älter geworden. Bleibt man einen Tag im Feenreich, sind die meisten, die man gekannt hatte, schon gestorben, wenn man zurückkehrt.

Das ist der Grund, warum Ava zu der Zeit, als sich die Ereignisse, die ich dir jetzt erzählen werde, zutrugen, bereits Königin der Feen war – obwohl es für uns Hunderte von Jahren zurückliegt.

Alles begann damit, dass Fundin, ein zu seiner Zeit weithin bekannter und gerühmter Goldschmied der Zwerge, Edelsteine für sein Meisterwerk sammelte.
Er suchte sie nicht nur nach ihrer Schönheit und Reinheit aus, sondern auch nach der Kraft, die in ihnen steckte. Heute wissen wir nur noch wenig über die verborgenen Kräfte der Steine und Mineralien. Ich weiß, dass der schwarze Turmalin vor bösem Zauber schützt und der Rubin die Leidenschaft entfacht.
Doch das ist nichts im Vergleich zu dem, was die Zwerge darüber wissen.
Fundin war ein Meister der Kenntnisse über alle Materialien, die die Zwerge verwenden. Weder vor noch nach ihm hat jemals jemand so viel Wissen darüber zusammengetragen.
Als er alle Steine beieinander hatte, die er brauchte, begann er ein unvergleichliches Schmuckstück zu fertigen. Seine Absicht war es, einen Gegenstand großer magischer Macht zu schaffen. Denn die Zwerge hatten in jener Zeit große Schwierigkeiten, sich gegen die Menschen und Riesen zu behaupten. Fundins Meisterwerk sollte den Zwergen eine Vormachtstellung bescheren. So erschuf er das Collier Helin.
Was er sich vorgenommen hatte, gelang ihm auch: Die Macht Helins stellte alles bisher Dagewesene in den Schatten. So begann Fundins Aufstieg vom Goldschmied zum mächtigsten König der Zwerge.
Zuerst einmal nutzte Fundin die Macht, die Helin innewohnt, dafür, Herrscher über die Zwerge zu werden. Dann begann er, seine Macht auch auf die Menschen und Riesen auszudehnen. Ein Reich nach dem anderen unterwarf er seiner Herrschaft.
Nur das Reich der Feen blieb ihm verschlossen. Der magische Schutz, den die Feen um ihr verborgenes Reich errichtet hatten, hielt Helins Kraft stand.
Das ärgerte Fundin maßlos, denn die Feen, obwohl eigentlich nicht an Metallen interessiert, haben eine ganz spezielle

Legierung, die sie Noun nennen. Das Besondere an Noun ist, dass es unvorstellbar dünn ausgewalzt werden kann und trotzdem eine ungeheure Stabilität behält. Trotz seiner hohen Festigkeit ist es ganz einfach zu bearbeiten und zu alledem auch noch sehr leicht. So lassen sich Waffen, Rüstungen, Schmuck und Werkzeuge von herausragender Qualität ganz einfach herstellen.

Fundin wollte dieses Noun unbedingt haben. Dass er die Feen nicht beherrschte, war ihm völlig gleichgültig. Ihr Reich war eine Zwischenwelt. Sie traten so gut wie nie in Erscheinung und störten seine Machenschaften nicht.

Aber Noun musste ihm um jeden Preis zur Verfügung stehen.

Wieder und wieder versuchte Fundin, in die Feenwelt einzudringen. Immer misslang es und nach jedem missglückten Versuch war Fundin tagelang in einem Zustand rasender Wut. Wer konnte, ging ihm dann aus dem Weg. Die anderen lebten gefährlich und mehr als ein Zwerg verlor sein Leben, wenn Fundin ein Opfer suchte, um seinen Zorn zu kühlen.

Ava jedoch war in steter Sorge wegen der andauernden Angriffe auf den Schutz ihres Reiches. Zwar hielten die Feen mit ihrer Magie der Kraft Helins stand, aber dies gelang nur, indem sie ihre ganze Kraft in den Schutzring fließen ließen.

Sie musste daher ein Mittel ersinnen, den Angriffen ein für alle Mal ein Ende zu bereiten. Nur wie? Sich den Zwergen mit Gewalt entgegenzustellen, kam nicht infrage. Nicht nur, dass das den Gesetzen der Feen zuwider gelaufen wäre, sie hatten auch gar nicht die Stärke, dem Zwergenheer etwas Wirkungsvolles entgegen zu setzten.

Sie musste also einen anderen Weg finden, um ihr Ziel zu erreichen.

Oft, wenn Fundin der Trubel und die Geschäftigkeit an seinem Hof zu viel wurde, zog er sich an einen stillen Platz im Wald zurück, um seine Gedanken zu ordnen. Zwar wurde der Ort dann von seiner Leibgarde gut bewacht, aber auf der kleinen Lichtung, die er ausgesucht hatte, war Fundin stets allein. Hier stand einer der vielen hohlen Bäume, die man überall in Bor finden kann.

Was Fundin nicht wusste: Er war eines der Tore zur Feenwelt. Eines Tages nun, als er wieder auf der Lichtung saß und nachdachte, schlüpfte Ava aus einer Spalte im Baum. Scheinbar unbekümmert ging sie auf Fundin zu, der sie völlig entgeistert anstarrte.

„Sei mir gegrüßt, großer Fundin. Wie freue ich mich, dir einmal zu begegnen", begrüßte ihn Ava und setzte dabei ihr strahlendstes Lächeln auf. Du musst wissen, die Feen sind sehr schön, und Ava ist die Schönste von allen.

Fundin starrte völlig verwundert auf die atemberaubende Schönheit, die da so plötzlich vor ihm aufgetaucht war: Ava war klein und zierlich. Sie hatte lange gelockte tiefschwarze Haare und eine gleichmäßig gebräunte Haut. Ihre vollen Lippen, ihre schlanke, aber wohlgeformte Gestalt und ihre überaus anmutigen Bewegungen ließen Fundins Herz schneller schlagen. Er saß auf einem Stein. Bekleidet war er, wie es seine Art war, mit der Lederschürze der Zwergenschmiede. Auf seiner breiten dicht behaarten Brust funkelte und glitzerte Helin, Garant und Zeichen seiner Macht.

Er fühlte sich ein wenig unbehaglich, denn die Zwerge wissen nur zu genau, dass die anderen Völker im Wald sie nicht gerade schön finden.

Doch dann ging ein Ruck durch Fundin: „Das ist die Gelegenheit, dafür zu sorgen, dass ich an das Noun herankomme", ging es ihm durch den Kopf und er machte einen Satz nach vorne, um Ava zu packen.

Mit einem silberhellen Lachen, so als sei alles nur ein Spaß, entwand sie sich leichtfüßig seinen Händen und huschte ein wenig näher an den Baum hin.

Fundin setzte nach und wieder entkam ihm Ava. Noch immer tat Ava so, als sei alles nur eine harmlose Neckerei, und lockte Fundin weiter mit Blicken und Gesten. Schließlich standen beide vor dem Baum und Ava schlüpfte durch den Spalt.

Fundin, dessen Blut nun schon in Wallung geraten war, vergaß alle Vorsicht und eilte hinterher.

Auf der anderen Seite der Baumspalte fand er sich in einer eigenartigen Landschaft wieder. Ein sanftes Zwielicht tauchte alles in einen goldenen Schimmer. Der Himmel war gleichförmig hell, eine Sonne war auf ihm nicht auszumachen. Um ihn her wuchsen überall niedrige knorrige Büsche, die über und über mit großen cremeweißen Blüten bedeckt waren, denen ein schwerer süßer Duft entströmte. Seltsame Vögel mit eigenartig schillerndem Gefieder in allen Farben des Regenbogens nisteten in den Büschen und den wenigen Bäumen, die Fundin ausmachen konnte. Es war seltsam still in dieser Welt, kein Geräusch war zu hören, nur das eigene Blut rauschte in Fundins Ohren.

Er wandte sich um, doch der Riss in der Rinde des Baums hatte sich geschlossen. Umkehren konnte er nicht.

Er erspähte Ava in einiger Entfernung. Sie winkte und rief zu ihm hinüber: „Kommst du nicht?" Dann drehte sie sich um und ging einen schmalen Pfad entlang, der sich in der Ferne am Horizont verlor. Angezogen von Avas Schönheit und getrieben von seiner Gier nach dem edlen Metall, lief er ihr nach. Einholen konnte Fundin Ava nicht, so sehr er sich auch bemühte. Dabei wurde er immer ärgerlicher.

Schließlich gelangte er auf eine freie Fläche im Gelände.

Hier erhoben sich viele der aus Wurzeln, Moos und Zweigen gebauten Behausungen der Feen. In der Mitte stand, um einen gewaltigen Baum herum erbaut, eine große Halle.

In ihrem Tor stand Ava und erwartete den Zwergenkönig: „Komm herein", sagte sie ganz freundlich „Lass uns eine Lösung für deine Begierde nach Noun finden."

Eigentlich hatte Fundin beschlossen, mithilfe von Helin die Feen hier mitten in ihrem Reich zu unterwerfen und sich das Noun einfach zu nehmen. Aber vielleicht war ja eine Einigung mit der schönen Fee möglich. Beide waren sie auf ihre Art mächtig und wer weiß? Macht zu Macht, dass kam ja nicht so selten vor. „Vielleicht bekomme ich zum Noun auch noch die Feenkönigin", dachte Fundin und spürte, wie sein Herz plötzlich wieder schneller schlug.

Also trat er ein und setzte sich auf den angeboten Platz.

Das Angebot Avas, etwas zu trinken oder zu essen, lehnte er dankend ab. In diese Falle, so viel war klar, würde er nicht tappen. Ava hatte das auch nicht erwartet. Es hätte sie auch ziemlich enttäuscht. Bei aller Gefahr, die diese heikle Situation mit sich brachte, hatte sie doch auch ein wenig Spaß an der

Sache und hoffte auf einen würdigen Gegner.

„Würdig, aber bitte unterlegen", dachte sie bei sich.

Sie setzte sich dicht neben Fundin und schenkte ihm erneut ein strahlendes Lächeln

„Weißt du", begann sie, „diese ewigen Streitereien zwischen uns um dieses alberne Noun! Dabei haben doch unser beider Völker immer wieder unter den anderen gelitten. Besonders unter den Menschen, die uns und auch euch überfallen haben. Euch sogar viel öfter als uns, denn ihr konntet eure Welt nicht schützen. Wir sollten zusammenarbeiten. Beide haben wir große Macht. Wenn wir sie vereinen, könnten wir diesen Wald von Menschen und Riesen säubern. Dann könnten auch wir Feen wieder frei in der Welt leben, die wir lieben. Du hast die Soldaten und wir das Noun. Wenn sich daraus nicht eine Allianz schmieden lässt, dann weiß ich auch nicht."

Ava legte Fundin sanft ihre Hand auf den Unterarm.

Der bekam einen trockenen Mund und ein wohliger Schauer lief über seinen Rücken.

Ja, eine starke Allianz mit den Feen. Warum eigentlich nicht? Waren dann die Menschen und Riesen erst einmal beseitigt, konnte niemand mehr die Macht der Zwerge infrage stellen. Dann konnte er immer noch überlegen, was mit den Feen geschehen sollte.

„Dein Plan gefällt mir gut" antwortete Fundin. So werden wir es machen zu unser beider Nutzen"

Fröhlich lachte Ava auf, beugte sich ein wenig vor, nahm Fundins Gesicht in beide Hände und gab ihm einen Kuss auf den Mund. Seinen Händen, die nach ihr griffen, entglitt sie auch diesmal geschickt.

„Wir müssen unseren Pakt mit einem großen Fest besiegeln, so wie in alten Zeiten", meinte Ava.

Mit großen Gesten und ausschweifenden Worten beschrieb sie Fundin das große Fest, das ihr für dieses denkwürdige Ereignis vorschwebte. Sie redete und redete und es schien, als wolle sie nie wieder damit aufhören.

Fundin hörte ihr am Anfang noch amüsiert zu, wurde aber, je länger Avas Ausführungen dauerten, zusehends ungeduldiger und ärgerlicher.

Gerade, als er Ava das Wort abschneiden wollte, bemerkte er plötzlich eine Veränderung an sich.

Avas Worte begannen, wie durch einen Nebel zu ihm durchzudringen. Gleichzeitig wurden erst seine Beine und bald darauf sein ganzer Körper schwer wie Blei. Es fiel ihm sichtlich schwer, sich auf seinem Sitz zu halten.

Ava hatte aufgehört, auf ihn einzureden. Hoch aufgerichtet stand sie vor ihm, ihre Augen funkelten wütend und sprühten förmlich. „Du Narr! Hast du wirklich allen Ernstes gedacht, wir würden mit dir gemeinsame Sache machen und die Welt mit noch mehr Krieg und Gewalt überziehen? Hast du geglaubt, du könntest Ava, die Königin der Feen, vor deinen Karren spannen? Wir Feen kennen viele Künste. Gift ist eine von ihnen. Da kommt es auf die Dosis an, weißt du. Zu viel ist tödlich, die richtige Menge aber lähmt und betäubt. In unserem Wald wächst die Pflanze des ewigen Schlafes. Wenn man ein bisschen von ihrem Saft auf die Lippen streicht und jemanden küsst, hat das eine beeindruckende Wirkung. Natürlich gibt es auch Pflanzen, die vor der Wirkung des Giftes schützen. Die sollte man einnehmen vor dem Kuss!" Ava lachte, doch dieses Lachen hatte seine naive Fröhlichkeit verloren. Spott und Hohn schwangen stattdessen in ihm mit.

Mit einem letzten Aufbäumen sprang Fundin auf und griff nach Helin. Ava erschrak. So viel Kraft und Widerstand gegen das Gift hatte sie nicht erwartet. Fiel ihre Maske am Ende zu früh? Sie wich einen Schritt zurück.

Doch ihre Sorge war unbegründet: Fundin hatte seine letzten Kräfte verbraucht. Haltlos sackte er in sich zusammen und fiel zu Boden. Ava ging zu dem reglosen König der Zwerge und nahm ihm Helin ab. Sie legte es sich selbst um den Hals, bevor sie ihre Wachen rief. Die fesselten Fundin und brachten ihn weg.

Inzwischen ging es in der Welt jenseits des Feenreiches drunter und drüber. Die Zwerge hatten ihren König verloren. Die Wachen konnten keine Spur von ihm finden, so sehr sie auch nach ihm suchten. Er war wie vom Erdboden verschluckt. Als Fundin nicht wieder auftauchte, erschütterten innere Spannungen das Zwergenreich. Der verschwundene König hatte ein Machtvakuum hinterlassen, das viel zu viele füllen wollten.

Es kam zu bewaffneten Auseinandersetzungen zwischen den Zwergen, die ihr Reich schwächten. Menschen und Riesen zögerten nicht lange und nutzten die Chance. Schließlich zogen sich die Zwerge in die Steinerne Stadt zurück, die sie heute nur noch selten verlassen.

Viele, viele Jahre später tauchte plötzlich ein Zwerg in der Steinernen Stadt auf, den niemand kannte. Er trug eine altertümliche Schürze, wie sie einst die Schmiede getragen hatten, und redete in einer nicht mehr gebräuchlichen alten Sprache. Er behauptete, der König zu sein und dass die Feen ihm Helin gestohlen hätten.

Alle lachten ihn aus und der fremde Zwerg wurde wütend.

Da verjagten ihn die anderen und er flüchtete in den Wald. Einsam und versteckt verbrachte Fundin so seine letzten Jahre. Er war ein gebrochener Mann. Alles, was er sich in seinem Leben aufgebaut hatte, hatte er verloren.

Um sicherzugehen, dass er keine Gefahr mehr werden konnte, hatten ihn die Feen einige Zeit gefangen gehalten. Niemand aus Fundins Tagen lebte mehr, als sie ihn freiließen und er war bei seinem eigenen Volk nur mehr eine ferne Erinnerung.

Erst sehr viel später begegnete ein Zwerg zufällig Ava im Wald und sah, dass sie Helin trug. Da erkannten die Zwerge, dass der Unbekannte wirklich Fundin gewesen war."

Jada hatte ihre Erzählung beendet und war in die Hütte gegangen, um nach Konrad zu sehen. Jonas blieb sitzen und dachte über Ava und Fundin nach. Nun verstand er, welche große Bedeutung Helin für die Zwerge hatte und er verstand jetzt auch ihre Wut auf Cassian und Mirac.

Drei Tage später kam Cassian am frühen Morgen aus dem Wald. Wie versprochen trug er das Schwert bei sich und gab es Jonas. Der musterte es neugierig und auch ein wenig misstrauisch.

„Du wirst keinen Unterschied zu vorher bemerken. Der Zauber hinterlässt keine sichtbaren Spuren an der Waffe. Erst wenn du den Baum fällst, in dem sich Miracs Seele verborgen hält, wird er offenbar", erklärte Cassian.

Jonas nickte und fragte Cassian und Jada: „Was nun? Wir haben noch nicht darüber gesprochen, wie das Ganze vonstatten gehen soll. Jemand muss mir den Weg zur Steinernen Stadt zeigen. Ich nehme an, dass wir nach Miracs Befreiung vor den Zwergen fliehen müssen. Sie werden wohl nicht einfach zusehen und uns alles Gute wünschen. Wohin sollen wir fliehen, welche Chancen haben wir überhaupt zu entkommen?"

Cassian antwortete: „Das sind viele Fragen auf einmal. Nicht alle sind sicher zu beantworten. Ich werde dich zur Stadt der Zwerge führen. Dort gilt es erst mal, den richtigen Baum zu wählen. Die Seele hat nicht viel Zeit, eine Zuflucht zu finden. Also wird sie den nächstbesten Baum gewählt haben. Aber hier im Waldland stehen überall viele Bäume und ich weiß nicht, ob lediglich einer infrage kommen wird. Vielleicht ist die Lage nicht eindeutig. Wir werden aber nicht viel Zeit haben, um unsere Wahl zu treffen. Die Zwerge werden uns bald bemerken. Mirac steht an der Straße, die direkt in die Steinerne Stadt führt. Da ist immer viel Verkehr.

Treffen wir die falsche Wahl, ist unser Unternehmen wohl gescheitert. Sobald werden wir sicher keine zweite Gelegenheit bekommen, um es noch einmal zu versuchen.

Wenn es dir gelungen ist, Mirac zu befreien, werdet ihr fliehen müssen. Überlass es Mirac, den Fluchtweg zu bestimmen. Er kennt sich bestens im Wald aus und ist schnell und geistesgegenwärtig. Du kannst ihm blind vertrauen. Das musst du auch, denn lange Debatten über den Weg, den ihr einschlagt, werdet ihr euch nicht leisten können. Denk daran, denn das ist sehr wichtig!

Das erste Stück müsst ihr über die Straße fliehen. Da gibt es keine andere

Möglichkeit. Nur so kommt ihr aus der Senke heraus. Dort, wo sie sich weitet, werde ich in einem Hinterhalt verborgen liegen. Ich werde die Zwerge einen Moment aufhalten können. Das wird euch einen kleinen Vorsprung verschaffen. Wir müssen uns dann hier treffen. Konrad hat sein Haus schon vor Jahren mit einem Bannkreis belegt, damit es von ungebetenen Besuchern nicht gefunden werden kann. Die Zwerge werden also nicht ohne Weiteres hierher vordringen können. Allzu lange wird es allerdings auch nicht dauern, bis es ihnen gelingt. Ich habe, während ich an dem Zauber für dein Schwert gearbeitet habe, viel über den heutigen Tag nachgedacht. Es wird uns nichts anderes übrig bleiben, als von hier zu fliehen. Egal, was passiert, und ob es uns gelingt, Mirac zu befreien, und ob alle wohlbehalten in dieses Haus zurückkehren: Die Zwerge werden das, was wir nachher tun werden, als eine Art Kriegserklärung verstehen.

Da wir uns auf Dauer nicht gegen sie behaupten können, müssen wir alle eine neue Bleibe finden.

Meine Frau wird jeden Moment hier eintreffen, sie wird mit uns kommen. Wie versprochen werden wir zusammen versuchen, Ghom zu finden, um dir bei der Suche nach dem Buch zu helfen. Wo wir danach hingehen werden, weiß ich nicht."

Jada die Flinke blickte erschrocken ihren Vater an. So ganz hatte sie die Tragweite der Befreiungsaktion bisher noch nicht erkannt.

„Wir müssen unsere Heimat verlassen, für immer? Aber das mit Mirac, das wird doch gelingen, oder?", fragte sie mit zittriger Stimme. „Bestimmt!", antworteten Cassian und Jonas wie aus einem Munde. Doch es war ihnen anzuhören, dass sie sich nicht so völlig sicher waren. Jada nickte schicksalsergeben. Was blieb ihr auch anderes übrig. Wollten sie Mirac jemals wiedersehen, mussten sie das Risiko eingehen.

Die Vorstellung, den Wald von Bor für immer zu verlassen, erschreckte Jada jedoch sehr. Der Wald war ihre Heimat. Hier war sie aufgewachsen, hier hatte sie ihr ganzes Leben verbracht. Die Welt draußen war ihr fremd. Nur vom Hörensagen, durch die Erzählungen der Händler, die gelegentlich zu ihr und ihrem Vater gekommen waren, hatte sie eine vage Vorstellung davon, wie es außerhalb ihres geliebten Waldes aussah. Jada setzte sich und stützte den Kopf in ihre Hände. Wäre ihr Vater doch nur nie auf diese verrückte Idee mit dem gefälschten Schmuck gekommen, wünschte sie sich zum hundertsten Mal. Aber was half's? Es war nun einmal so. Es gab keinen Weg mehr zurück.

Inzwischen hatten sich Cassian und Jonas zum Aufbruch gerüstet. „Ich werde mitgehen. Ich bleibe nicht hier und warte stundenlang auf euch. Da werde ich ja verrückt dabei", verkündete Jada plötzlich. „Lass gut sein", antwortete Jonas. „Unsere Stärke liegt in der Überraschung und in der Schnelligkeit, nicht in der Anzahl, mit der wir aufmarschieren. Je weniger wir sind, desto besser. Bitte versuche, während wir weg sind, Konrad irgendwie aufzurütteln. Erzähl ihm, was wir tun werden. Vielleicht hilft das. Wir werden wahrscheinlich schnell wegmüssen, um uns vor den Zwergen in Sicherheit zu bringen. Wenn er in diesem Zustand bleibt, was dann?"

„Kommt nicht infrage, da könnt ihr machen, was ihr wollt. Ich werde euch begleiten", beharrte Jada.

Die beiden Männer gaben sich geschlagen. Sie würden Jada nicht abhalten können mitzukommen. Jadas Gesichtsausdruck und die Entschlossenheit in ihrer Stimme ließen daran keinen Zweifel.

Jada und Cassian gingen ins Haus und holten ihre Eibenstäbe, die sie, so bemerkte Jonas erst jetzt, immer bei sich trugen. Dann brachen die drei auf.

Zwei Stunden später lugten sie vorsichtig durch ein Gebüsch am Rande einer steilen Böschung in die Senke der Steinernen Stadt hinunter.

„Da rechts drüben, der große graugrüne Fels, siehst du den? Das ist Mirac", erklärte Cassian. Jonas nickte. Er war überrascht, wie groß der Fels war. Viel größer als ein Mensch. Die Straße, die zu den Zwergen führte, verlief direkt neben ihm.

Ganz nahe standen zwei kleine Bäume. „Mist!", entfuhr es Jada. „Da hätte einer doch wirklich gereicht." „Wenn du dort bist, schau, ob einer der beiden ein wenig näher am Felsen steht als der andere. Versuch es mit dem!", riet Cassian.

„Erkenne ich irgendwie, ob ich richtig gewählt habe? Ich meine, schon im Moment des Zuschlagens?", fragte Jonas.

„Ja, beim richtigen Baum wird das Schwert anfangen zu glimmen, sobald du mit dem Fällen beginnst", bekam er zur Antwort.

Wenig später erreichten die Wanderer die Straße. Hier würden sie sich trennen. Cassian und Jada wollten sich hinter zwei kleineren Felsen verbergen. Oben, am Rand der Böschung, die auch hier die Straße säumte, lagen ein paar größere Brocken. Cassian und Jada würden versuchen, einen Felsschlag auszulösen, um die Zwerge aufzuhalten.

Jonas war noch nicht weit auf der Straße gegangen, da kam ihm eine kleine Gruppe Zwerge entgegen. Jonas hatte noch nie Zwerge gesehen.

Bei aller Anspannung und Vorsicht war er doch auch neugierig. Persönlich hatte er ja gar nichts gegen sie. Als er die Zwerge erreicht hatte, stellte er fest, dass sie ihm nur wenig über Bauchhöhe gingen und von sehr gedrungener Statur waren. Ihre nackten Unterarme und Waden waren sehr muskulös. Man sah ihnen an, dass sie über große Kraft verfügten, und Jonas glaubte sofort, dass sie sehr hart arbeiten konnten. Wahrscheinlich sind sie auch zähe Kämpfer, fügte er noch in Gedanken hinzu.

Die Zwerge beäugten ihn argwöhnisch.

„Hallo, ich heiße Junker Jonas und freue mich sehr, euch zu sehen. Ich suche nämlich die große Zwergenstadt und wenn ich euch so sehe, denke ich, sie kann nicht mehr weit sein. Ich will mir bei euch ein neues Schwert kaufen. Mein altes ist nicht mehr besonders gut und ich habe gehört, dass ihr Zwerge die allerbesten Schwerter der Welt macht", plauderte Jonas drauflos.

Einer der Zwerge antwortete ihm und seine Stimme klang wie ein dumpfes unterirdisches Grollen: „Unsere Stadt ist nur noch ein paar Minuten in diese Richtung. Wir machen Schwerter und man kann sie auch kaufen. Aber für gewöhnlich haben wir ein paar vertrauens- würdige Händler, denen wir unsere Waren verkaufen. Wir handeln nicht mit jedem und schätzen Besuch nicht übermäßig. Aber geh nur. Unsere Schmiede werden dich nicht unverrichteter Dinge fortschicken."

Ohne sich weiter um Jonas zu kümmern, gingen die Zwerge wieder ihrer Wege.

Auch Jonas setzte seinen Weg fort und erreichte bald darauf den Felsen, der einmal Mirac der Starke gewesen war. Er blieb stehen.

Zu Jonas großer Enttäuschung standen die beiden Bäume, die sie vorhin vom Rand der Böschung aus erspäht hatten, nahezu gleich weit vom Felsen entfernt. Jeder der beiden konnte der Baum sein, in dem Miracs Seele auf ihre Befreiung wartete.

Jonas sah sich um und entdeckte in nicht allzu weiter Entfernung eine Art Grenzhäuschen. Es war wohl ein Wachposten, denn ein Zwerg stand in der Tür und beobachtete ihn aufmerksam.

Jonas überlegte nicht lange. Es gab nichts, woran er den richtigen Baum erkennen konnte und stundenlang hier herumstehen und rätseln, konnte er auch nicht. Er war den Zwergen anscheinend sowieso verdächtig.

Der Wachposten verließ sein Häuschen und begann, auf Jonas zuzu- gehen. Jonas zog sein Schwert und hieb auf den ihm am nächsten stehenden Baum ein. Nichts! Kein Glimmen seines Schwertes. Es war der falsche Baum.

„HEY!", rief der Zwerg laut und begann zu laufen.

Dabei rief er etwas in der Zwergensprache. Es war ein Alarmruf, denn sofort kamen noch zwei weitere Zwerge aus dem Haus. Mit einem Sprung war Jonas bei dem zweiten Baum und schlug mit aller Kraft, die er aufbieten konnte, auf ihn ein. Sein Schwert durchtrennte den dünnen Stamm. Es glomm auf und Jonas hörte ein lautes herzzerreißendes Seufzen.

Gleichzeitig erscholl vom Felsen ein ohrenbetäubendes Krachen. Jonas fuhr herum. Der Felsen war verschwunden. Stattdessen stand ein verwirrt aussehender junger Mann neben der Straße.

Die Zwerge waren inzwischen schon gefährlich nahe gekommen. Jonas spurtete los und rief: „Schnell Mirac, wir müssen sofort hier weg!"

Der Warnruf rüttelte Mirac auf. Ohne zu zögern, rannte auch er los in Richtung Talausgang. Die Zwerge waren ihnen dicht auf den Fersen. Plötzlich hörte Jonas hinter sich ein eigenartiges Sirren. Ohne lange zu überlegen, fuhr er herum und sah nur eine Art Schatten auf sich zufliegen. Instinktiv riss er sein Schwert, dass er noch immer in der Hand hielt hoch. Mit einem hässlichen Klirren traf die Wurfaxt, die einer der Zwerge geschleudert hatte, auf Jonas' Waffe und wurde abgelenkt. Um ein Haar wäre Jonas das Schwert aus der Hand geschleudert worden, so groß war die Wucht. Nun hatte es eine tiefe Scharte, von der sich ein langer Riss die Klinge hinunterzog. Jonas war mit dem Schrecken davongekommen, aber nun war er praktisch wehrlos. Das Schwert war zu nichts mehr zu gebrauchen.

Jonas war erschrocken über die riesigen Kräfte der Zwerge. Auch das Tempo, mit dem sie rannten, war enorm. Lange würde es nicht mehr dauern, bis sie Jonas und Mirac eingeholt hätten. Es sah nicht gut aus für die zwei. Jonas bemerkte, dass Mirac immer stärker außer Atem kam. Die Zeit als Felsen hatte seiner körperlichen Verfassung geschadet.

Jetzt passierten sie die Stelle, an der Cassian und Jada verborgen lagen. Kaum waren sie vorbei, da ertönte knapp hinter ihnen ein gewaltiges Getöse. Sie blickten kurz über die Schulter und sahen, dass von der Böschung ein gewaltiger Felssturz niedergegangen war. Massive Felsbrocken blockierten die Straße und versperrten den Talausgang.

Sie blieben einen Moment stehen, um zu Atem zu kommen. Cassian und Jada spurteten an ihnen vorbei.

„Beeilt euch, ihr könnt hier nicht ausruhen. Der Felssturz wird sie nicht lange aufhalten. Rennt!", rief ihnen Cassian zu.

Sie setzten sich wieder in Bewegung. Als sie den Waldrand erreichten, drehte sich Jonas noch einmal um. Der erste Zwerg hatte bereits den Felshaufen erklommen und begann, auf der anderen Seite herunterzuklettern. Jonas und Mirac verschwanden eilig unter den Bäumen. Das dämmrige Grün umfing sie und Jonas fühlte sich ein wenig sicherer. Hier waren sie nicht so leicht zu finden wie im offenen Gelände.

Plötzlich erschallte der Klang großer Hörner und wurde als Echo von den Talhängen zurückgeworfen. „Das sind ihre Alarmhörner", stieß Mirac hervor. „Ich wette, als Nächstes hören wir ihre Trommeln. Damit können sich die Zwerge über weite Strecken verständigen und Botschaften austauschen. Der Rhythmus und die Schlagabfolge bilden dabei eine Art Sprache. Dann wissen alle Zwerge in weitem Umkreis, was gerade passiert ist. Sie werden ihre Arbeit unterbrechen und den Wald nach uns absuchen."

Tatsächlich! Kaum hatte Mirac zu Ende gesprochen, da hörte Jonas dumpfe Trommelschläge. Der Lärm schreckte große Schwärme Vögel auf, die sich laut kreischend in die Luft erhoben.

Eine ganze Weile hasteten Jonas und Mirac schweigend durch den Wald. Jonas hatte jede Orientierung verloren. Mirac aber schien genau zu wissen, wo es langging. Jonas nahm sich Cassians Ermahnung zu Herzen und folgte ihm, ohne Fragen zu stellen.

Schließlich kamen sie an eine Stelle, die ihm bekannt vorkam. Er glaubte, einige Geländemerkmale sowie Bäume und Büsche wiederzuerkennen. „Jetzt sind wir bald da", dachte er erfreut.

Dann gelangten sie tatsächlich auf eine Lichtung. Aber sie sah ganz anders aus als die, auf der Konrad der Köhler sein Haus hatte. Jonas hatte sich getäuscht.

Die Lichtung wurde von einem kleinen Flüsschen durchzogen und war viel größer als alle Lichtungen, die er bisher in Bor gesehen hatte. Mitten auf dieser Lichtung standen fünf bewaffnete Zwerge.

Mit einem lauten Fluch fuhr Mirac herum und eilte so schnell er konnte wieder in den Wald hinein. Jonas sprang hinterher.

Aber auch die Zwerge folgten mit lautem Wutgeschrei. Jonas hoffte erst, die Zwerge im Dickicht abhängen zu können. Der Lärm hinter ihm machte aber bald klar, dass er darauf nicht zu bauen brauchte. Mirac und Jonas erreichten einen See, in den der Fluss, der von der Lichtung kam, mündete. Ausgedehntes Schilf säumte seine Ufer.

Hastig riss Mirac zwei der hohlen Schilfstängel ab.

„Wir verbergen uns im See. Durch diese hohlen Stängel können wir atmen. Versuch sie so ruhig wie irgend möglich zu halten. Wenn sie zu sehr wackeln, ist das verdächtig. Los, wir haben nur wenig Zeit, die Zwerge sind dicht hinter uns", stieß Mirac hervor und watete zielstrebig in den See.

Sie näherten sich seitlich einem großen Schilffeld. So vermieden sie, dass die ganzen Pflanzen in Bewegung gerieten und die zahlreichen Wasservögel aufflogen. Das hätte sie verraten.

Am Schilf angekommen, tauchten sie unter und legten sich still auf den Seegrund. Die Stängel ragten über den Wasserspiegel hinaus. So konnten sie bequem atmen. Stundenlang hätten sie so im Wasser liegen können. Allerdings war der See ziemlich kalt.

Jonas hoffte, dass die Zwerge schnell weiter rennen würden. Er wollte schon nach einigen Sekunden im Wasser schnellstmöglich wieder in die Sonne.

Die Zwerge hatten inzwischen ebenfalls den See erreicht. Jonas konnte sie sprechen hören. Auch wenn er die Zwergensprache nicht verstand, nahm er doch an, dass sie über den Weg stritten, auf dem sie die Verfolgung fortsetzen sollten. Zitternd lag Jonas im Schlamm des Sees. Seinen Schilfstängel hielt er schon längst nicht mehr still. Das war bei der Kälte einfach unmöglich. Zu ihrem Glück achteten die Zwerge jedoch überhaupt nicht auf den See. Ihr Interesse galt nur dem Pfad, der sich in beide Richtungen am Ufer entlangzog. Endlich hatten sie sich entschieden und folgten dem Weg, der nach Norden am See entlangführte.

Die zwei Flüchtenden warteten noch eine Weile, um ganz sicher zu gehen, dass die Zwerge auch wirklich nicht mehr in Sichtweite waren. Jonas hielt die Kälte schließlich nicht mehr aus und tauchte auf. Schlotternd watete er ans Ufer und stellte sich in die Sonne. Das schlammige Seewasser rann in kleinen Bächlein an ihm herab, er war völlig durchweicht.

Bald darauf kam auch Mirac ans Ufer, ebenfalls unterkühlt und triefend nass. „Los weiter", meinte er nur und sie setzten ihren Weg fort.

Ihre kalten, steifen Muskeln taten nur unwillig ihren Dienst. Aber die Bewegung tat ihnen gut, um wieder warm zu werden.

Jonas spürte, dass er langsam müde wurde. Da erreichten sie endlich das Haus von Konrad dem Köhler.

Cassian und Jada waren schon da. Jada stand auf der Veranda und hielt aufgeregt nach allen Seiten Ausschau. Als sie Mirac erblickte, flog sie regelrecht über die Lichtung und in seine Arme. „Hey", lachte Mirac,

„ich bin nass und dreckig." „Ist mir egal", hauchte Jada glücklich und schmiegte sich eng an Mirac. Endlich war er wieder da. Die Zeit des bangen Wartens hatte ein Ende.

Jonas überließ die beiden ihrem Glück und ging die letzten Meter bis zum Haus. Cassian kam heraus. Um seinen linken Arm trug er einen Verband.

„Die Zwerge?", fragte Jonas.

„Nein, einer der Felsen, die von der Böschung gestürzt sind, hat mich gestreift. Es ist nicht schlimm. Ein paar Hautabschürfungen. In ein, zwei Tagen ist das geheilt. Seid ihr unverletzt? Ihr habt lange gebraucht."

Jonas schilderte ihre Flucht in knappen Sätzen. Er wurde einfach nicht warm mit diesem Cassian, ohne dass er hätte sagen können, warum.

Während sie sich unterhielten, kam eine Frau aus dem Haus. Es war Adelgard die Stille, Cassians Frau. Sie war hochgewachsen, schlank und hatte lange glänzende rote Haare. Wie Cassian war auch sie nicht mehr jung. Das verrieten die Fältchen um ihre Augen und den Mund. Ihre Stirn lag in tiefen Sorgenfalten. Sie berührte Cassian leicht am Arm.

„Wir sollten schleunigst hier verschwinden. Wir brauchen einen sicheren Ort."

Cassian nickte. „ Adelgard hat zwei Maultiere und etwas Ausrüstung mitgebracht. Wir hatten noch ein paar wärmende Umhänge in unserem Haus. Die werden wir nachts brauchen. Ein Feuer können wir nicht entzünden. Es könnte die Zwerge zu uns führen. Hast du noch trockene Kleidung dabei?", fragte Cassian zu Jonas gewandt. Der nickte nur und machte sich auf die Suche nach seinen Sachen.

„Ich werde sehen, ob ich Mirac aus der Umarmung unserer Tochter lösen kann", sprach Cassian zu seiner Frau mit leicht spöttischem Unterton. „Er soll sehen, dass er Konrad endlich aus seiner Lethargie befreit. Sonst müssen wir ihn hierlassen oder auf eines der Maultiere binden."

Cassian stapfte über die Lichtung zu dem jungen Paar.

Nachdem er ein paar Worte mit Mirac gewechselt hatte, löste der sich von Jada und ging zu seinem Vater. Leise redete er auf ihn ein und tatsächlich: In Konrads Gesicht begann es zu arbeiten. Zögernd begann er sich zu regen und sah dabei aus wie jemand, der aus großen Tiefen langsam wieder auftauchte und zu sich kam. Ein strahlendes Lächeln machte sich auf seinem Gesicht breit. Er stand auf und drückte Mirac fest an sich. Der erklärte seinem Vater hastig, was geschehen war.

Konrad sah sich um, entdeckte Jonas und ging zu ihm hinüber.

„Danke!", sagte er nur und reichte Jonas seine große blauschwarze

Köhlerhand. Jonas ergriff sie. „Gerne", war alles, was er antwortete. Konrad war kein Mann vieler Worte. Das spürte Jonas sofort und für ihn waren die auch nicht nötig.

Cassian und seine Familie hatten inzwischen begonnen, die wenige Ausrüstung, die sie mitnehmen wollten, auf die zwei Maultiere zu verteilen. Jonas sattelte sein Pferd und verstaute mit wenigen geübten Handgriffen die Sachen, die er mit sich führte. So war die kleine Gruppe binnen weniger Minuten abmarschbereit und verschwand auf einem schmalen Pfad im Wald. Verlassen und still lag nun die Lichtung und Konrads Haus im Sonnenschein.

Doch wie Cassian vorhergesagt hatte, dauerte es nicht lange, bis eine Gruppe schwer bewaffneter Zwerge auf die Lichtung stürmte. Auch unter den Zwergen gab es ein paar Zauberer und die hatten schließlich den Bann um Konrads Haus brechen können. Die Zwerge stürmten laut brüllend in das Haus und durchsuchten es gründlich. Als sie nichts fanden, wurde ihre Wut übermächtig. An mehreren Stellen legten sie Feuer an die Hütte. Bald brannte es lichterloh und der Wind trug den Rauch und den Brandgeruch in den Wald hinein. Auch die Flüchtenden konnten es riechen.

„Ich würde sagen, deine Hütte brennt", meinte Adelgard zu Konrad gewandt und ihre Sorgenfalten wurden noch ein wenig tiefer.

„Wenn ich Miracs Erklärungen richtig verstanden habe, werde ich sie ja nicht mehr brauchen", antwortete Konrad leichthin.

Er befand sich trotz der dramatischen Ereignisse und der überstürzten Flucht in Hochstimmung. Er hatte keine Hoffnung gehabt, seinen Sohn noch einmal wiederzusehen. Dass es ganz anders kam, als er erwartet hatte, versetzte ihn in eine Art Rauschzustand. Dass sie auf der Flucht waren, war für den Moment dagegen Nebensache.

Jonas lief am Ende des kleinen Zuges. Sein Pferd führte er am Zügel. Schon wieder flüchtete er mit knappem Vorsprung vor den Zwergen und er fragte sich besorgt, wie oft das wohl noch gut gehen würde. Kurz bevor sie losgegangen waren, hatte er ein großes Fleischermesser in Konrads Küche gefunden. Es war eine erstklassige Arbeit, scharf wie ein Rasiermesser und perfekt ausbalanciert. „Wahrscheinlich von Cassian", hatte er gedacht, als er es einsteckte. Es war im Augenblick seine einzige Bewaffnung, nachdem sein Schwert unbrauchbar war. Es würde ihm aber nur im Nahkampf von Nutzen sein. Wehmütig dachte Jonas an seinen Bogen, der daheim auf der Burg seines Vaters an der Wand hing.

Als er aufgebrochen war, um das Geheimnis des Glasschlosses zu lüften, hatte er sich nicht im Traum vorstellen können, in einen solchen Strudel von Ereignissen zu geraten.

Schweigend folgten sie stundenlang dem Weg durch den dichten, heißen, stickigen Wald. Sie trauten sich nicht zu rasten, da sie nicht wussten, wie dicht ihnen die Zwerge auf den Fersen waren. Nicht lange und sie wurden in der Hitze müde. Das Gehen fiel immer schwerer. Zum Glück gab es zahlreiche klare Bäche an ihrem Weg. So konnten sie wenigstens ausreichend trinken. Jonas versuchte am Anfang jedes mal, sich mit dem Wasser zu erfrischen. Doch es war nicht sonderlich kühl. „Warum nur der See so kalt war?", fragte sich Jonas im Stillen.

Langsam wurde es Abend. Die Sonne stand schon sehr tief, als sie sich einen Lagerplatz für die Nacht suchten.

Sie entschieden sich für ein Eibendickicht etwas abseits des Weges. Im tiefen Schatten unter diesen langsam wachsenden Bäumen würden sie sich gut verbergen können.

Jonas streckte sich auf dem Boden aus. Er war völlig fertig. Das Klima des Waldes war einfach nichts für ihn.

Er beobachtete, wie Konrad und Cassian leise murmelnd rund um die kleine Schonung liefen.

„Was machen die beiden?", fragte er.

„Sie ziehen einen Bannkreis, um uns noch besser vor neugierigen Blicken zu schützen. Dabei geht es nicht nur um die Zwerge. Im Wald von Bor gibt es vieles, vor dem man sich verbergen sollte", antwortete Mirac leise.

Als die beiden ihre Runde beendet hatten, rammten sie ihre zwei Stäbe dicht beieinander in den Boden. Schlagartig wurde es noch dunkler unter den bis fast auf den Boden hängenden Zweigen der Eiben.

Die Männer kamen zurück zu den anderen. Jonas entging nicht, dass sie bei ihrer Runde sorgsam vermieden hatten, einander anzusehen, und dass sie jetzt in großem Abstand zueinander liefen.

Jonas hatte durchaus Verständnis dafür, dass Konrad nicht gut auf Cassian zu sprechen war. Aber in ihrer gegenwärtigen Situation war Zusammenhalt extrem wichtig. Jonas gefiel diese Spannung zwischen den beiden nicht. Allerdings war er ja selber nicht besonders gut auf Cassian zu sprechen.

„Wohin sind wir eigentlich unterwegs, oder haben wir etwa gar kein Ziel und rennen kopflos durch diesen Wald?", murmelte Jonas halblaut in die Runde.

„Wir sollten besser schweigen; hinterher hören uns noch ein paar vorbeischleichende Zwerge", brummte Cassian mürrisch.

„Mag sein," gab Jonas zurück. „Aber ihr werdet hoffentlich verstehen, dass ich wenig Lust habe, völlig ahnungslos hinter euch her zu stolpern. Ich habe mich verleiten lassen, mich in euren Zwist mit den Zwergen hineinziehen zu lassen. Bis vor Kurzem habe ich noch nicht einmal gewusst, dass es Zwerge überhaupt gibt, und nun wollen die mir ans Leder. Dabei habe ich ja eigentlich gar nichts gegen sie. So wie die Dinge gerade liegen, hängt mein Leben von den Entscheidungen, die wir auf dieser Flucht treffen, ab. Da werde ich ja wohl mal fragen dürfen", gab Jonas scharf zurück und wurde ungewollt ein wenig lauter dabei.

Cassian schwieg und starrte wütend vor sich hin.

Er spürte Jonas' Ablehnung und die fast schon offene Feindschaft Konrads. Das nagte an ihm, auch wenn er so tat, als bemerkte er all das nicht.

„Ja, ja, schon gut!", beschwichtigte Jada. „Fang bloß nicht an zu schreien, das können wir uns wirklich nicht erlauben. Während du deine Sachen gepackt hast, haben wir uns kurz darauf verständigt, zum Alten vom Wald zu ziehen. Das liegt auf der Hand, denn der Alte ist mit den Zwergen seit Langem verfeindet. Bei ihm wären wir sicher. Nur welchen Weg wir nehmen sollen, ist noch nicht entschieden."

Jada blickte von einem zum anderen. Niemand sprach.

Schließlich ergriff Adelgard das Wort: „Ich denke, wir gehen am besten zum Steinernen Haupt. Dort gibt es mehrere Möglichkeiten weiterzugehen, da sich vier Wege am Berg kreuzen. Außerdem ist es sehr felsig. Wir werden keine Spuren hinterlassen, denen die Zwerge folgen können. Einer von uns kann mit den Tieren über die alte Handelsstraße, die einst von Ghom nach Gundelburg führte, weiterziehen. Alleine kann er reiten und kommt schnell voran. Die anderen nehmen den Weg durch die Höhlen von Hortang. Das ist eine Abkürzung, die es ermöglicht, beinahe so schnell auf die andere Seite des Berges zu kommen wie der Reiter. Vom Ausgang der Höhle ist es nicht mehr weit zum Tobel des Alten vom Wald."

Cassian, Jada, Mirac und Konrad schwiegen einen Moment, dann nickten sie einer nach dem anderen.

„So wird es am besten sein", meinte Konrad. „Das Steinerne Haupt ist ein alter Vulkan mitten im Wald. Der kleine Fluss, dem wir auf der Lichtung begegnet sind, kommt direkt von seinen Höhen. Dort ist ein großer Gletscher, der im Sommer teilweise abschmilzt. Deshalb ist das Wasser im See auch so kalt. Leider ist uns der kurze Weg vom See zum

Berg versperrt. Da wird es von Zwergen nur so wimmeln", erklärte Mirac an Jonas gewandt.

„Still jetzt!", befahl Cassian. „Wir werden Wache halten, um nicht überrascht zu werden, falls uns doch jemand entdeckt. Am besten losen wir die Reihenfolge aus. Dann ist es Zeit, etwas zu essen und uns schlafen zu legen. Morgen haben wir wieder einen kräftezehrenden Marsch vor uns. Wir müssen uns dringend ausruhen und Energie sammeln."

Niemand widersprach. Jonas erwischte die Wache in der Mitte der Nacht. Er hatte gehofft, am Ende oder Anfang dranzukommen, um möglichst lange an einem Stück schlafen zu können. Cassian hatte die erste Wache und Jonas beschlich der Verdacht, dass er dabei etwas nachgeholfen hatte.

Mitten in der Nacht weckte ihn Jada leise. Jonas setzte sich auf und rieb sich den Schlaf aus den Augen. Es war eine sternenklare Nacht und inzwischen war auch der Mond wiedergekommen und stand als dünne Sichel am Himmel. So konnte Jonas den Weg schimmern sehen.

Er setzte sich so, dass er ihn an eine Eibe gelehnt gut im Blick hatte. Es war wie in seiner ersten Nacht im Wald: Stimmen wisperten unter den Bäumen, hier und da raschelte es in den Büschen und die Eulen riefen.

Plötzlich kam aus dem Dickicht etwas auf den Weg.

Jonas konnte die Silhouette eines Wolfes erkennen. Weitere folgten. Das Rudel streckte die Schnauzen in die Nachtluft. Offenbar konnten sie die Menschen riechen, die unter den Bäumen lagen. Eine Weile liefen sie auf dem Weg hin und her, abwechselnd am Boden schnüffelnd und in der Luft witternd. Doch sie konnten die Quelle des Geruchs, den sie doch so deutlich in den Nasen hatten, nicht aufspüren.

Jonas war froh um den Schutzkreis, den Konrad und Cassian gezogen hatten.

Die Wölfe trollten sich schließlich.

Bald darauf erschien ein riesiger Bär auf dem Pfad. Auch er schnupperte und suchte, um dann ebenfalls seiner Wege zu gehen. Jonas saß da und starrte in die Nacht, bis er immer müder wurde. Langsam fielen ihm die Augen zu und er musste mit dem Schlaf kämpfen.

Da! Ein Knacken von einem Ast und das Geräusch rollender Steine. Zu seinem Entsetzen sah Jonas eine Horde Zwerge den Weg entlangstapfen. Sie trugen Fackeln, um sehen zu können.

„Sogar in der Nacht setzen sie ihre Verfolgung fort. Die müssen doch auch todmüde sein", dachte Jonas.

Die Zwerge zogen weiter, ohne irgendwas zu bemerken. Jonas war heilfroh, als seine Wache endlich zu Ende war.

Er weckte Adelgard, die die nächste Schicht hatte, und erzählte ihr leise flüsternd von den Zwergen und legte sich schlafen. Es dauerte eine Weile, bis er Ruhe fand und endlich einschlief.

Am nächsten Morgen informierte Jonas alle, die von dem nächtlichen Zwergenmarsch noch nichts wussten.

„Das gefällt mir gar nicht. Jetzt sind Zwerge vor uns unterwegs. Was, wenn sie anhalten und warten, weil sie den Verdacht haben, dass wir hinter ihnen sind?" Mirac war sichtlich besorgt.

Alle schwiegen, bis Jada eine Idee hatte:

„Ich werde vorweg gehen. Ich kann mich völlig lautlos im Wald bewegen. Das habe ich als Kind Tausend Mal geübt. Weißt du noch Papa, wie ich mich immer an dich angeschlichen habe, wenn du beim Jagen warst? Plötzlich bin ich dir dann auf den Rücken gesprungen. Du hast dich jedes Mal zu Tode erschreckt", kicherte sie.

Über Cassians Gesicht huschte ein Lächeln „Ja, ich erinnere mich gut, du warst wirklich nicht zu hören."

„Wenn die Zwerge auf uns lauern, werde ich sie aufspüren und euch warnen", sagte Jada, drehte sich um und war auch schon im Wald verschwunden.

So sehr sich Jonas auch anstrengte: Von ihr war absolut nichts zu hören.

Adelgards Sorgenfalten waren wieder ein Stück tiefer geworden. Es war ihr anzusehen, dass sie Jada am liebsten hinterhergeeilt wäre, um sie zurückzuhalten.

Die anderen warteten, bis Jada einen ausreichenden Vorsprung hatte, und folgten dann dem Weg, den sie gestern gekommen waren.

Sie bewegten sich so leise wie nur möglich.

Gegen Mittag erreichten sie unbehelligt die Hänge des Steinernen Hauptes und begannen mit dem Anstieg. Von Jada keine Spur. Adelgard wurde immer unruhiger, je länger sie nichts von ihr hörten und sahen.

Auch Cassians Gesicht hatte sich verdüstert.

Der Aufstieg war anstrengend. Noch immer war es sehr heiß und der Weg war steil. Bald waren sie alle außer Atem, der Schweiß lief nur so an ihnen herunter.

Dann erreichten sie den Waldrand. Hier wartete Jada. Sie hatte auf dem ganzen Weg keine Spur von den Zwergen gesehen. Sie mussten schnell gewandert sein, mit unbekanntem Ziel.

Jonas und seine Begleiter hatten mittlerweile eine Höhe erreicht, in der es endlich ein bisschen kühler wurde. Die Luft wurde hier oben merklich dünner, sodass sie alle mehr und mehr außer Atem gerieten. Vor ihnen lag eine baumlose, zunehmend steinige Landschaft mit spärlicher Vegetation.

Sie wanderten nun unter der gnadenlos herabscheinenden Sonne. Allzu heiß war es nicht mehr hier oben, aber die intensive Sonneneinstrahlung würde ihre Haut schon bald verbrennen.

Jonas hatte noch einigermaßen Glück: Er war die Sonne besser gewohnt als seine Begleiter, die sich praktisch ihr ganzes Leben im Dämmerlicht des Waldes aufgehalten hatten. Sie gingen so schnell wie nur möglich, denn der Weg war nicht ungefährlich, da sie hier schon von Weitem zu sehen waren.

Schließlich kamen sie an ein Plateau. Hier gab es keinen Pflanzenbewuchs und auch keine herumliegenden Steine.

Der Ort schien künstlich angelegt. Dafür sprach auch eine große Steinskulptur in der Mitte des Platzes. Sie zeigte einen Menschen und einen Zwerg, die sich die Hand schüttelten. Von dem Platz gingen verschiedene Wege in alle Richtungen ab.

„Das hier ist eine Kreuzung uralter Handelswege, die früher rege genutzt wurden. Seit dem Untergang Ghoms ist es ruhig geworden hier oben. Wir werden uns jetzt wie besprochen trennen", erklärte Konrad Jonas. „Cassian wird auf dem Weg dort drüben um den Berg herumreiten. Wir anderen müssen da hinten den kleinen schmalen Pfad nehmen, der uns steil bergauf führen wird. In ein bis eineinhalb Stunden werden wir dann den Eingang zu den Höhlen von Hortang erreichen. Auf der anderen Seite des Steinernen Hauptes treffen wir uns."

Alle nickten und nachdem Cassian mit ihren Tieren außer Sicht war, begannen sie mit dem Aufstieg.

Der Weg führte sie über Geröllfelder, in denen der Hang bei jedem Schritt ins Rutschen zu geraten drohte. Mehr als einmal wurde es für einen von ihnen knapp. Ein Absturz hier in der Ödnis des Berges wäre das Ende. Weiter oben wurden das Geröll weniger. Dafür ging es nun über schmale in den Fels gehauene Stufen, auf denen die Hände und Füße kaum Halt fanden, fast senkrecht nach oben. Jonas schwitzte und fluchte. „Was für ein Irrsinn über einen solchen Weg zu flüchten!", dachte er.

Wie durch ein Wunder erreichten alle unverletzt einen schmalen Grat. Er führte auf eine leidlich ebene Fläche, an deren Ende ein großes Loch im

Fels gähnte: Der Eingang zu den Hortang genannten Höhlen! Sie waren völlig erschöpft von dem kräftezehrenden Marsch der letzten beiden Tage und der Kletterpartie. Jeder suchte sich einen Platz, um einen Moment zu rasten. Keiner sprach ein Wort. Jada und Adelgard hatten ihren Kopf in die Hände gestützt, Jonas hatte sich lang ausgestreckt und Konrad und Mirac saßen auf großen Steinen. Aber schon bald rappelte sich Jonas hoch: „Wir müssen weiter", rief er den anderen zu. Einer nach dem anderen kamen sie stöhnend und widerwillig auf die Füße. Langsam ging die Gruppe zum Höhleneingang. Neugierig blickten sie in das Loch im Fels. Ihr Blick verlor sich schnell in der Dunkelheit.

„Mist!", entfuhr es Jonas. „Wie sollen wir eigentlich ohne Licht durch dieses Hortang kommen?", fragte er und sah in die Runde. Vage hoffte er, dass einer aus der Gruppe triumphierend eine Fackel hervorziehen würde.

„Also", sagte Konrad, „ich bin ja nicht Goromir der Prächtige, aber ein bisschen Licht herbeizaubern, das kann ich schon."

Er reckte seinen Eibenstab in die Höhe und an dessen Spitze glomm ein gelbliches Licht auf. Erleichtert drängten die fünf Wanderer in den Felsgang.

Die stark verwitterte Zwergenrune, die auf einem der Steine links neben der Höhle prangte, sah niemand.

Für eine lange Zeit gingen sie schweigend, meist in einer Reihe hintereinander. Der Weg war schmal und weitete sich nur ganz selten. Oft mussten sie gebückt unter überhängendem Fels laufen.

„Seltsam, sieht eigentlich aus wie ein Weg für Zwerge", dachte Jonas im Stillen.

Auf einmal gelangten sie unerwartet in eine große steinerne Halle. Tropfsteine wuchsen von der Decke nach unten und von unten zur Decke hinauf. Dort, wo sie sich bereits getroffen hatten, waren dicke Säulen entstanden, die aussahen, als trügen sie das Dach der Höhle. Vier Gänge zweigten in verschiedene Richtungen von hier ab.

„Was nun?", fragte Adelgard.

Niemand antwortete. Konrad und Mirac begannen, die einzelnen Gänge zu prüfen.

„Hier, dieser Gang scheint mir vielversprechend. Ich spüre einen leichten Luftzug. Die Luft erscheint irgendwie frischer als in dem Gang dort drüben. Da hatte ich den Eindruck, es wird noch muffiger", sagte Mirac freudig erregt.

„Kann sein, dass es da langgeht, kann aber auch sein, dass die frische

Luft durch irgendeine Spalte im Fels kommt, durch die wir uns nicht ins Freie zwängen können. Ich hatte eigentlich geglaubt, der Weg sei eindeutig. Wer weiß, wie lange wir jetzt suchen müssen. Auch für Cassian wäre es gut, wenn wir ohne Verzögerung Hortang durchqueren. Es ist gefährlich, lange irgendwo zu warten", antwortete Konrad.

„Lasst uns den Weg, den Mirac vorschlägt, versuchen. Ich denke, da haben wir wenigstens irgendeinen Anhaltspunkt, dass es der richtige sein könnte", ließ sich Jonas vernehmen.

„Führt der Gang nach unten oder oben?", fragte Jada.

„Weder noch", war die Antwort.

„Mir gefällt das nicht, dass wir rumstehen und reden. Eine innere Stimme rät mir, nicht zu säumen." Adelgard wirkte unruhig, während sie leise sprach.

„Kopflos dahinhetzen ist aber auch keine Lösung. Wir sollten schon sehen, dass wir den richtigen Weg nehmen", widersprach Jada ihrer Mutter.

Wieder standen sie ratlos da. „Wer ist für den Weg von Mirac?", fragte Jonas nun und hob die Hand. Jada, Mirac und Adelgard hoben ebenfalls die Hand.

„Also versuchen wir es", beendete Konrad das Ganze und ging zügig in den Felsengang hinein.

Nachdem sie eine Weile auf dem eben dahinführenden Weg gelaufen waren, stieg er plötzlich an. Der Luftzug war nun deutlich wahrnehmbar und Mirac bildete sich ein, dass es vor ihnen heller wurde.

„Stehen bleiben und still sein!", raunte Jonas auf einmal.

Wie angewurzelt blieben alle stehen.

„Komisch, mir war, als hätte ich hinter uns ein Geräusch gehört. Wie von Schritten", sagte Jonas.

„Gib mir den Stab!", forderte er und ging mit dem Licht in der einen Hand und der anderen am Schwertknauf den Gang ein Stück zurück. Er hatte völlig vergessen, dass sein Schwert unbrauchbar geworden war. Bald schon kam er zu den im Dunkeln Wartenden zurück.

„Muss mich wohl getäuscht haben", meinte er nur.

Noch ein Stück weiter ging es auf dem Weg schließlich steil nach unten. Bald jedoch merkten auch die anderen, dass es ein wenig heller wurde.

„Jetzt sind wir bestimmt bald draußen, ein Glück!", freute sich Adelgard.

Dann endete der Gang abrupt und die Gruppe trat ins Freie. Nach ein paar Schritten jedoch blieben sie entsetzt stehen. Die Höhlendecke war an dieser Stelle eingestürzt. Überall lagen teils riesige Felsbrocken herum, die Sonne schien in den so entstandenen Kessel. Rund um sie herum waren viele Meter hohe senkrechte Wände, an deren Kante sie Büsche und Kräuter ausmachen konnten. Kein Weg führte von hier weiter, es war eine Sackgasse.

„Also zurück", seufzte Jada. In dem Moment, als sie sich umwanden, um zurückzugehen, sprangen mit lautem Siegesgeheul fünf schwer bewaffnete Zwerge aus dem Gang.

„Na, habt ihr euch verlaufen? Ist ja nichts Neues bei dir Mirac. Das hast du ja schon in der Steinernen Stadt andauernd geschafft. Dabei hättet ihr doch nur den zweiten Gang von links nehmen müssen. Der führt euch raus", spottete der Vorderste der Zwerge.

„Hallo Dain, wie schön dich zu sehen", antwortete Mirac und der Hohn in seiner Stimme war nicht zu überhören.

„Wie wäre es, wenn wir nach diesem Austausch von Höflichkeiten einfach wieder unserer Wege gehen?", fügte er noch hinzu.

Dain schnaubte nur verächtlich und plötzlich sauste der schwere Schmiedehammer, den er in den Händen gehalten hatte, auf Mirac zu. Der duckte sich behände und der Hammer traf nur den Fels hinter ihm.

Mirac hörte ein Sirren und etwas flog schnell an ihm vorbei.

Der Pfeil, der von Konrads Armbrust kam, traf Dain in die Brust und der Zwerg sackte lautlos in sich zusammen.

Mit einem wütenden Aufschrei stürmten Dains Gefährten, große Kriegsäxte in den Händen, auf die Wanderer zu.

Hinter ihnen erschienen noch drei weitere Zwerge.

Es wurde brenzlig. Die Gegner waren in der Überzahl und erkennbar zu allem entschlossen.

Jonas hatte sein Messer gezückt. Er würde jeden Feind gefährlich nahe an sich herankommen lassen müssen, bevor er damit etwas ausrichten könnte. Adelgard hatte ein kurzes Schwert als Bewaffnung. Mirac und Jada hatten ihre Bögen von der Schulter genommen und zielten auf die anstürmenden Zwerge. Auch Konrad hatte blitzschnell nachgeladen.

Pfeile flogen durch die Luft. Nicht alle fanden ihr Ziel, aber immerhin blieben zwei weitere Angreifer auf der Strecke.

Plötzlich sah Jonas, wie Konrad seinen Stab schwang. Ein mittelgroßer Felsbrocken erhob sich in die Luft und sauste auf einen Zwerg zu, der ihnen schon gefährlich nahegekommen war. Er wurde unter dem Brocken begraben.

Dann stand einer der Zwerge vor Jonas und schlug mit der Axt nach ihm. Jonas wich aus, aber der Zwerg schlug erneut zu. Jonas schaffte es, auch diesem Schlag auszuweichen. Wieder und wieder setzte der Angreifer nach und Jonas musste immer mehr zurückweichen. Mit dem kurzen Messer hatte er gegen die langstielige Axt keine Chance. Wieder ging Jonas einen Schritt nach hinten, stieß dabei aber gegen einen herumliegenden Stein und fiel nach hinten auf den Rücken. Sofort erkannte sein Gegner die Gelegenheit, sprang nach vorn und schlug erbarmungslos zu. Im allerletzten Moment konnte sich Jonas zur Seite rollen. Die Wucht des Schlages hatte den Angreifer nach vorn gerissen und er hatte alle Mühe, sich im Gleichgewicht zu halten. Dieser kleine Moment, in dem der Zwerg mit sich selbst beschäftigt war, rettete Jonas das Leben. Blitzschnell stemmte er sich hoch und stach mit seinem Messer zu. Tot brach sein Feind zusammen.

Als Jonas sich umsah, erblickte er Adelgard, die ohne ihr Schwert in der Hand bedrängt wurde. Ohne lange nachzudenken, warf Jonas das Messer in Richtung des Angreifers. Volltreffer! Jonas sah gerade noch, wie ein Zwerg in der Höhle verschwand, dann war der Kampf vorbei. Nur dieser eine war entkommen. Die anderen lagen tot in dem Felskessel.

Etwas abseits stand Konrad und hielt sich den rechten Arm. Blut quoll unter seinen Fingern hervor.

„Schlimm?", fragte Jada ihn gerade.

„Geht so, hab halt einen Streifschlag mit der Axt abbekommen. Hätte er mich voll getroffen, wäre der Arm jetzt vermutlich ab. Also eher nicht schlimm", antwortete Konrad und grinste schief.

Adelgard nahm ihr Schwert, ging zu einem der Gefallenen und begann, sein Hemd in Streifen zu schneiden. Damit ging sie zu Konrad und fing an, seinen Arm zu verbinden.

„Der eine Zwerg hätte uns nicht entwischen dürfen. Er wird andere holen", sagte Mirac.

„Ja, wir müssen so schnell es geht hier raus und zum Alten vom Wald. Falls er uns wirklich Schutz geben will und kann", antwortete Jonas.

„Wenigstens wissen wir jetzt, welchen Weg wir nehmen müssen", stellte Mirac fest.

„Du traust dieser Auskunft?", fragte Jonas verwundert.

„Ja, Dain war sich sicher, dass wir in der Falle sitzen. Er hat nicht gelogen."

Mirac sah zu dem toten Dain hinüber. „Wir haben uns immer so gut verstanden. Was haben wir nur mit diesem idiotischen Plan von Cassian angerichtet. Nie hätte ich mich darauf einlassen dürfen."

Die Gruppe setzte sich in Bewegung. Bald waren sie wieder in der großen Halle und bogen in den Weg ein, den Dain als den richtigen bezeichnet hatte.

Nicht lange danach erreichten sie das Freie. Cassian wartete bereits auf sie. Der entkommene Zwerg war hier nicht vorbeigekommen. Er musste wohl den Zugang benutzt haben, über den sie Hortang betreten hatten. Regungslos lauschte Cassian ihrem Bericht über den Kampf. „Gut, dass ihr davongekommen seid. Jetzt haben wir es mit ein paar Zwergen weniger zu tun", war alles, was er sagte.

Ohne sich lange aufzuhalten, begannen sie nun mit dem Abstieg vom Steinernen Haupt. Bis auf Cassian waren alle in bedrückter Stimmung.

Langsam kamen sie nun auf ihrem Weg in tiefere Lagen. Prompt wurde es wieder heiß. Jonas wünschte sich sehnlichst ein Bad in kühlen Fluten. Jetzt wäre er mit Freuden in den kalten See gesprungen, in dem er mit Mirac gelegen war. Seine Haut juckte vom Schweiß und um ehrlich zu sein, sie rochen auch alle nicht mehr besonders gut.

Schließlich verließen sie die Gegend um das Steinerne Haupt und drangen wieder in den Wald von Bor ein.

„Wie lange brauchen wir noch bis zum Alten vom Wald?", fragte Jonas Jada.

„Morgen am Vormittag können wir ihn erreichen", antwortete sie und mit Blick auf Jonas' enttäuschtes Gesicht fügte sie noch hinzu: „Ja, leider ist es noch zu weit für heute. Uns steht eine weitere Nacht im Wald bevor."

Gegen Abend fanden sie ein zum Lagern geeignetes Gelände. Wie auch am Abend zuvor zogen Konrad und Cassian einen Bannkreis. Schweigend lagen sie nach einem kargen Abendessen unter den Büschen. Sie losten die Wachen für die Nacht aus. Cassian bekam die letzte. „Wenn das mit rechten Dingen zugeht, fresse ich einen Besen!", dachte Jonas im Stillen.

Die Nacht verlief ereignislos und früh brachen sie auf, um endlich das letzte Stück Weg hinter sich zu bringen.

Der Alte vom Wald hauste tief in Bor, versteckt in einer Art Tobel.

Es handelte sich um ein enges Tal, das ringsherum von hohen, nahezu senkrechten Felswänden umgeben war. In seiner Mitte entsprang eine Quelle, die einen Bach speiste. Einige Wasserfälle, die sich von der

Tobelwand herabstürzten, bildeten weitere Zuflüsse. Über viele Jahrtausende hatte das Wasser am Fels genagt, um sich schließlich an einer Stelle hindurchzugraben. Den Abfluss bildete eine schmale Schlucht. Diese war der einzige Zugang zum Tobel des Alten. Das Ganze war eine natürliche Festung. Nur den Eingang hatte der Alte noch sichern müssen. Er hatte ihn links und rechts mit hohen Mauern noch schmäler gemacht und dazwischen ein gewaltiges Tor eingesetzt. Seine eisernen Flügel waren mit Stacheln dicht besetzt. Durch ein rundes Loch, das die Torflügel bildeten, floss der Bach nach draußen. Um zu verhindern, dass Feinde unter dem Tor hindurch-tauchen konnten, war er auf seinem letzten Stück von einem Gewölbe übermauert, an dessen Ende zwei Wachhäuschen standen, die Tag und Nacht von Bewaffneten besetzt waren. Wenn es in Bor irgendeinen sicheren Ort für die Flüchtlinge gab, dann war es dieses Tobel.

Als sie ihren erhofften Zufluchtsort schließlich erreichten, waren die beiden Torflügel fest verschlossen.
Unbeirrt schritten Konrad und Cassian auf den Eingang zu. Die anderen folgten mit etwas Abstand.
Kurz bevor sie das Portal erreichten, ertönten schmetternde Hörner, die Jonas sofort an die Zwergenhörner in der Steinernen Stadt erinnerten. Abrupt blieb er stehen. Waren sie in eine Falle geraten? Langsam schwangen die beiden mächtigen Flügel auf und was Jonas dann sah, würde er sicher so bald nicht vergessen:
Das Tor, obwohl von beeindruckender Größe, wurde nahezu vollständig von einer riesigen Gestalt ausgefüllt. Der Hüne, den Jonas erblickte, hatte mindestens die anderthalbfache Größe eines sehr hochgewachsenen Mannes. Sein Oberkörper mit den breiten Schultern steckte in einem schwarzen Schuppenpanzer, auf dem Rücken trug er zwei sich kreuzende Schwerter. Seine Beine steckten in ledernen Schaftstiefeln, die bis zur Hälfte seiner Oberschenkel gingen. Darüber kamen Hosen zum Vorschein, die dicht mit Metallplättchen bestickt waren. Zu all dem trug er auch noch einen Helm mit schmalem Visier und mit Hörnern verziert, unter dem langes dichtes weißes Haar hervorquoll.
Die Gestalt saß auf einem Pferd, das seinem Besitzer in puncto Größe in nichts nachstand. Es stand auf vier gewaltigen Hufen, die, so stellte Jonas fest, wohl gut und gerne den doppelten Durchmesser der Hufe seines eigenen Pferdes hatten. Lange zottelige Haare wuchsen von den Fesseln bis fast auf den Boden, sodass vom Huf kaum etwas zu sehen war. Sonst

waren die Haare kurz, bis auf die prächtige buschige Mähne, die den großen Kopf zierte. Die schweren groben Knochen des Tieres waren mit dicken Muskeln bepackt, die erahnen ließen, über welch unbändige Kraft es verfügte.

Das Pferd stand bewegungslos wie in Eisen gegossen. Auch der Reiter rührte sich nicht. Flankiert wurde der Alte vom Wald von drei riesigen schwarzen Hunden, die zähnefletschend und knurrend nur darauf warteten, sich auf die Besucher zu stürzen. Hinter dem Alten vom Wald hatte sich eine Gruppe bewaffneter Soldaten aufgepflanzt. Mittlerweile war auch Cassian stehen geblieben.

Nur Konrad ging ohne Zögern weiter auf den Alten zu. Der machte eine Bewegung, die seinen Unwillen verriet, und langte mit beiden Händen nach seinen Schwertern.

„Hey Alter vom Wald, ich bin's, dein alter Freund Konrad der Köhler. Erkennst du mich nicht mehr?"

Der Alte nahm die Hände runter und pfiff im letzten Moment seine Hunde zurück, die bereits losgelaufen waren. Ein donnerndes Lachen ertönte unter dem Helm, der ihm einen dumpfen Klang verlieh.

Er öffnete sein Visier. „Konrad, alter Schwerenöter, dich habe ich ja seit einer halben Ewigkeit nicht mehr gesehen. Erkannt habe ich dich erst an deiner Stimme. Ich hatte mich schon gewundert, dass du einfach immer weitergegangen bist. Das traut sich sonst niemand, wenn er mich in diesem Aufzug sieht."

Er lachte noch einmal, nahm seinen Helm ab, sodass Jonas sein Gesicht sehen konnte. Es war wettergegerbt, die Haut sah aus wie Leder, mit unzähligen Runzeln und Falten.

Er stieg vom Pferd und ging zu Konrad hinüber, um ihn zu begrüßen. Jonas war erstaunt, wie behände sich der Alte bewegte.

„Wer sind die anderen, die du mitgebracht hast, und was führt euch her?", fragte der Alte. Konrad erzählte ihm die ganze Geschichte in Kürze.

„Können wir bei dir ein wenig unterkriechen, bis sich der Sturm gelegt hat?", fragte Konrad am Schluss des Berichts.

„Ein alter Freund und noch dazu ein Feind der Zwerge. Klar könnt ihr hierbleiben. Bei mir seid ihr sicher. Hier kommt kein Zwerg rein, jedenfalls nicht lebend."

Der Alte vom Wald klopfte Konrad auf die Schulter, ging zu seinem Pferd und führte es durch das Tor ins Innere seiner Festung. Konrad und die anderen folgten und das Tor schloss sich mit einem dumpfen

Dröhnen hinter ihnen. Jonas spürte, wie er sich innerlich entspannte. In Sicherheit! Hier, das war klar, waren sie so schnell für die Zwerge nicht zu kriegen.

Unter den letzten Bäumen vor der freien Fläche, die zum Tor führte, stand Skafid und starrte mit böse funkelnden Augen auf das geschlossene Tor.

„Schön", murmelte er. „Dann sind ja all unsere Feinde an einem Ort versammelt. Mit dem Alten haben wir mehr als nur eine Rechnung offen. Sie fühlen sich sicher dort drin. Weiß nicht, ob und wie wir da reingelangen können; aber dass die nicht wieder rauskönnen, das ist mal sicher!"

Er drehte sich zu den anderen, die hinter ihm standen, um. „Sorgt dafür, dass keiner von denen hier wieder wegkommt. Ich werde in die Steinerne Stadt zurückgehen und Draupnir berichten. Das ist unsere Gelegenheit, mit all unseren Feinden auf einmal abzurechnen!"

Mit diesen Worten wandte er sich dem Weg zu und verschwand im Dickicht von Bor.

Am nächsten Morgen erwachte Jonas auf einem weichen Lager aus Fellen. Am Tag zuvor war sein Wunsch nach einem kühlen erfrischenden Bad Wirklichkeit geworden. In frische Kleider gehüllt hatte er dann ein fürstliches Abendessen genossen. Der Alte vom Wald hatte für seine Gäste ein Schaf schlachten und grillen lassen. Dazu hatte er ein Fass Met aus seinem Keller geholt und geöffnet. Alle waren sie nach der Anspannung und den Entbehrungen der letzten Tage froh gewesen, hier zu sein. Sie waren entspannt und feierten unbeschwert mit dem Alten.

Für Jonas war er ein Rätsel. Warum war er so groß und wieso bewegte er sich trotz seiner Falten und weißen Haare so jugendlich? Das passte nicht zusammen.

Jonas ging nach draußen. Jada und Mirac ruhten in der Sonne und unterhielten sich. Konrad saß etwas abseits in sich selbst versunken. Von ihm würde Jonas wohl nicht viel erfahren.

Er ging zu dem jungen Paar. Die beiden rückten auf der Bank, auf der sie saßen, etwas zusammen. So war auch für Jonas Platz.

„Wer ist der Alte vom Wald eigentlich? Ich meine, der ist so riesengroß, das ist doch nicht normal", begann Jonas das Gespräch. „Na ja, Riesen sind nun mal riesig!", lachte Mirac vergnügt.

„Riesen? Du meinst, es gibt wirklich Riesen?" Jonas war verblüfft. Mirac lachte erneut, als er Jonas' erstauntes Gesicht sah.

„Ja, er ist ein Riese. Die gibt es wirklich, weißt du", antwortete er. „Ich habe übrigens gehört, dass es in diesem Wald richtige Zwerge geben soll", fügte er leicht spöttisch hinzu.

„Wie haben dein Vater und er sich kennengelernt?", fragte Jonas weiter, ohne auf Miracs Spott einzugehen.

„Ich weiß nicht genau, du musst meinen Vater fragen. Warte am besten bis heute Abend. Nach Sonnenuntergang ist er meist weniger zugeknöpft. Vielleicht erzählt er dir ja die Geschichte ...", bekam er zur Antwort.

Jonas nickte und beschloss, etwas anderes zur Sprache zu bringen: „Mirac, als ich dich befreit habe, musste ich mit meinem Schwert eine heransausende Zwergenaxt abwehren. Seitdem ist es unbrauchbar. Es hat einen Riss in der Klinge. Meinst du, du kannst da was machen? Ich meine, schließlich bist du ja jetzt Schmied."

„Zeig mal her!", erwiderte Mirac.

Jonas ging und holte sein Schwert.

„Als uns die Zwerge in Hortang überfielen, war ich ganz schön benachteiligt, nur mit einem Messer bewaffnet. Wer weiß, was auf meiner Fahrt nach Ghom noch alles passiert. Ich hätte wirklich gerne wieder ein ordentliches Schwert", sagte Jonas.

Mirac nahm das Schwert genau in Augenschein. „Ich muss es völlig neu schmieden. Dazu brauche ich einen Amboss, einen Schmiedehammer und vor allem gute Holzkohle. Lass uns sehen, was wir auftreiben können", sprach Mirac, nachdem er die Waffe untersucht hatte.

Die drei trennten sich und begannen, den Tobel in verschiedene Richtungen zu erkunden.

Er hatte einen erstaunlich großen Durchmesser. Neben einem großen Haupthaus, in dem der Alte wohnte, gab es eine Reihe kleinerer Gebäude. Der Alte beschäftigte eine Schar Soldaten. Für sie und ihre Familien waren die meisten der Gebäude. Es gab aber auch Handwerker und einige Bauern. So war im Tobel ein richtiges Dorf entstanden. Rund um die Ansiedlung lagen Felder und Weiden. Dadurch konnten sich der Alte vom Wald und seine Leute selbst versorgen.

Nachdem Jonas seine Runde gedreht hatte, kehrte er zu der Bank zurück, auf der sie vorhin gesessen waren. Es war recht interessant gewesen, das Dorf zu sehen, aber Brauchbares hatte er nicht finden können.

Jada und Mirac waren erfolgreicher gewesen.

„Also, es gibt alles außer Holzkohle. Die, die es hier gibt, hat keine ausreichende Qualität", berichtete Jada. „Wir haben Konrad schon gefragt. Er wird uns Holzkohle herstellen, wenn es der Alte erlaubt."
Jonas hörte nur mit halbem Ohr zu. Völlig fassungslos beobachtete er Mirac: Der hatte begonnen, die Schwertklinge mit einer Feile zu bearbeiten. Die Späne, die er so zustande brachte, warf er in einen Korb mit Hühnerfutter, der vor ihm stand. Mirac blickte von seiner Arbeit auf. Als er sah, wie verdutzt Jonas war, grinste er.
„Der Stahl, aus dem dein Schwert geschmiedet ist, taugt nicht sehr viel. Er ist zu weich. Also bekommen ihn die Hühner. Wir werden ihren Kot sammeln müssen, um den Stahl wiederzubekommen. Dann aber wird er die richtige Härte haben. Den Rest werden ein paar Zaubersprüche besorgen. Du wirst sehen, das Schwert, das du dann in Händen halten wirst, ist mit dem hier nicht zu vergleichen. Eine Zwergenaxt wirst du in Zukunft nicht mehr fürchten müssen", erklärte er Jonas.
Konrad bog um die Ecke eines der Häuser und ging zu einem runden Platz in der Nähe. Er lag etwas abseits der Häuser am Rand der Felder. Über der Schulter trug er drei lange Pfähle.
Am Platz angekommen begann er, die Pfähle in die Erde zu schlagen. Als er die drei bemerkte, kam er zu ihnen. „Jada, Jonas, ihr könnt mir helfen, Holz hierher zu bringen, damit ich es verkohlen kann. Zum Glück hat der Alte einen Vorrat, der trocken genug für mein Vorhaben ist. Damit kann ich eine erstklassige Holzkohle herstellen. Das Schmiedefeuer wird heiß genug brennen, um dir ein gutes Schwert zu schmieden."
Konrad wirkte richtig vergnügt. Offensichtlich freute er sich, wieder einmal seinem Beruf nachzugehen und Kohle herzustellen. Es wurde eine ziemliche Schinderei, das ganze Holz zum Köhlerplatz zu bringen und zu einem Kegel aufzuschichten. Jonas war froh, als sie fertig waren. Doch er hatte sich zu früh gefreut: Jetzt mussten sie den Haufen mit Erde abdecken. Nur wenn das Holz kaum Luft bekam, konnte Holzkohle entstehen. Jonas erfuhr, dass der Köhler den Brand genau kontrollieren musste, um Erfolg zu haben. Nur ein Teil des Holzes durfte verbrennen. Gerade so viel, dass das restliche Holz auf die richtige Temperatur hochgeheizt wurde, sodass der Verkohlungsprozess einsetzen konnte. Das Entscheidende war die Luftzufuhr: Bekam das Holz zu viel Luft, verbrannte es einfach. War es zu wenig, entstand nicht die richtige Hitze. Als sie endlich fertig waren, fielen Jonas die Erdkegel wieder ein, die er auf der Lichtung vor Konrads Haus gesehen hatte. Nun wusste er, wofür die gewesen waren.

„Woher weißt du, wann die Kohle fertig ist?", fragte er Konrad.
Der grinste verschmitzt: „Das verrät mir die Farbe des Rauches. Wenn alle Gase, die dem Holz entweichen, verbrannt sind, ist die Kohle fertig. Der Rauch ändert dann die Farbe, weil die Gase nun fehlen. Ganz einfach, wenn man's weiß!"
Während sich Konrad und Mirac mit ihren Arbeiten beschäftigten, hatte Jada sich ins Haus zurückgezogen. Adelgard und Cassian waren nirgends zu sehen. Jonas hatte sowieso keine Lust auf die Gesellschaft des Schmiedes. Er verbrachte den Tag mit ausruhen und umherbummeln. Hier und da hielt er ein Schwätzchen mit den Dorfbewohnern.
Am Abend saßen sie dann alle zusammen um ein Feuer vor ihrem Haus. Auch Adelgard und Cassian waren wieder dabei. Niemanden interessierte es, wo sie gewesen waren und was sie getrieben hatten. Nachdem sie gegessen hatten, fragte Jonas Konrad nach dem Alten vom Wald und Konrads Freundschaft mit ihm.
Konrad sah einen Moment unschlüssig ins Feuer. Schließlich gab er sich einen Ruck: „Du weißt, dass ich lieber schweige als rede. Dem Befreier meines Sohnes aber kann ich so eine Bitte wohl nicht abschlagen." So begann Konrad also mit der ...

Geschichte des Alten vom Wald

*„**D**er Alte vom Wald stammt aus einem Land weit im Norden. Dort leben lauter Riesen, die Schnee und Eis trotzen die das Land die meiste Zeit des Jahres im Griff haben.", begann Konrad seine Erzählung. „Doch leben sie dort in ständiger Fehde mit den Zwergen."*

__D__er Legende nach war es eine tragische Liebesgeschichte, die den Zwist zwischen Zwergen und Riesen in diesem Land entfacht hatte: Nal, eine junge Prinzessin der Riesen wanderte einst durch die dichten nordischen Wälder und begegnete Thekk, einem Prinzen der Zwerge. Die beiden verliebten sich über alle Maßen ineinander. Jeden Tag schlichen sie sich von zuhause fort und trafen sich an dem Platz, an dem sie sich das erste Mal begegnet waren. Nals Vater Brimir jedoch wurde bald misstrauisch. Wieder und wieder bedrängte er Nal, ihm zu erzählen, wohin sie jeden Tag schon in aller Früh ging. Nal erfand allerlei Ausreden. Brimir glaubte ihr keine einzige. Schließlich beschloss er, ihr heimlich zu folgen. Bereits vor den ersten Sonnenstrahlen legte er sich hinter einem großen Fels versteckt auf die Lauer. Von seinem Platz aus hatte er sein Haus gut im Blick. Kurz nach Sonnenaufgang kam Nal heraus, sah sich ein paar Mal in alle Richtungen um und verschwand im Wald. Brimir folgte ihr, doch schon bald hatte er ihre Spur verloren und kehrte unverrichteter Dinge nach Hause zurück. Am nächsten Morgen versuchte er es erneut, aber wieder verlor er Nal im Wald. So erging es ihm noch an einigen Morgen. Schließlich sann Brimir auf eine List: Nal füllte immer, bevor sie ging, eine ihre Taschen mit Getreide. Damit fütterte sie unterwegs die Vögel im Wald, die sie sehr liebte. Heimlich schnitt Brimir ein kleines Löchlein in die Tasche, gerade groß genug, dass die Körner ganz langsam aus ihr herausrieseln konnten. Sein Plan funktionierte. Es gelang ihm, der Spur der Körner zu folgen. Aber er musste sich beeilen, denn die Vögel ließen ihm nicht viel Zeit. Schnell entdeckten sie die Körner auf dem Weg und machten sich *darüber her. Aber Brimir musste nicht nur schnell, sondern auch leise sein, damit Nal ihn nicht bemerkte.*

So erreichte er doch noch sein Ziel und fand Nal und Thekk auf einer Lichtung. Brimir geriet außer sich vor Zorn. Seine einzige Tochter, schon bei der Geburt dem Sohn eines anderen Riesenfürsten versprochen, liebte einen Zwerg! Ausgerechnet einen Zwerg!

Damals war das Verhältnis zwischen Zwergen und Riesen noch nicht ganz so schlecht wie heute. Sie ließen sich gegenseitig in Ruhe und trieben sogar ein wenig Handel miteinander. Das war aber auch schon alles. Dass die beiden Völker sich verstanden, konnte man beim besten Willen nicht behaupten. Misstrauisch beäugten sie einander und der Friede war brüchig und trügerisch. Die Geschichte trug sich zu Fundins Zeiten zu und Gerüchte über die Gräueltaten der Zwerge an den Riesen waren auch bis in den fernen Norden vorgedrungen. Das hatte für steigende Spannungen zwischen beiden Völkern gesorgt. Und nun das!

In seiner Raserei zog Brimir sein Schwert und stürmte auf die Lichtung. Nal sprang auf und stellte sich ihrem Vater in den Weg. Sie war totenblass geworden. Längst hatte sie geahnt, dass ihr Vater die Verbindung mit Thekk nicht gutheißen würde. Aber dass er derart in Rage geriet, war schlimmer als all ihre Befürchtungen. Brimir schob seine Tochter einfach auf die Seite und ging auf den Zwerg los. Der war so gut wie unbewaffnet und Brimir erschlug ihn im Handumdrehen. Laut schreiend war Nal indes auf der Lichtung zu Boden gesunken.

Egal, wie sehr Brimir auch auf seine Tochter einredete, sie hörte ihn nicht. Als es ihm zu bunt wurde, warf er sich sein Kind kurzerhand über die Schulter und trug sie nach Hause. Noch in derselben Nacht erstach Nal ihren Vater im Schlaf. Danach verschwand sie spurlos für immer. Niemand hat sie je wiedergesehen und keiner weiß, was aus ihr geworden ist. Es gibt vage Gerüchte, sie sei weit nach Norden geflohen und hätte im ewigen Eis, geistig umnachtet, noch eine Zeit lang gelebt. Aber das ist, wie gesagt, nur ein Gerücht.

Der Frieden zwischen den Zwergen und den Riesen aber war nun endgültig dahin. Die Zwerge wollten den Tod ihres Prinzen unter allen Umständen rächen und begannen einen

Krieg. Seitdem kam es über viele Jahrhunderte immer wieder zu gewaltsamen Auseinandersetzungen.

In unseren Tagen waren aus den Riesen gute Schiffsbauer geworden und immer wieder unternahmen sie Raubfahrten nach Süden. Auf einer dieser Fahrten trafen sie auf eine große Armee von König Nor, der es leid war, dass sein Land immer wieder von ihnen verwüstet wurde. Er schlug sie in einer Schlacht vernichtend. Der Alte konnte fliehen. Es gelang ihm nach Hause zu seiner Familie zurückzukehren. Den Riesen waren die Raubfahrten fürs Erste vergangen und der Alte lebte einige Jahre friedlich als Bauer mit seiner Frau und seinen Kindern in seiner Heimat.

Nor, der die Riesen geschlagen hatte, war mit seinem Sieg jedoch nicht zufrieden und sann auf Rache. Er wollte die Riesen ein für alle Mal vernichten. Die Jahre, die vergangen waren, hatte er genutzt, um eine Flotte zu bauen und ein Söldnerheer anwerben und ausbilden zu lassen.

Doch König Nor wusste, dass das alleine nicht reichen würde, um die Riesen in ihrem eigenen Land zu schlagen. Ihre Dörfer waren gut befestigt und schwer zu finden, da sie versteckt im dichten Wald lagen. Er würde Verbündete brauchen. Nor beschloss, sich die alte Fehde zwischen Zwergen und Riesen zunutze zu machen. Er sandte Boten zu den Zwergen, um sie für seine Sache zu gewinnen. Er versprach ihnen, sie ein für alle Mal von den Riesen zu befreien. Als Lohn für ihre Hilfe sollten sie das Land bekommen, um dort frei leben zu können. Für die Zwerge war dies ein verlockendes Angebot. Sie litten sehr unter den Riesen, die ihnen seit Jahrhunderten hart zusetzten. und die meiste Zeit lebten sie versteckt in unzugänglichen Bergen.

König Nor konnte seinen Plan verwirklichen. Die Zwerge stimmten einem Bündnis zu und zusammen mit dem Söldnerheer zogen sie gegen die Riesen in den Krieg.

Als der Alte vom Schlachtfeld, auf dem sie geschlagen worden waren, nach Hause kam, fand er sein Haus verwüstet vor. Noch während die Schlacht im Gange war, hatten einige Trupps der Zwerge Dörfer und Höfe der Riesen überfallen und zerstört. Der Alte fand seine Frau und seine Kinder erschlagen und verstümmelt zwischen den rauchenden Trümmern seines Hauses. „Der Schmerz über ihren Verlust hat mich fast umgebracht", so hat es mir der Alte erzählt und ich konnte spüren, dass er nicht übertrieben hatte. Damals wurden seine Haare über Nacht schneeweiß. Ihretwegen wird er der Alte genannt, obwohl er eigentlich ein Mann in den mittleren Jahren ist.

Nach allem, was geschehen war, war es für den Alten unmöglich, in seiner Heimat zu bleiben. Dazu kam, dass es nach der furchtbaren Schlacht so gut wie keine Riesen mehr gab. Der Alte nahm eins der wenigen Boote, die noch an der Küste vertäut lagen, und stach in See. Widrige Winde trieben ihn aufs Meer hinaus, Regen und Sturm setzten ihm zu. Er hatte kaum Essen und Trinken dabei. Tagelang trieb das Boot in den Fluten. Mehr als einmal drohte es zu kentern. Hungrig, durstig und nass bis auf die Haut harrte der Alte Stunde um Stunde aus.

Er musste dem Tod ins Auge sehen. Aber das entfachte seinen Lebenswillen wieder. Er kämpfte um sein Leben und es gelang ihm, eine rettende Küste zu erreichen. Wer weiß, wie er das ganz allein geschafft hat. Er ist ein zäher Kerl, so viel steht fest." Die Bewunderung in Konrads Stimme war nicht zu überhören.

„Von der Küste aus wanderte der Alte in den Wald von Bor. Er brachte nichts aus seiner Heimat mit, außer seinem Hass auf Zwerge. Er fand ein paar Gefolgsleute unter den Menschen und baute sich diese Festung hier. Von ihr aus macht er immer wieder regelrecht Jagd auf Zwerge. Ich glaube, er möchte sie alle töten und ausrotten.

Ich lernte den Alten auf einem meiner Streifzüge durch den Wald kennen. Er lag schwer verletzt auf einer Lichtung unterhalb einer Abbruchkante. Die war er bei einem Scharmützel mit einigen Zwergen hinuntergestürzt. Die Zwerge hatten ihn für tot gehalten und waren weitergezogen. Ich schiente sein gebrochenes Bein so gut es ging und besorgte Fleisch, indem ich auf die Jagd ging. Transportieren konnte ich den Alten nicht. Zu groß und zu schwer. Also blieb ich bei ihm.

Eines Tages tauchten plötzlich ein paar Zwerge auf. Es waren Bekannte von mir, die schon öfter bei mir Kohle gekauft hatten. Wir hatten einen langen und heißen Disput miteinander, denn die Zwerge wollten dem Alten natürlich gleich den Garaus machen. Letztlich konnte ich sie irgendwie überzeugen, ihn in Ruhe zu lassen. Ich glaube, sie wollten sich nicht mit mir schlagen. Wir hatten uns wirklich immer prima verstanden, wenn sie bei mir waren. Außerdem hielt ich mich immer aus den Streitereien im Wald heraus. Dafür war ich bekannt. Aber zusehen, wie ein Verletzter einfach getötet wird, das kam dann für mich doch nicht infrage.

Seitdem sind wir befreundet, der Alte vom Wald und ich.

„Wenn du mal in Schwierigkeiten bist, kannst du jederzeit zu mir kommen. Dass du´s nur weißt." Viele Male hat er das zu mir gesagt."

„Ja, und jetzt ist es tatsächlich so weit: Ich muss hier vor den Zwergen untertauchen. Jahrzehnte lang bin ich mit allen gut ausgekommen. Nur wegen deines idiotischen Plans bin ich jetzt in dieser Lage!" Konrad funkelte Cassian wütend an. Der schwieg und sah in die Flammen des Feuers.

Konrads letzter Satz brachte Jonas wieder zurück an den Ort, an dem er sich befand. Die Geschichte hatte ihn weit weg getragen und er musste sich erst wieder ein wenig zurechtfinden.

Die sechs Abenteurer unterhielten sich in dieser Nacht noch lange über die verschiedenen Völker im Wald und ihre Streitigkeiten. Für Jonas war das Meiste neu. Nur die alte Legende von Nal und Thekk kannte er schon.

Als sie endlich zu Bett gingen, begann sich der Himmel im Osten schon zu verfärben.

„Schade!", dachte sich Jonas, kurz bevor er einschlief. „Wenn kein Volk anfängt, die alten Fehden zu begraben, wie sollen die Zeiten da friedlicher und besser werden?" Ihm kam die Skulptur auf dem Weg zu den Höhlen vor Hortang in den Sinn, wo sich ein Zwerg und ein Mensch die Hand reichen.

Endlich war Konrads Holzkohle fertig. Mirac machte sich sogleich an die Arbeit. Jonas saß in der Nähe und beobachtete, wie er das Metall zum Glühen brachte und schmiedete. Immer wieder murmelte er dabei Beschwörungen vor sich hin und mehrmals wechselte das Feuer auf geheimnisvolle Weise seine Farbe.

Spät am Nachmittag war Mirac dann endlich fertig. Stolz und freudestrahlend kam er zu Jonas. „So, da hast du dein neues Schwert. Willst du sehen, was es kann?", fragte er.

Jonas nickte. Natürlich war er neugierig. Die ganze Prozedur war schließlich äußerst mysteriös gewesen, angefangen vom Zerfeilen des alten Schwertes bis hin zu den Beschwörungsformeln.

Mirac ging mit Jonas zum Bach. Dort suchte er lange nach einer seichten Stelle am Rand. Hier hatte das Wasser kaum noch Strömung. Mirac riss sich ein Haar aus und warf es ins Wasser. Ganz langsam begann es träge mit der wenigen Strömung mit zu treiben. Mirac stellte das Schwert ins Wasser. Gebannt verfolgte Jonas, wie das Haar auf das Schwert zutrieb und schließlich von der scharfen Schneide gespalten wurde. Jonas reckte anerkennend den Daumen in die Höhe. Plötzlich riss Mirac das Schwert aus dem Wasser. Jonas beobachtete entsetzt, wie es durch die Luft pfiff und ungebremst auf einen Stein niedersauste. Die Waffe durchtrennte den Stein! Mirac kam zu Jonas und hielt ihm das neue Schwert hin. Die Klinge hatte keinen Kratzer, geschweige denn eine Scharte.

Jonas nahm das Schwert mit klopfendem Herzen und versuchte wie im Kampftraining einfache Schlagfolgen durchzuführen.

Das Schwert lag zentnerschwer in seiner Hand, er konnte es kaum halten. Ungeschickt führte er ein paar Bewegungen aus und gab dann auf.

Enttäuscht sah er zu Mirac hinüber, der sich, Tränen in den Augen, lachend auf die Schenkel schlug. „Du müsstest dich mal sehen, wie das Schwert mit dir macht, was es will, anstatt umgekehrt."

Dann stand er auf, ging zu Jonas, nahm ihm das Schwert wieder aus der Hand und sah in ernst an:

„Was ich dir geschmiedet habe, ist ein Zauberschwert. Das ist nicht so wie neulich, als du von Cassian dein Schwert zurückbekamst, nachdem er es drei Tage im Wald vergraben hatte. Da hat er ein ganz gewöhnliches Schwert mit ein bisschen Magie aufgeladen, um einen einfachen Auftrag ausführen zu können. Ich habe etwas anderes gemacht!", sagte Mirac und der Stolz auf seine Arbeit war deutlich zu sehen und zu hören. „Dieses Schwert ist von Magie durchdrungen. Beim Schmieden habe ich sie sozusagen mit in die Klinge eingearbeitet. So ein Schwert kann man nicht einfach nehmen und drauflosschlagen. Du musst dich mit ihm verbünden, um es benutzen zu können. Dazu musst du ihm einen Namen geben. Wähle einen, der dir seine ganze Kraft und Stärke aus-zudrücken scheint. Erst dann ist es deines und wird dir in jeder Schlacht zu Diensten sein."

Mirac nickte, wie um seine Worte zu bestätigen und ihnen Nachdruck zu verleihen. Dann gab er Jonas das Schwert zurück, wandte sich um und ging davon.

Jonas war allein mit dem Schwert.

Er stand eine Weile in Gedanken versunken da und prüfte verschiedene Namen, die ihm in den Sinn kamen. Alle schienen sie ihm ungeeignet.

Schließlich nahm er das Schwert, indem er sich die Klinge über beide Hände legte, und hielt es hoch: „Ich nenne dich Gilreck, das Unbeugsame!"

Das Schwert, das gerade noch so schwer gewesen war, dass Jonas es kaum halten konnte, wurde urplötzlich leicht.

Wieder begann Jonas mit seinem Schwerttraining und diesmal war die Waffe mühelos zu führen. Jonas übte lange mit Gilreck. Jedes Schwert war anders und deshalb waren sie nicht einfach beliebig austauschbar. Das wusste Jonas aus Erfahrung. Nicht ohne Grund hatte deshalb jeder Kämpfer sein eigenes Schwert, das er niemals verlieh und das er am liebsten immer in seiner Nähe hatte.

Bald schon war Jonas klar: Gilreck war einzigartig!

Es war, als ob es begann, sich auf Jonas einzustellen. So, als ob es seine Gedanken lesen konnte und schon im Voraus wusste, was Jonas als Nächstes tun würde. Obwohl das Jonas ein bisschen unheimlich war, versetzte es ihn doch in Euphorie. Was würde er mit Gilreck alles in Zukunft leisten können? Fast schon wünschte er sich eine ordentliche Schlacht herbei, um es auszuprobieren.

Jonas übte bis zum Dunkelwerden, ohne dabei müde zu werden.

Die Tage plätscherten dahin: Tagsüber trainierte Jonas mit Gilreck, abends saßen die Freunde zusammen und unterhielten sich.

Mit der Zeit wurde Jonas unruhig: Er wollte weiter, wollte Ghom finden und sein Versprechen an Nina einlösen. Doch die Gruppe hatte ein großes Problem: Zwar waren sie beim Alten vom Wald sicher vor den Zwergen, aber sie saßen in dem Tobel auch in der Falle. Sobald sie ihn verlassen würden, hätten die Zwerge leichtes Spiel. So wenige wie sie waren, wäre es ihnen auf Dauer unmöglich, sich die Zwerge vom Leib zu halten. Daran würde nicht einmal Gilreck etwas ändern. Dass die Zwerge in der Nähe versteckt auf sie warten würden, dessen konnten sie sicher sein. Ihre Hartnäckigkeit und Zähigkeit in allen Dingen waren sprichwörtlich.

Fast jeden Abend diskutierten sie verschiedene Fluchtpläne, die sie den Tag über, jeder für sich, entworfen hatten. Keiner hielt einer gründlichen Betrachtung stand. Sie waren samt und sonderst unbrauchbar. Sie saßen fest!

Eines Morgens, kurz nachdem sie gemeinsam gefrühstückt hatten, erklangen plötzlich laut und von den Tobelwänden widerhallend eine große Zahl mächtiger Zwergenhörner vor dem großen Tor.

Alle sprangen auf. In Windeseile hatten sich die Soldaten des Alten vom Wald am Tor gesammelt. Dann erschien auch er selbst. Wie bei ihrer ersten Begegnung saß er auf seinem großen Pferd. Bekleidet mit voller

Rüstung ritt er zum Tor. Die sechs Abenteurer folgten ihm. Auch sie hatten ihre Waffen dabei. Jonas war sich unschlüssig, was er davon halten sollte. Erst kürzlich hatte er sich im Überschwang eine Schlacht gewünscht, und eine solche wäre vielleicht auch eine Möglichkeit, hier wegzukommen. Aber jede Schlacht war gefährlich, auch wenn man ein Zauberschwert besaß. Außerdem war Jonas nicht sehr erpicht darauf, sich mit den Zwergen zu schlagen. Er war in diesen Zwist hineingeraten, weil er Verbündete brauchte. Darüber hinaus hatte er nichts gegen die Zwerge. Eigentlich hätte er gerne Frieden mit ihnen geschlossen. Aber das war, das wusste er, im Moment aussichtslos

Draußen vor dem Tor, gerade außerhalb der Reichweite der Pfeile der Soldaten, stand eine beachtliche Gruppe Zwerge. Alle waren mit ihren gefürchteten Kriegsäxten bewaffnet. Zwischen ihnen stand eine große fahrbare Ramme. Sie bestand aus einem mächtigen Baumstamm und war vorne von einem gewaltigen eisernen Widderkopf gekrönt. Damit würden sie dem Tor, das den Eingang zum Tobel schützte, ernsthaft gefährlich werden können.

Die Zwerge veranstalteten mit ihren Hörnern einen riesigen Radau, aber sie machten keine Anstalten, gegen das Tor vorzurücken. Auch die Bewohner des Tobels verharrten, wo sie waren: Hinter dem Tor in Sicherheit. Einige der Soldaten hatten den kurzen Wehrgang, der oben auf dem Tor verlief, besetzt und hielten ihre Bögen im Anschlag. Die beiden Gruppen belauerten sich, bereit sofort loszuschlagen, sollte sich eine Gelegenheit bieten.

Jonas wurde unbehaglich zumute. Was hatten die Zwerge vor?

„Die sind doch hier nicht nur erschienen, um ein bisschen Lärm zu machen", dachte er sich.

Plötzlich verspürte Jonas ein Kribbeln in seinem Rücken und wie von selbst wanderte seine Hand zu Gilreck. Er wirbelte herum und was er da sah, verschlug ihm den Atem: Ringsum von den Steilwänden des Tobels hingen dicke Seile bis auf den Grund herab. Daran seilten sich Zwerg um Zwerg in langen Reihen ab. Einige hatten den Boden bereits erreicht. Während die Gruppe mit den Hörnern die Aufmerksamkeit aller auf sich gezogen hatte, war es ihnen gelungen, leise und heimlich den doch so sicher geglaubten Tobel zu stürmen.

Jonas zog Gilreck aus der Scheide. Mit einem lauten Ruf: „Die Zwerge sind da!", stürmte er vorwärts. Entsetzt drehten sich nun auch die anderen herum. Als der Alte vom Wald die Bescherung sah, stieß er einen fürchterlichen Fluch aus, zog seine zwei Schwerter und jagte auf seinem Pferd Richtung Wand.

Binnen Minuten verwandelte sich der gesamte Tobel in ein Schlachtfeld. Seine Bewohner rückten gegen die sich abseilenden Zwerge vor. Die, die den Boden bereits erreicht hatten, gruppierten sich vor den Seilen, um die Nachrückenden während des gefährlichen Abstiegs zu schützen. Das wiederum zwang die Verteidiger, sich in viele kleine Grüppchen aufzuspalten.

Oben an der Abbruchkante erschienen weitere Zwerge. Sie waren mit Bögen bewaffnet und begannen, Brandpfeile auf die mit Stroh gedeckten Häuser abzuschießen. Bald brannten die ersten Häuser im Dorf. Die Tiere der Dörfler gerieten in Panik, brachen aus den Ställen aus und rannten zwischen den Kämpfenden umher. Dies brachte zusätzlich Verwirrung und Chaos. Der Kampflärm schwoll an und wurde immer lauter.

Das war das Zeichen für die vor dem Tor wartenden Angreifer. Zwölf kräftige Zwerge setzten den Rammbock in Bewegung und stürmten vor. Neben jedem dieser Zwölf rannte ein weiterer Zwerg, der einen großen Schild über beider Köpfe hielt. So waren sie gegen die Pfeile der Soldaten geschützt.

Der Alte vom Wald befand sich irgendwo im Tobel in Kämpfe verwickelt und war nicht zur Stelle, um in dieser heiklen Situation Anweisungen zu erteilen. Die Soldaten waren unschlüssig, wie sie sich verhalten sollten und zögerten.

So unterblieb der notwendige Ausfall. Die Ramme traf die Torflügel mit voller Wucht. Sie erzitterten in ihren Angeln, hielten aber stand. Noch zwei Mal mussten die Zwerge vorrücken, dann barst das Tor mit einem lauten Knall.

Einer der Soldaten war zum Alten geeilt, um ihm von den Vorgängen am Eingang zu berichten. Als er ihn endlich im Gewühl gefunden hatte, stürmte der Alte sofort dorthin. Noch bevor die Zwerge durch die von ihnen geschlagene Bresche stürmen konnten, ritt der Alte vom Wald im Galopp hinaus und begann, mit seinen zwei Schwertern unter seinen Widersachern zu wüten.

Doch es war zu spät, das Portal war zerstört. Am Rand des Waldes stand Skafid, in seiner Hand ein großes Horn. Als er sah, dass das Tor fiel, blies er hinein und sofort stürmten unzählige Zwerge aus dem Wald und eilten Richtung Durchlass. Auch Skafid griff nun in die Kämpfe ein. So schnell er konnte, lief er in Richtung des Alten bis auf Wurfweite heran. Er zog seine Axt, zielte kurz und warf. Mit Wucht spaltete die Kriegsaxt den Schädel des Pferdes. Es brach zusammen und begrub seinen Reiter unter sich. Mühsam versuchte der, sich unter dem Pferd vorzuarbeiten, um wieder auf die Füße zu kommen. Vergeblich. Das große schwere Tier hielt ihn am Boden.

Skafid hatte sich eine zweite Axt besorgt und mit einem gezielten Schlag spaltete er auch dem Alten vom Wald den Kopf.

Die Zwerge brachen in lauten Jubel aus. Ihr größter Feind war tot. Die Menschen im Tobel aber hatten ihren Anführer verloren. Unorganisiert versuchten sie, sich so gut es eben ging gegen die Zwerge zu verteidigen. Jonas richtete mit Gilreck ein wahres Blutbad unter den Zwergen an. Auch als sein Arm schon längst müde vom steten Zuschlagen war, kämpfte er ungebremst weiter. Nicht seine Hand führte Gilreck, sondern vielmehr führte jetzt das Schwert seinen Arm über dessen Kraftgrenzen hinaus.

Plötzlich traf ihn mit Wucht ein harter Gegenstand am Hinterkopf. Ihm wurde schwarz vor Augen und bewusstlos sank er zu Boden. Ein Zwerg in der Nähe hatte mit erstaunlicher Zielgenauigkeit einen Stein geworfen.

Die Gruppe der sechs Abenteurer war im Kampf beieinandergeblieben. So sah Konrad was geschah. Einen lauten Warnschrei ausstoßend, sprang er zu Jonas, um ihn zu schützen. Die anderen folgten sofort und sie bildeten ein Kreis um den Bewusstlosen.

Sie waren die Letzten, die den Zwergen noch Widerstand leisteten. Alle anderen waren bereits tot. Von allen Seiten rückten die Zwerge langsam auf die kleine Gruppe zu.

„Hat keinen Zweck", sagte Konrad zu den anderen. „Mit Gewalt kommen wir hier nicht mehr raus. Wir sollten uns ergeben."

„Den Zwergen ergeben? Niemals, kommt überhaupt nicht infrage", schimpfte Cassian.

„Sollen wir uns einfach so erschlagen lassen?", ließ sich nun auch Adelgard ablehnend vernehmen.

„Sie werden uns nicht gleich töten. Glaubt mir, ich kenne die Zwerge gut. Wenn wir uns ergeben, werden sie uns zu Draupnir bringen, um uns dann vor dem gesamten Zwergenvolk hinzurichten. Das gibt uns ein paar Tage Aufschub und wer weiß, vielleicht ergibt sich eine Gelegenheit zur Flucht", entgegnete Konrad.

Einer nach dem anderen nickte und auch Jonas, der nach seiner kurzen Ohnmacht rechtzeitig erwacht war, um das Gespräch mitzubekommen, wollte sich lieber ergeben, als sinnlos einen aussichtslosen Kampf weiterzukämpfen.

Konrad trat einen kleinen Schritt vor und legte seine Armbrust nieder. Auch die anderen legten schweigend ihre Waffen nieder. Nur Jonas behielt Gilreck und steckte es in seine Schwertscheide.

Die umstehenden Zwerge rückten ein wenig zur Seite und Skafid trat zwischen ihnen hervor. In der Hand hielt er eine blutige Axt. Er ging auf die Gruppe zu und sah Konrad lange in die Augen. Der senkte schließlich den Blick.

„Wir haben dir immer vertraut, Konrad", begann Skafid zu sprechen. „In den vielen Konflikten mit den uns umgebenden Völkern haben wir im Laufe der Jahrhunderte gelernt, nur uns selbst zu vertrauen. Bei dir haben wir eine Ausnahme gemacht. Wir hatten immer ein freundschaftliches Verhältnis. Das ist auch der Grund, warum wir deinen Sohn Mirac ehrlich zu einem guten Schmied ausgebildet haben. Wir wollten Helin, ja natürlich. Aber wir hätten unsere Geheimnisse zurückhalten können, ihr hättet es nicht bemerkt. Niemals würden wir einen Menschen wie Cassian in unser Tun einweihen. Bei Konrad und Mirac müssen wir nicht so vorsichtig sein. Sie werden uns nicht verraten und unser Wissen missbrauchen, so dachten wir. Wie sehr wir enttäuscht wurden. Du und Mirac, ihr habt wissentlich gemeinsame Sache mit einem Betrüger gemacht. Dann seid ihr auch noch zum Alten geflohen, unserem ärgsten Feind. Im Schlepptau diesen fremden Junker, der mit euch kämpft, obwohl dies alles nicht seine Angelegenheiten sind. Aber nun hat das ein Ende. Wir werden euch in die Steinerne Stadt zu König Draupnir bringen. Dort müsst ihr euch verantworten. Auf Schonung braucht ihr nicht zu hoffen."

Skafid ging zu Jonas.

„Gib mir das Schwert", verlangte er. „Du hast viele von uns damit getötet, obwohl du mit diesem Streit eigentlich nichts zu tun hattest. Für dich werden wir uns eine ganz besondere Strafe ausdenken, da kannst du sicher sein."

Jonas löste den Gürtel von Gilrecks Scheide und reichte Skafid die Waffe. Als dieser sie nehmen wollte, knickte er unter dem gewaltigen Gewicht ein, das das Schwert auf einmal angenommen hatte.

Skafid ließ das Schwert fallen. Er winkte einigen Zwergen und drei von ihnen versuchten vergeblich, es vom Boden aufzuheben.

„In diesem Schwert stecken erstaunliche Zauber", sagte Skafid verwundert. „Mir ist nicht klar, wie Mirac so etwas bei uns lernen konnte. Dem müssen wir auf den Grund gehen."

Er wandte sich Jonas zu: „Los, heb das Schwert auf und schnall es dir wieder um. Dann lass dich fesseln. Es wäre besser, wenn du dabei nicht auf dumme Gedanken kämst. Meine Bogenschützen haben dich gut im Visier."

Auch den anderen wurden die Hände gebunden. Dann schleppte man sie in die Mitte des Dorfes und warf sie auf den Boden. Dort lagen sie gut bewacht für den Rest des Tages unbequem auf der harten Erde in der prallen Sonne. Zu trinken bekamen sie nichts, ebenso wenig wie etwas zu essen.

Die Zwerge hatten inzwischen begonnen, das Dorf zu plündern. Sie trieben die Tiere zusammen und schleppten alles, was für sie von Interesse war, aus den Ruinen der Häuser. Schließlich fanden einige von ihnen in einem tiefen, kühlen Keller mehrere große Fässer Met. Unter lautem Freudengeheul wurden sie nach oben geschleppt. Als es Abend wurde, entfachten die Zwerge große Holzkohlefeuer und grillten mehrere Schweine. Dazu gab es reichlich Met. Die Siegesfeier hatte begonnen.

Jonas lag dumpf vor sich hin brütend neben den anderen auf dem Dorfplatz. Er hatte entsetzlichen Hunger und furchtbaren Durst. Seit dem Morgen hatte er nichts mehr zu sich genommen.

„Was für eine Katastrophe! Das Ganze war doch nur als ein harmloser Ausflug geplant gewesen. Einmal zum Glasschloss und zurück", dachte er zum wiederholten Male. „Jetzt liege ich hier als der zurzeit von den Zwergen am meisten gehasste Mann und sehe meiner Hinrichtung entgegen, falls nicht noch ein Wunder geschieht. Wahrscheinlich wird mein Vater nie erfahren, was aus mir geworden ist, und Nina wird denken, ich hätte mich einfach verdrückt. Ich hätte mich von Anfang an nicht auf diese Geschichte einlassen sollen, und vor allem hätte ich mich nie in diese Sache zwischen Konrad, Cassian und den Zwergen hineinziehen lassen sollen."

Nach einer Weile beruhigte er sich jedoch wieder. Diese Grübeleien würden ihm nicht weiterhelfen, also Schluss damit.

Inzwischen war der Lärm um ihn herum langsam abgeebbt. Die grölenden Gesänge hatten aufgehört. Alle Zwerge waren mittlerweile völlig betrunken und sanken in einen tiefen Schlaf. Ruhig lag das Dorf nun da.

Da bemerkte Jonas eine Bewegung im letzten Licht der glühenden Holzkohle. Etwas hüpfte zwischen den Zwergen herum. Dann erkannte Jonas was oder besser wer das war: Goromir in seiner Vogelgestalt trieb sich zwischen den schlafenden Zwergen herum. Er schien etwas zu suchen und dann hatte er es schließlich auch gefunden: Neben einem der Zwerge lag ein kleines Messer, mit dem der sich Fleisch abgeschnitten hatte. Goromir packte das Messer mit seinen Vogelklauen und trug es zu Jonas.

Der hatte sich inzwischen mühsam aufgesetzt und beobachtete den Vogel gebannt.

Das Messer fiel genau in seinen Schoß. Neben ihm lag Jada, auch sie hellwach, mit weit aufgerissen Augen. Das war ihre Chance. Eine zweite würden sie nicht bekommen. Auch Jada hatte sich hochgerappelt und rutschte leise, aber flink zu Jonas hin. Schließlich gelang es Jonas, nach einigen vergeblichen Versuchen, irgendwie das Messer fest in seine gefesselten Hände zu bekommen.

Jada drehte sich herum und hielt ihm ihre Arme hin. Jonas begann, die Fesseln zu durchschneiden. Das war eine sehr mühselige Angelegenheit, denn selber gefesselt, konnte er das Messer nicht richtig handhaben. Außerdem wollte er Jada auf keinen Fall verletzen. Endlich gelang es ihm, Jada zu befreien. Die nahm das Messer, ein kräftiger Schnitt und Jonas war frei!

„Das läuft ja wie am Schnürchen", dachte Jonas erfreut. Wenn sie erst mal alle befreit waren, würde ihnen die Flucht schon gelingen. Bei all den betrunkenen Zwergen, die wie besinnungslos schliefen, konnte das kein allzu großes Problem werden.

Doch gerade als Jada beginnen wollte, Mirac loszuschneiden, fuhr einer ihrer Wächter grunzend in die Höhe. So berauscht wie er war, begann er doch sofort Lärm zu machen, als er sah, dass einige der Gefangenen bereits wieder frei waren.

Jonas und Jada flüchteten sich tiefer in die Dunkelheit. Immer mehr Zwerge erwachten durch das Geschrei der Wache und kamen auf die Füße. Die beiden würden keine Zeit mehr haben, die anderen zu befreien.

„Nichts wie raus aus diesem Tobel", flüsterte Jonas Jada zu. „Dann müssen wir sehen, wie wir die anderen später da rausholen."

Jada nickte nur und die beiden schlichen zur Tobelwand.

Hier war es stockfinster und so schnell konnte man sie hier nicht entdecken.

Inzwischen war das Lager in Aufruhr und die ersten schwärmten aus, um die Flüchtenden zu suchen. Skafid tobte vor Wut, seine Stimme war über den ganzen Talkessel zu hören. Der Ausgang war bereits versperrt.

Mehrere Zwerge hatten sich vor dem Tor postiert. Da war für Jonas und Jada kein Durchkommen. Sie begannen, die Felswand abzugehen. Es war ein mühsames Unterfangen in der Dunkelheit. Ihre Chancen standen schlecht, das war Jonas klar.

Plötzlich stieß Jada einen Überraschungslaut aus. Sie führte im Dunkeln Jonas' Hand und auf einmal hielt er ein Seil in den Händen. Es war eines der dicken Taue, die die Zwerge in den Tobel geworfen hatten, um sich abzuseilen. Jonas zog daran und zu seiner Freude merkte er, dass es immer noch fest vertäut war.

Er begann, nach oben zu klettern, und Jada folgte dicht hinter ihm. Sie hatten Glück, niemand bemerkte sie.

Oben angekommen, löste Jonas das Seil und ließ es in den Tobel fallen; dann musste er erst mal verschnaufen. Das Klettern war anstrengend gewesen.

Bald jedoch zog ihn Jada weiter, weg vom Rand des Tobels in den dichten Wald hinein.

Jada huschte flink vor Jonas dahin, während er stolpernd und leise vor sich hin schimpfend zu folgen versuchte. Es war ihm ein Rätsel, wie Jada das machte: So einfach und leicht durch die Dunkelheit des Waldes zu laufen, ohne zu stolpern und ohne jemals die Orientierung zu verlieren.

Jonas konnte Jada kaum vor sich erkennen und ein paar Mal wäre er um ein Haar falsch abgebogen. Jedes Mal erwischte ihn Jada gerade noch am Ärmel oder am Kragen und zog ihn in die richtige Richtung. Schließlich blieb sie stehen.

„So geht das nicht! Du stolperst hier schimpfend durch den Wald und machst jede Menge Lärm. Wir müssen leise sein!", sagte Jada.

„Ich bin nun mal kein Waldmensch. Ich sehe nichts, bleibe dauernd an den Wurzeln hängen und bin kaum in der Lage auszumachen, wo du bist", antwortete Jonas.

Jada schwieg einen Augenblick. „Wir werden warten müssen, bis es hell wird. Dort drüben können wir lagern. Komm mit!"

Jada zog Jonas mit sich unter einen Baum. Sie legte sich auf den Boden und schlief augenblicklich ein. Jonas lag lange wach und lauschte auf die vielen unbekannten und unheimlichen Geräusche im Wald. Endlich nickte er doch ein und fiel in einen unruhigen Schlaf.

Plötzlich wurde er wach und als er sich gerade aufsetzen wollte, hielt ihn Jadas Hand zurück. Sehen konnte er nichts, aber er spürte deutlich, dass Jada große Angst hatte.

Er starrte in die Dunkelheit und versuchte zu ergründen, was vor sich ging. Der Wald war totenstill geworden. Viele Tage war Jonas nun schon in Bor unterwegs. Er wusste, dass es viele Nachttiere in ihm gab. Für gewöhnlich war es nachts sogar lauter als am Tage. Die Stille war unheimlich und Jonas kroch eine Gänsehaut den Rücken hinauf. Es war unnatürlich kalt geworden und er fror.

Jada schob ihm etwas in die Hand. Es war ein kleiner weicher Lederbeutel. Er ahnte mehr, als das er wirklich hörte, dass Jada eine Beschwörung murmelte, die sie ständig wiederholte. Von ihrem Lager aus sah Jonas auf eine kleine freie Stelle hinaus, auf die das Mondlicht schien.

Plötzlich sah er, wie sich dort eine schwarze Gestalt zusammenballte. So dunkel und dicht, dass sie sich tatsächlich noch in der Nacht von der Umgebung abhob. So etwas hätte Jonas nie für möglich gehalten. „Schwärzer als die Nacht", schoss es ihm durch den Kopf. Er war vor Schreck starr geworden und atmete kaum noch.

Auch wenn er keine Ahnung hatte, was da an ihrem Lager vorbeischlich, war er sich doch ganz sicher, dass er es auf keinen Fall auf sich aufmerksam machen wollte. Das Etwas zog vorbei und nach einer Weile wurde es wieder wärmer und auch die Tiere waren wieder zu hören.

Jonas wollte Jada fragen, was da geschehen war, doch die legte ihm nur einen Finger auf den Mund und rutschte dichter an ihn heran. Bald hörte Jonas an ihrem Atem, dass sie wieder schlief. Er selbst lag noch lange wach, bis sich erneut ein unruhiger Schlaf einstellte.

Am Morgen erwachte er mit den ersten Lichtstrahlen. Auch Jada war aufgewacht und rieb sich die Augen.

„Was war das, heute Nacht?", fragte Jonas

„Ein Gor-ram", war die knappe Antwort.

Jonas sah Jada fragend an. „Ein Gor-ram ist ein böser Geist aus der Anderswelt. Nur in der Nacht kommt er hervor und wandert im Wald umher. Er stürzt sich auf jedes Lebewesen, das er finden kann. Er nährt sich von ihrem Sein, bis nichts mehr davon übrig ist. Seine Opfer gleiten dann ebenfalls in die Anderswelt, wo sie ein Schattendasein, fern vom Licht fristen müssen. Die Stimmen, die du nachts manchmal im Wald wispern hörst, sind Opfer des Gor-rams. Sie heißen Mabusi. Körperlos treiben sie durch den Wald und finden niemals Ruhe. Einem Gor-ram zu begegnen, ist das Schlimmste, was dir in Bor zustoßen kann. In dem Beutel, den ich dir in die Hand gedrückt habe, ist ein Schutzamulett. Die

Beschwörung, die ich geflüstert habe, verwirrt seine Sinne. So hat er uns nicht bemerkt und ist weitergegangen. Wir können froh sein, dass wir mit dem Schrecken davongekommen sind."

Jada stand auf.

„Komm jetzt, wir werden uns zum Ende des Tobels schleichen, damit wir sehen, wann die Zwerge abmarschieren. Wir müssen ihnen folgen und auf eine Gelegenheit zur Befreiung hoffen. Jetzt ist es hell und es wäre wirklich fein, wenn du leise durch den Wald gehen könntest. Wenn uns die Zwerge bemerken, ist es aus mit uns."

Bald erreichten die zwei einen Punkt, von dem aus sie in das Tobel hinabsehen konnten, ohne von unten bemerkt zu werden.

Im Lager herrschte Aufbruchstimmung. Die Zwerge verluden die Beute auf die Pferde und zerrten die Gefangenen in die Höhe, um sie Richtung Ausgang zu führen. Etwas abseits bemerkte Jonas eine Gruppe gefesselter Zwerge. Er vermutete, dass es sich dabei um ihre Wachen handelte und vielleicht auch um die Zwerge, die vergessen hatten, das Seil loszumachen, an dem er und Jada gestern aus dem Tal geklettert waren. Genau erkennen konnte er das aber nicht, dazu war die Entfernung zu groß.

Langsam setzte sich der Tross in Bewegung. Die Zwerge zogen ab. Die Gefangenen hatten das Tor gerade eben passiert, als sich völlig unerwartet eine Gestalt aus der Gruppe löste und mit einem schnellen Spurt im Gelände verschwand. Von der Größe und der Art, sich zu bewegen, musste es Cassian sein.

Jada und Jonas reagierten sofort und eilten, immer auf Deckung bedacht, dem Fliehenden entgegen. Jonas zog Gilreck, denn natürlich hatten auch einige Zwerge die Verfolgung aufgenommen. Plötzlich bog Cassian in vollem Lauf um ein Gebüsch. Er rannte, was das Zeug hielt, auf seine Gefährten zu. Jada hielt das Messer schon bereit. Ein kräftiger Schnitt und die Arme ihres Vaters waren frei.

Jonas hatte sich inzwischen den Verfolgern in den Weg gestellt. Es waren nur wenige und als sie Jonas mit Gilreck sahen, zogen sie sich eilig zurück.

Auch Jonas, Jada und Cassian suchten hurtig das Weite und zogen sich tiefer in den undurchdringlichen Wald zurück und versteckten sich in einem Gebüsch.

„Wir sollten sehen, dass wir schleunigst aus Bor verschwinden!", sagte Cassian plötzlich.

„Was meinst du mit verschwinden?", fragte Jada erstaunt.

„Nun ja, wir sind durch viel Glück freigekommen. Das Zwergenheer ist groß, wir haben überhaupt keine Chance, die anderen auch noch zu befreien. Die Zwerge werden sie jetzt stärker bewachen als je zuvor. Noch mal wird so ein Coup nicht gelingen. Es wäre reiner Selbstmord, einen Befreiungsversuch zu starten. Davon hat doch dann niemand etwas, oder? Wir sollten also schnell das Weite suchen und zwar endgültig!"

Jada starrte ihren Vater mit offenem Mund fassungslos an. „Du willst dich verdrücken? Einfach kneifen, ja? Und was ist mit Mama? Die willst du, ohne mit der Wimper zu zucken, in den sicheren Tod schicken, nur um deine eigene schäbige Haut zu retten? Ich fasse es nicht: Du bist ein elender Feigling! Erst bringst du uns alle durch deine Tricksereien in Lebensgefahr und dann verdünnisiert sich der feine Herr einfach ...".

Jada keuchte vor Wut. Sie war aufgesprungen, ihr Gesicht war rot angelaufen und die Adern an ihrem Hals schwollen an. Wie eine Furie stand sie vor ihrem Vater.

Als Cassian betreten zu Boden sah und schwieg, spuckte sie ihm vor die Füße, drehte sich wortlos um und verließ das Gebüsch.

Auch Jonas erhob sich und folgte ihr.

„Du bist ein elender Lump", war alles, was er zu Cassian sagte.

Der blieb noch einen Moment sitzen, stand dann auf und folgte Jonas und Jada in einigem Abstand. Die beiden nahmen keine Notiz von ihm.

„Wohin gehen wir?", fragte Jonas, nachdem sie längere Zeit auf den schmalen Wegen, die ganz Bor durchzogen, gewandert waren.

„Das Zwergenheer ist groß. Deshalb gibt es für sie eigentlich nur eine Route, auf der sie einigermaßen bequem die Steinerne Stadt erreichen können. Ich folge dieser Strecke auf parallel verlaufenden Wildwechseln. Zum Glück gibt es nicht viele Stellen, an denen so viele Personen die Nacht verbringen können. Wir werden versuchen müssen, uns nachts an das Lager heranzuschleichen, um nach einer Möglichkeit zu suchen, die anderen da rauszuholen", sagte Jada. „Jedenfalls werden das diejenigen von uns versuchen, die so etwas wie einen Charakter haben", fügte Jada etwas lauter sprechend hinzu. Von Cassian, der ihnen immer noch nachschlich, kam keine Antwort.

Die folgenden Tage waren mühselig. Zwar konnten sie dem Heer folgen, sie schafften es auch, sich nachts an das Lager heranzuschleichen, aber es ergab sich keine Gelegenheit, etwas für Mirac, Konrad und Adelgard zu tun.

Sie hatten nichts zum Essen dabei und auch keine Zeit, auf die Jagd zu gehen. So ernährten sie sich von Beeren und anderen Waldfrüchten, die sie zufällig fanden, mehr schlecht als recht.

Nachts schliefen sie versteckt unter Büschen oder auch einmal in einer kleinen Höhle einfach auf dem Boden.

Es war heiß und stickig im Wald. Schwitzend, dreckig und hungrig schleppten sie sich weiter, immer in der langsam schwindenden Hoffnung, die anderen doch noch irgendwie retten zu können.

Der Weg in die Steinerne Stadt war weit, denn die Zwerge konnten mit all der Beute und vor allem den mitgeführten Tieren nicht durch die Höhlen von Hortang abkürzen.

Am fünften Tag blieb Jada, die stets voranging, abrupt stehen.

„Ich hab eine Idee!", rief sie und wandte sich auf einem kaum sichtbaren Pfad nach links. Den anderen beiden blieb nichts anderes übrig, als ihr zu folgen.

Schon nach einigen hundert Metern erreichten sie eine schmale Lichtung. Sie war übersät mit kleinen und mittelgroßen Felsen. Alle waren mit dicken Moospolstern überwachsen. Die Sonne zauberte heitere Licht-und-Schatten-Spiele.

„Was für ein schöner Ort", dachte Jonas, der stehen geblieben war, ganz vom Zauber des Ortes gefangen. Für einen ganz kurzen Moment vergaß er all die Strapazen und Sorgen, die ihn im Moment auf Schritt und Tritt begleiteten.

Da bemerkte er aus den Augenwinkeln eine Bewegung. Er drehte den Kopf und sah noch im letzten Moment eine kleine Gestalt hinter einen der Felsen huschen.

„Was war denn das?", fragte er sich erstaunt.

Jada war inzwischen bis zur Mitte der Lichtung gegangen. Dort setzte sie sich auf eine dicke Baumwurzel.

„Hey, ihr könnt ruhig rauskommen! Ich bin's, Jada die Flinke. Ich habe zwei Freunde dabei."

Jonas hörte leise Stimmen und auf einmal kamen hinter den Felsen und unter den Wurzeln viele kleine Gestalten zum Vorschein. Sie reichten Jonas nur bis zu den Knien. Es war das Volk der Dogo. Ihre Kleider hatten die Farben und die Muster von Rinde und Moos. Wenn die Dogo stillstanden, verschmolzen sie völlig mit ihrer Umgebung. Dann konnte es geschehen, dass man ganz dicht an ihnen vorbeiging, ohne sie zu bemerken.

„Darf ich vorstellen: Meine Freunde die Dogo", sagte Jada zu Jonas und deutete in die Runde.

Jonas blinzelte erstaunt: Riesen, Zwerge, die unheimlichen Gor-rams und jetzt auch noch die Dogo. Der Wald von Bor barg wirklich eine Menge Geheimnisse.

„Wo ist Shaha, euer König?", fragte Jada und einer der Dogo winkte ihr zu folgen.

Shaha saß im Schatten eines Felsens auf einer Art bequemen Thron aus dick mit Moos gepolsterten Zweigen.

Jada verbeugte sich. „Seid gegrüßt, Shaha! Ich freue mich, euch nach langer, langer Zeit wiederzusehen."

„Hallo Jada, auch ich freue mich über unser Wiedersehen. Doch habe ich gehört, dass du in großen Schwierigkeiten steckst!"

Jada seufzte laut: „Ja Shaha, das ist leider wahr. Wir sind mit den Zwergen in Streit geraten und nun sind meine Mutter, mein Geliebter und sein Vater ihre Geiseln. Den Alten vom Wald haben sie getötet und seine Festung ist verwüstet. Wenn die Zwerge die Steinerne Stadt erreichen, werden sie dort die Gefangenen hinrichten. Deshalb bin ich gekommen, um dich um Hilfe zu bitten. Ich weiß keinen Rat mehr, wie ich die meinigen retten soll. Ich bin sehr verzweifelt."

Die bisher so tapfere Jada begann plötzlich zu weinen. All die Strapazen und die Ängste der vergangenen Tage machten sich mit einem Mal Luft. Es dauerte lange, bis Jada sich wieder beruhigte.

Shaha schwieg eine Weile und musterte Cassian und Jonas ausgiebig.

„Du kommst in zweifelhafter Gesellschaft zu uns", sagte Shaha mit Blick auf Cassian. „Es gefällt mir nicht, dass du ihn hierher gebracht hast. Mir scheint, er ist für vieles verantwortlich, was Bor in Unruhe versetzt."

Der König wandte sich Jonas zu: „Dich kann ich willkommen heißen bei meinem Volk!" Jonas verbeugte sich tief vor Shaha.

Erneut herrschte Schweigen, König Shaha war in tiefes Nachdenken versunken. Dann begann er zu sprechen:

„Jada, wie du weißt, ist Bor für uns ein einziges großes Lebewesen. Die Bäume, Sträucher, Pilze, Tiere und auch Menschen, Zwerge und Dogos sind Teil dieses großen Ganzen. Sogar die Feen gehören dazu, auch wenn sie sich der Welt entzogen haben.

Zurzeit sind wir Dogo sehr besorgt. Die Harmonie des Waldes, die aus dem ewigen Miteinander aller entsteht, ist tief gestört. Das Leben in Bor folgt uralten heiligen Gesetzen. In den letzten Tagen wurden sie zu sehr verletzt und gebrochen. Überall bemerken wir böse Omen: Die Raben sammeln sich, der Gor-ram ist erwacht und geht um und jede Nacht quälen uns die Mabusi mit ihren Gesängen.

Als das kleinste und unsichtbarste Volk im Wald haben wir die Pflicht übernommen, für den Erhalt der Harmonie zu sorgen. Ich werde also über dein Anliegen nachdenken. Wenn es der Ordnung nützt, dir zu helfen, dann werden wir es tun. Ruht eine Weile aus. Ich sehe in euren Gesichtern, dass ihr sehr erschöpft seid. Wenn es Nacht wird, werden wir die Orakel befragen. Dann werden wir wissen, was zu tun ist."

Die drei suchten sich ein Lager im Schatten eines Baumes, Cassian abseits der anderen.

„Die Dogo sind zwar klein, aber ihr König spricht mit großem Selbstvertrauen, und wenn es stimmt, was er sagt, haben sie eine wichtige Aufgabe. Mir erscheint es seltsam, was er sagt: Ein Wald, und noch dazu einer, der so groß ist wie Bor, soll ein einziges Wesen sein? Komm, erzähle mir von ihnen!", sagte Jonas zu Jada.

Jada sah eine Weile in das Blätterdach des Baumes, unter dem sie lag. Dann setzte sie sich auf und begann mit der ...

Geschichte von Bor und Masika

„Die Legende besagt, dass Bor eines Tages in dem Samen eines unscheinbaren Baumes erwachte, der einsam in der weiten Steppe stand.

Bor fiel mit dem Samen zu Boden. Doch der Samen konnte nicht keimen, denn der Boden war staubtrocken und steinhart.

Da rief Bor Masika, den Geist des Regens mit seinem wunderbaren Gesang. Masika folgte dem Klang.

Aber als sie kam, konnte sie Bor nicht finden, denn er war nur ein Körnchen in einem Meer aus Staub.

„Wo bist du, der du da singst?", fragte sie unablässig, denn der betörende Gesang von Bor hatte sie verzaubert.

„Ich schlafe in der Erde und warte, dass du mich erweckst", kam die Antwort. „Ach, das kann ich nicht", antwortete Masika, „dieser Ort, an dem du wohnst gehört nicht zu meinem Reich. Hier kann ich kein Wasser verschenken.

Da wuchs Bor plötzlich aus dem Boden. Er hatte die Gestalt eines schönen Jünglings angenommen. Er reichte Masika die Hände und begann mit ihr zu tanzen. Glücklich drehte sie sich mit ihm im Kreis und lauschte seinem Gesang, von dem sie nicht genug bekommen konnte. Nach einer Weile aber verschwand Bor, so plötzlich, wie er gekommen war.

Da wurde Masika unendlich traurig und begann bitterlich zu weinen, denn sie hatte sich unsterblich in Bor verliebt.

Die Tränen, die Masika vergoss, wässerten den Samen, in dem Bor wohnte, und er begann zu keimen. Rasch wuchs er zu einem Baum heran.

Die Geister der Steppe aber wurden zornig. Der Geist des Regens war in ihr Reich eingedrungen. Es erhob sich ein starker Wind, der den Staub der Steppe aufwirbelte und in großen Wolken gegen den Baum blies. Doch Bor hatte alles Wasser aus Masikas Tränen gesammelt und so wuchs er mit ungeheurer Geschwindigkeit der Sonne entgegen. Jeden Abend, wenn die Geister müde wurden und der Wind sich legte, kam Masika zurück zu ihm. Dann tanzten sie erneut bis zum Morgengrauen und Masika weinte ihre Tränen, wenn Bor wieder verschwand.

Bald begann Bor Früchte zu tragen. Die Vögel der Steppe kamen, fraßen sie und trugen so neue Samen über das Land. Sie alle wässerte der Geist des Regens und bald wuchsen die Kinder Bors in großer Zahl. Die Geister der Steppe hatten das Nachsehen und mussten sich zurückziehen. Bor aber wurde zu dem riesigen Urwald, der er heute ist. Noch immer erfüllte der Geist, der im ersten Samen erwachte, alles in Bor und noch immer tanzten Bor und Masika ihren Liebestanz.

Doch bald wurde Masika schwermütig. Bor wuchs aus sich selbst heraus, aber Masika blieb kinderlos.

Da nahm Bor den Geist des Regens in die Arme und sie tanzten einen langen Tanz, viele Monde lang. Bor stimmte einen besonderen Gesang für diesen Tanz an: Rhythmisch war sein Gesang, erdig war er und er klang nach Moos und Holz, nach Regen und Sonne, nach Frühling, Sommer, Herbst und Winter. Die ganze Welt schien in seinem Gesang zu liegen. Masika wurde schwanger und gebar die ersten beiden Dogo. Ihre Namen waren Narina und Inino. Sie sind die Urahnen der Dogo, dem ersten und ältesten der Waldvölker.

Bor und Masika lehrten sie die Gesetze des Lebens im Wald und gaben ihnen die Aufgabe, über sie zu wachen. Noch immer, so heißt es, können die Dogo mit Bor und Masika in Verbindung treten. Dazu haben sie ihre Seher, die als Orakel Botschaften aus der Anderswelt überbringen.

Heute Abend werden diese Seher entscheiden, ob unser Anliegen Gehör findet."

Jada hatte aufgehört zu erzählen und Jonas lag im Gras unter dem Baum. Er fiel in einen Dämmerschlaf und das Gehörte zog in Bildern wie ein Traum an seinem inneren Auge vorbei.

Als die Sonne langsam unterging, rüttelte Jada ihn wach. Die Dogo kamen langsam in großer Zahl auf die Lichtung und versammelten sich um eine kleine Erhebung in der Mitte, auf der jetzt Shahas Thron stand. Seine Ratgeber im Gefolge, schritt der König über die offene Fläche und nahm Platz. Die Ratgeber versammelten sich hinter ihm. Etwas links von der Erhebung standen große Trommeln. Sie waren aus dicken, ausgehöhlten Stammstücken gefertigt und mit Ziegenhaut bespannt.

Als der Herrscher der Dogo saß, begannen die Trommler zu spielen. Die Töne, die sie den Trommeln entlockten, waren tief, erdig und brachten den ganzen Körper zum Vibrieren.

Jonas erblickte eine kleine Prozession von Dogo, die nun auf die Lichtung kamen. Es waren vierzehn und sie trugen alle Masken. Die eine Hälfte zeigte ein weibliches, die andere ein männliches Gesicht. Beide Gesichter waren fremdartig schön und sehr eigenartig: Das männliche sah aus wie ein Baumgesicht, die Haut war wie Rinde und die Haare wie grüne Blätter. Das weibliche Gesicht war auf eigenartige Weise verwaschen, als habe der Regen es teilweise weggespült.

Die beiden Gruppen stellten sich gegenüber und begannen zu tanzen. Die Trommeln wurden langsam immer lauter und ekstatischer und erst jetzt bemerkte Jonas, dass rechts vom Thron noch eine weitere Gruppe Musiker stand. Sie hatten lange Holzflöten dabei, denen sie nun wehmütige, klagende Laute entlockten.

„Mit den Tänzern und der Musik wollen die Dogo Bor und Masika rufen. Die Masken stellen die beiden dar und die Musik sind ihre Gesänge: Die erdigen Holztrommeln stehen für Bors Gesang und die klagenden Flöten sind Masikas trauriges Lied, wenn Bor verschwindet", erklärte Jada das Geschehen.

Je länger die Musik spielte, desto mehr wurde Jonas von ihr davongetragen. Er befand sich schließlich in einer Art Trance, in einem Zustand irgendwo zwischen Wachen und Schlafen. Seltsame Bilder stiegen in seinem Geist auf. Er wandelte darin durch einen Wald, in dem es noch keine Tiere gab. Überall blühten Blumen in tausenderlei Formen und Farben und verströmten ihre Düfte. Bäche plätscherten und murmelten. Die Sonne wurde durch die zahlreichen Blätter hundertfach gebrochen. Er glaubte, Pilze riechen zu können und das Moos. Auf einer Anhöhe wuchsen kleine knorrige Büsche mit großen cremefarbenen Blüten. Jadas Erzählung vom Feenland kam ihm wieder in den Sinn. Sah das Feenreich am Ende immer noch so aus wie Bor in seinen weit in der Vergangenheit liegenden Anfängen?

Vage nahm Jonas wahr, dass zwei weitere Dogo den Platz betraten. Sie trugen eine mit Wasser gefüllte Holzschale, die sie vorsichtig, damit nichts verschüttet wurde, auf einem Moospolster absetzten. Auch sie trugen Masken. Sie schienen aus allem zusammengesetzt, was in Bor zu finden war: Holz und Rindenstückchen, Steinchen, Schneckenhäuser, Vogelfedern und Fellstücke konnte Jonas entdecken.

Die Musik steigerte sich in Tempo und Lautstärke in eine Art Raserei und brach dann völlig unvermittelt ab. Kein Laut war mehr zu hören. Die Stille war gespenstisch.

Die beiden Seher, die um die Holzschale standen, begannen mit hohen Stimmen einen monotonen Singsang zu intonieren. Dann streute einer der beiden etwas Erde in die Schale. Aus der Tiefe des Wassers stiegen auf einmal zwei Gesichter empor. Sie sahen genauso aus wie die Masken, die die Tänzer trugen.

Die Seher sprachen inzwischen mit den Wesen im Wasser in einer Sprache, die Jonas nicht verstand. Er sah zu Jada hinüber, aber ein Blick in ihr Gesicht verriet ihm, dass sie genauso wenig verstand wie er.

Erst jetzt fiel ihm auf, dass Cassian nirgends zu sehen war.

Wieder warf der eine Seher Erde in die Schale und die Gesichter verschwanden. Der andere wendete sich der Menge zu und sprach: „Blut wurde vergossen in Bor. Zu viel Blut! Das muss ein Ende haben. Die Hüter sind ärgerlich, Bor ist ärgerlich, Masika ist ärgerlich! Es darf keine weiteren Toten geben. Wir, die Dogo, sind gerufen, das zu verhindern!"

Der Seher sah zu Jonas und Jada: „Wir werden helfen, aber auf unsere Art. Es darf keine weitere Gewalt angewendet werden. Wenn eure Verwandten frei sind, werden wir euch auf geheimen Wegen aus dem Wald bringen, den ihr verlassen müsst. So ist der Wille der Geister."

Langsam löste sich die Versammlung auf. Shaha winkte Jonas und Jada zu sich. „Morgen werden wir mit euch beiden den Zwergen folgen. In der Nacht befreien wir dann die Gefangenen. Cassian der Schmied kann nicht mitkommen. Er wird zu der Stelle gebracht, an der ihr Bor verlassen werdet. Dort trefft ihr ihn wieder."

„Aber wie wollt ihr die Gefangenen befreien?", wollte Jonas wissen.

„Das werdet ihr morgen schon sehen. Schlaft jetzt", bekam er zur Antwort.

Die beiden gingen zu dem Baum zurück, unter dem sie schon den Tag verbracht hatten. Im weichen Moos betteten sie sich zur Ruhe. Cassian blieb verschwunden. Es kümmerte weder Jonas noch Jada.

Der kleine Tross, der fast lautlos durch den Wald marschierte, machte halt. Die Zwerge hatten ihren Tagesmarsch beendet und lagerten in unmittelbarer Nähe. So hatten es die beiden Dogo, die vorausgeeilt waren, berichtet. Es wurde langsam dunkel und Jonas war froh, dass der Marsch für heute beendet war. Es hatte die meiste Zeit des Tages still vor sich hin geregnet.

„Masika hat heute wohl viel zu weinen", dachte Jonas missmutig. Mittlerweile war er nass bis auf die Haut.

Jada und Jonas wurden von einer Handvoll Dogo begleitet. Einer von ihnen war Kahini. Er war einer der beiden Seher von gestern Abend. Darüber hinaus war er wohl, wenn Jonas das richtig verstanden hatte, so eine Art Zauberer.

Kahini trug ein eigenartiges Gewand. Zwar war es wie alle Kleidungsstücke der Dogo so gefertigt, dass es aussah wie aus Rinde und Moos, aber bei diesem Stück waren kleine Schneckenschalen so verteilt, dass sie verschiedene verschlungene Symbole bildeten. Das konnte man aber nur erkennen, wenn man ganz genau hinsah. Das Gewand war ein echtes Kunstwerk.

Der Zauberer nahm einen kleinen Sack vom Rücken eines anderen Dogo und öffnete ihn. Er enthielt verschiedene kleine Tiegel und Flakons, die mit allerlei schimmernden Flüssigkeiten gefüllt waren. Eine aus Blättern kunstvoll geflochtene Schale wurde aufgestellt und Kahini schüttete langsam und andächtig eine Substanz nach der anderen hinein. Dabei murmelte er unablässig unverständlich vor sich hin. Mit jeder neuen Zutat veränderte das Gebräu in der Schale seine Farbe und manchmal auch den Geruch. Außer dem Rezitieren des Magiers war es still. Die Zwerge waren nahe und sie mussten jedes unnötige Geräusch vermeiden.

Jetzt trat Kahini einen Schritt zurück und wedelte mit einem großen Blatt über das Gefäß und warf es dann hinein. Eine dunkle Wolke stieg auf und blieb über der Blätterschale stehen.

Kahini holte einen kleinen Tiegel aus seinem Beutel. Er war leer. Wiederum goss er einige Flüssigkeiten hinein und sprach leise

Beschwörungen. Dann setzte er den Tiegel sachte auf den Boden und winkte Jonas und Jada heran. Beide waren sehr gespannt, was nun geschehen würde. Die Dogo hatten sich geweigert, ihnen zu erzählen, wie genau die Befreiung vor sich gehen sollte.

„Hört mir genau zu", sagte Kahini zu den beiden. „Die größere Schale enthält einen Schlafzauber. Auf mein Geheiß hin wird sich die Wolke, die über der Schale steht, über das ganze Zwergenlager ausbreiten. Alle werden dann in Schlaf fallen."

„Ja, aber", begann Jada.

Der Dogo schnitt ihr mit einer Geste das Wort ab und fuhr fort. „Das kleine Gefäß enthält ein Gegenmittel. Wenn alle schlafen, werdet ihr ins Lager schleichen und eure Gefährten von den Fesseln befreien. Dann träufelt ihr ihnen ein wenig von dem Gegenmittel in den Mund und haucht drei Mal gegen ihre Stirn. Das wird sie aufwecken. Mogo wird euch dann aus dem Wald bringen."

Einer der Dogo trat vor und verbeugte sich leicht. Er zeigte Jada und Jonas die Stelle, an der er auf sie und die anderen warten würde.

„Ihr müsst euch beeilen, Bor zu verlassen. Die Zwerge werden nur zwei Stunden schlafen. Mehr Vorsprung können wir euch nicht verschaffen."

„Was ist mit meinem Pferd?", fragte Jonas.

„Auch die Tiere schlafen. Die große Menge Trank, die es braucht, um ein Pferd zu wecken, können wir nicht brauen. Einige der Zutaten sind selten und schwer zu bekommen. Andere sind mit einem Tabu belegt und wir müssen jedes Mal die Geister bitten, wenn wir etwas davon sammeln wollen. So sind unsere Vorräte stets gering", antwortete Kahini.

Jonas nickte. Die Antwort gefiel ihm nicht, aber was sollte er machen.

Kahini stimmte einen leisen Singsang an und hob die Hände. Langsam begann die Wolke, auf das Nachtlager der Zwerge zuzutreiben. Immer mehr Dampf stieg von der Schale auf. Die Wolke begann sich zu verbreitern und mehr und mehr mit der Luft zu mischen.

Schließlich war die ganze Flüssigkeit verdampft. Stetig zog die Wolke in Richtung Lager und breitete sich endlich darin aus. Von ihrem Beobachtungsposten konnten Jonas und Jada sehen, wie eine Wache nach der anderen vornübersank und einschlief.

Kahini machte ihnen ein Zeichen und die beiden gingen vorsichtig zu den schlafenden Zwergen.

Schnell waren die Fesseln der Gefangenen durchtrennt. Jonas und Jada weckten Konrad, Mirac und Adelgard mit dem Trank und zogen sich mit ihnen zügig in den Schatten der Bäume zurück.

Mogo wartete am vereinbarten Platz und die Gruppe verschwand auf einem schmalen Pfad im Dickicht.

Immer wenn Jonas später in seinem Leben an den nun folgenden Marsch zurückdachte, war seine Erinnerung nebelhaft. Stunde um Stunde ging er wie in Trance mit seinen Freunden, einer hinter dem anderen, einen schmalen Pfad entlang. Ein seltsames Zwielicht erhellte einen Himmel ohne Wolken und ohne Sonne. Wieder musste Jonas an Jadas Erzählung über das Feenreich denken. So hatte sie den Himmel dort beschrieben. Es schien, als würden sie nun ebenfalls in einer Zwischenwelt dahinwandern. Sie begegneten niemandem. Nicht einmal Vögel waren zu sehen oder zu hören.

Das Einzige, an das er sich klar erinnern konnte war, dass er irgendwo auf dem Weg einen Ast, den er zur Seite gebogen hatte, achtlos losließ. Mit einem Klatschen traf er Konrad am Arm. Der schrie laut auf und wurde blass.

„Was ist los?", fragte Mogo verärgert.

„Mein Arm ist verwundet von einem Axthieb. Ich glaube, die Wunde hat sich entzündet. Der Arm will nicht heilen", antwortete Konrad. Mogo besah sich die Sache. Aus einem Beutel, den er bei sich trug, nahm er ein Gefäß und strich die Wunde mit einer zähen schwarzen Paste ein. Konrad keuchte stoßweise. Die Paste brannte wie Feuer. „Das wird dir helfen. Dein Arm kann nun heilen", sagte Mogo, als er fertig war. Sie gingen weiter und Jonas verfiel wieder in diese eigenartige stumpfe Trance.

Dann erreichten sie endlich den Waldrand. Hier wartete ein Dogo mit Cassian auf sie. Cassian gesellte sich nicht gleich zu der Gruppe, noch immer nagte Jadas Wutausbruch an ihm. Er war sich unschlüssig, wie er sich verhalten sollte. Hatte Jada Adelgard von seinem feigen Verhalten erzählt? Schließlich entschied er sich, so, zu tun, als sei nichts gewesen. Als Adelgard ihn plötzlich bemerkte, stieß sie einen Freudenschrei aus und fiel ihm in die Arme. Sie wusste offensichtlich nichts, stellte Cassian erleichtert fest. Konrad und Mirac nickten ihm kurz zu. Jada und Jonas hingegen, nahmen keine Notiz von dem Schmied.

Im Schatten der letzten Bäume stehend, warfen sie einen Blick auf die endlose Steppe, die sich nun vor ihnen ausdehnte. Freudig verabschiedeten sie Mogo und liefen hinaus ins Freie. Sie waren ihm und dem Volk der Dogo unendlich dankbar für ihre Hilfe. Jonas war überglücklich, endlich, endlich aus diesem Urwald herauszukommen. Manchmal hatte er gar nicht mehr glauben können, das dieser Wald ein

Ende haben könnte!

Doch nun begann für Jonas mit einigen beherzten Schritten aus dem Wald heraus die ...

Geschichte vom Lamtan und den Kuhn

Der große Leoula hielt in seiner Erzählung inne. Gähnend betrachtete er den kleinen König Horst. Dieser hing noch immer wie gebannt an seinen Lippen. Leoula schmunzelte. Er war ein wenig stolz auf sich: Diese Geschichte war auf Anhieb richtig gut gelungen.

Schon wieder war die Schale mit Plätzchen und die Teekanne leer. „Es ist Zeit für eine kleine Pause, mein König! Ich muss mich ein wenig ausruhen, bevor ich fortfahre!", sprach Leoula. Zuerst war der kleine König Horst enttäuscht. Er wollte unbedingt sofort wissen, wie es weiterging! Dann musste auch der König plötzlich gähnen. Auch er war ziemlich müde geworden von der langen Geschichte und den vielen Ereignissen. Etwas missmutig über seine Müdigkeit entgegnete er: „Lass uns morgen fortfahren. Mein Diener wird dir zeigen, wo du schlafen kannst." König Horst erhob sich, ging in seine Kammer und legte sich ins Bett. In seine Felle gekuschelt, zog die Geschichte noch mal in Gedanken an ihm vorbei: Was für ein Abenteuer!

Wie langweilig war es dagegen in seinem kleinen Königreich.

Früh am Morgen war der König schon wieder auf den Beinen. Er war zu aufgeregt um weiter zu schlafen. Ungeduldig wartete er auf den großen Leoula. Doch der ließ sich Zeit. Als er endlich erschien forderte König Horst ihn auf:„Los, erzähl weiter!". Geduld war einfach nicht seine Sache. Leoula genoss diesen Moment sichtlich und fuhr, nachdem er sich ein paar Plätzchen und einige Schlucke Tee gegönnt hatte, mit der Geschichte fort ...

Kurz nachdem die Gruppe in das Grasland hinausgelaufen war, drehte sich Jonas noch einmal um. Am Waldrand unter den Bäumen standen etliche Zwerge, schwangen drohend ihre Äxte und starrten ihnen mit wütend funkelnden Augen nach. Sie machten jedoch keinerlei Anstalten, ihnen zu folgen. Jonas machte die anderen auf die Verfolger aufmerksam.

„Die Zwerge von Bor verlassen den Wald niemals. Das ist unser Glück. Wir sind sie ein für alle Mal los!", erklärte Konrad zur Beruhigung von Jonas.

Höhnisch winkend zogen sie schließlich weiter, unendlich erleichtert, der Zwergengefahr doch noch entronnen zu sein.

Als es Abend wurde, fanden sie eine kleine, flache, nur spärlich mit Gras bewachsene Senke. Sie beschlossen hier zu lagern. Die Senke bot zumindest ein klein wenig Schutz vor dem Wind, der schon seit Stunden unablässig um ihre Ohren pfiff.

Mit Anbruch der Nacht wurde es schnell merklich kühler. Frierend saßen die sechs beieinander. Sie hatten nichts, um ein Feuer zu machen. In der Steppe gab es nur Gras. Keine Bäume, keine Äste, nicht einmal ein paar Zweige ließen sich auftreiben.

Jonas hoffte, dass es nun nach Ghom nicht mehr weit wäre. Er fragte danach. Die Antwort, die er erhielt, gefiel ihm gar nicht:

„Niemand von uns weiß, wie lange wir nach Ghom brauchen werden", sagte Mirac.

„Aber ihr wisst schon, wo die Stadt liegt, oder?", fragte Jonas.

„Weißt du, Jonas", antwortete Konrad, „die Stadt Ghom liegt nicht irgendwo. Jedenfalls nicht so, wie du das von anderen Städten kennst. Sie hat keinen festen Ort, an dem man sie immer wieder zuverlässig finden und aufsuchen kann. Verstehst du?"

Jonas schüttelte nur verwirrt den Kopf.

„Vor sehr langer Zeit ist Ghom untergegangen. Heute wohnen fast nur noch Geister dort. Die Stadt erscheint mal hier, mal dort in der Steppe. Sie wandert sozusagen umher."

„Ich glaube" , sagte Mirac, „ ich erzähle dir jetzt mal eine Geschichte. Es ist die ...

Geschichte vom Untergang Ghoms

„Ghom ist eine uralte Stadt. Viele behaupten, sie sei die älteste Stadt der Menschen überhaupt", begann Mirac seine Erzählung. „Wie dem auch sei: Ghom lag einst an einer Kreuzung alter Handelstrassen am Fluss Peka. Es war ein idealer Platz für eine Siedlung. Von überall her kamen Reisende in den Ort. Die einen kamen mit Booten auf dem Fluss, die anderen mit Karren, Lasttieren oder zu Fuß über Land. Oft brachten sie Waren mit, die sie auf den zahlreichen großen Märkten der Stadt verkauften. Viele Bewohner Ghoms wurden mit dem Handel wohlhabend, einige sogar sehr reich. Die Stadt veränderte sich: Es entstanden Theater, Schulen und Bibliotheken. Prächtige Herrenhäuser wurden gebaut und nach und nach die Straßen gepflastert. Sitten und Lebensweise wurden feiner und vornehmer.

Die großen Händler der Stadt bildeten eine Zunft. An ihrer Spitze stand ein von den Mitgliedern gewählter Meister. Er regierte die Stadt.

Es war der Zunftmeister Bela der Sanfte, mit dem die Magie in Ghom Einzug hielt: Bela war mit dem Holzhandel reich geworden. Der Fluss, der die Stadt durchfloss, kam aus Bor. Einige seiner Quellen liegen am Steinernen Haupt. Regelmäßig rüstete Bela Boote aus, die die Peka hinauffuhren, um Holz zu holen.

Von allen Wissenschaften, die Bela zugänglich waren, faszinierte die Magie ihn am meisten. Es waren ihre Fremdartigkeit, das Geheimnisvolle und die Macht, die ihn anzogen. Immer wenn Zauberkundige in der Stadt waren, lud er sie in sein Haus ein und bewirtete sie. Er saß oft nächtelang mit ihnen in seinem prächtig eingerichteten Salon, stellte ihnen Fragen über die Zauberei und ließ sich von ihrem Leben erzählen.

Eines Tages wurde Bela von einem geheimnisvollen Fremden aufgesucht: Er saß gerade in seinem Arbeitszimmer über seinen Geschäftsbüchern, als er hörte, wie es am Tor laut und kräftig klopfte. Kurz darauf kam sein Sekretär, um einen

Besucher zu melden. Bela erhob sich und ging in den Salon. Dort traf er einen hochgewachsenen, aber erschreckend dünnen Mann, der lange, wallende, leuchtend rote Gewänder trug. Unter einer reich bestickten Kappe, die auf seinem Kopf saß, quollen lange, wirre, etwas verfilzte blonde Haare. Die wettergegerbte Haut unterstrich sein fremdartiges Aussehen.

„Mein Name ist Waladan und ich komme aus einem weit entfernten Land oben. Bis zu uns ist dein Ruf als Freund und Förderer der Magie gedrungen. Ich bin gekommen, um dir von einer Vision zu berichten, die ich vor einiger Zeit gehabt habe und die mich nun nicht mehr loslässt", sagte der Fremde sofort, als Bela den Raum betrat, ohne darauf zu warten, dass der Hausherr und Gastgeber das Gespräch eröffnen würde. Waladan sprach mit einer leisen, aber sehr eindringlichen Stimme, die jeden, der sie hörte, fesselte und in ihren Bann zog.

Lange und ausführlich erläuterte Waladan seine Idee von einer Universität der Magie und einer großen Bibliothek, in der alles Wissen über die Magie gesammelt wäre. Er malte Bela die Größe und den Glanz dieser Lehrstätte aus, die Ghom und natürlich auch Bela im ganzen Reich berühmt machen sollte.

War es die Aussicht auf Ruhm oder war es der magische Bann, der von Waladans Stimme ausging? Jedenfalls willigte Bela noch am selben Tag in den Plan ein.

Waladan, selber ein großer Magier, wurde alsbald den anderen Händlern der Stadt bei einer Zusammenkunft vorgestellt. Auch hier gelang es ihm schnell, seine Zuhörer zu begeistern. Durch das Geld, das die reichen Händler bereitstellten, wurde schon kurz nach Waladans Ankunft in Ghom mit dem Bau eines kleinen Universitätsgebäudes, einer Bibliothek und einem Wohnhaus für den Leiter der neuen Fakultät begonnen.

Fast wie von selbst war natürlich Waladan zum Leiter der Lehrstätte bestimmt worden. Bis zur Fertigstellung lebte er bei Bela und nutzte die Zeit geschickt, um die Tochter des Hauses vorsichtig, aber beharrlich zu umgarnen.

Bereits ein Jahr nach Baubeginn wurde die Universität eingeweiht. Kurz darauf feierte ganz Ghom die Hochzeit von Waladan und Belas Tochter Fabiola mit einem rauschenden Fest.

Die Zeit verging. Waladan lehrte Magie und begann, die ersten

Werke für die entstehende Bibliothek anzufertigen. Er hatte viele Kontakte zu anderen Zauberkundigen, die bald in großer Zahl Ghom besuchten. Irgendwann gesellten sich Elfen, Geister, Dschinnen und andere magische Wesen hinzu. Es gibt Menschen, die behaupten, dass diese Wesen von Waladan und seinen Magierfreunden überhaupt erst erschaffen wurden. Andere wiederum glauben, dass diese Wesen schon immer da waren und dass sie von der Konzentration von Magie in Ghom angezogen wurden.

Wie dem auch sei, sie wurden über die Jahre ein fester und wichtiger Bestandteil der Bevölkerung der Stadt. Der Erfolg der Lehrstätte mehrte den Einfluss von Waladan stetig.

Stand er anfangs ganz im Schatten von Bela, ließ er ihn schließlich hinter sich und wurde zur wichtigsten und einflussreichsten Person. Ein nie gelöstes Geheimnis blieb der schier unermessliche Reichtum Waladans. Bei seiner Ankunft in Ghom hatte er so gut wie nichts besessen, außer seinem Können und vor allem seiner magischen Stimme. Doch irgendwann wurde er reich und baute sich einen großen Palast mitten in der Stadt. Seine Empfänge waren das gesellschaftliche Ereignis in Ghom. Es kam der Tag, an dem die Zunft ihm anbot, Regent der Stadt zu werden. Waladan nahm an. Bela, der seines Amtes enthoben wurde, protestierte vergeblich. Waladan war so gut wie am Ziel.

Doch für das, was er jetzt tun wollte, durfte er keine Widersacher in der Stadt mehr haben. Eine ihm auf Gedeih und Verderben ergebene Gefolgschaft war, was er sich wünschte. Bela war zum Problem geworden. Nicht nur, dass er sein Amt wiederhaben wollte. Nein, er taugte auch nicht zum Gefolgsmann. Das war nicht seine Natur. Nicht umsonst hatte er jahrelang die Stadt geführt.

Waladan ließ Bela eines nachts in seinem Haus überfallen, verschleppen und in einem geheimen Kerker verschwinden. Als Fabiola vom Verschwinden ihres Vaters erfuhr, war sie außer sich. Waladan schwor öffentlich, alles zu tun und nicht eher zu ruhen, bis das Schicksal Belas geklärt und das Verbrechen gesühnt sei. Nun, da Bela ausgeschaltet war, hatte Waladan freie Bahn. Waladan war ein Königssohn und er hatte einen Bruder. Sein Name war Waladun. Der war, als der Ältere der

114

beiden, der rechtmäßige Anwärter auf den Thron.

Als ihr Vater starb, hatte Waladan versucht, den Thron an sich zu reißen. Doch er scheiterte und musste seine Heimat bei Nacht und Nebel fluchtartig verlassen. In Ghom hatte er Unterschlupf gefunden und sann nun auf von langer Hand geplante Rache: Habgier war dabei sein wichtigster Verbündeter. Immer wieder schwärmte er bei seinen Abendgesellschaften den Händlern von den märchenhaften Reichtümern der Stadt Arafwurakk vor. Das war die Hauptstadt des Reiches seines Bruders. Ebenso erörterte er wieder und wieder mit den Kaufleuten die Mühen und Risiken des Handels.

Langsam sickerte Waladans Gift in die Köpfe seiner Zuhörer. Nach und nach begannen sie, immer häufiger über ihren gefährlichen und schwierigen Beruf zu lamentieren. Immer lauter sehnten sie sich nach einer einfacheren Möglichkeit, zu Geld zu kommen.

Als die Zeit reif war, bot Waladan einen Weg an: Warum nicht einfach nehmen, was man haben wollte? Den Händlern gefiel dieser Gedanke. Doch ein Heer auszurüsten und in einen ungewissen Krieg gegen Waladun zu ziehen, schien ihnen wenig verlockend. Natürlich hatte Waladan eine Lösung parat: „Wir benutzen die Magie als Waffe. Mit ihrer Hilfe können wir den Herrscher von Arafwurakk besiegen. Alles, was wir brauchen, ist Geld, um genügend Zauberer dafür zu bezahlen", schlug er vor. Die Kaufleute willigten ein und dann war es so weit:

Arafwurakk wurde von einem gewaltigen magischen Angriff erschüttert. Stadt und Reich wankten, doch Waladan hatte die Macht seines Bruders unterschätzt. Er schlug den Angriff zurück und siegte.

Waladan tobte! Sein von so langer Hand geplanter Feldzug war gescheitert! „Ich werde eine andere Möglichkeit finden, Waladun vom Thron zu stürzen und selber Herrscher zu werden", sagte er sich wieder und wieder.

Bald darauf türmten sich eines Abends schwere, schwarze Gewitterwolken am Horizont auf und zogen auf die Stadt zu. Lang gezogene Blitze zuckten quer über die Wolkenfront und ein gespenstisches Wetterleuchten in allen Farben erhellte den dunklen Himmel. Die Menschen in Ghom rannten auf die Straßen, um das ungewöhnliche Schauspiel zu sehen. Ihnen war unheimlich zumute, denn ein gewöhnliches Gewitter war das nicht, was da heranzog.

Dann hatten die Wolken Ghom erreicht. Schwarze, eigenartige kugelförmige Gebilde begannen aus den Wolken zu regnen. Als sie den Boden erreichten, zersprangen sie und fingen sofort Feuer. In Windeseile rollten diese Feuerbälle über die Dächer und durch die Straßen. Ghom brannte lichterloh. Mit Wasser und Zauberkraft versuchten die Bewohner, die Brände zu löschen und die Wolken zu vertreiben. Es dauerte lange, aber endlich gelang es ihnen doch: Die Brände ließen nach und verlöschten schließlich ganz. Aber der größte Teil der Stadt war zerstört und lag in Schutt und Asche. Ein Großteil der Bewohner war bei dem Feuersturm umgekommen.

Waladan war verschwunden. Nie konnte geklärt werden, ob er verbrannte oder floh. Der Zugang zu Belas Kerker aber war durch den Brand freigelegt worden und so kam er schließlich nach Jahren der Gefangenschaft wieder frei.

Er war es, der die überlebenden Bewohner der Stadt um sich scharte und mit einem Wiederaufbau begann. Um Ghom vor weiteren Angriffen zu schützen, ließ er einen Zauber über Ghom legen. Seitdem wandert die Stadt, ist mal hier und mal dort und kann nur von dem gefunden werden, der den magischen Pfad nach Ghom kennt"

„Ja aber wie sollen wir sie denn dann finden?", fragte Jonas besorgt.

„In der Steppe von Kiwara leben die Khun. Sie sind ein Nomadenvolk, das umherzieht auf der Suche nach Weidegründen für ihre Herden. Sie sind schon seit Menschengedenken hier und sind mit allem, was in der Ebene lebt, eng verwoben. Es wird gesagt, dass sie mit den Tieren Kiwaras sprechen können und dass die Geister der Steppe ihre Pfade bewachen. Diese Geister und die Ahnen der Khun werden bei allen Entscheidungen befragt. Das ist die Aufgabe des Lamtan. Er ist auch für die Heilung der Kranken zuständig und er kennt den magischen Pfad zur Stadt Ghom.

Ihn müssen wir finden. Konrad, Adelgard und ich kennen den Lamtan schon sehr lange. Wenn er bereit ist, uns zu helfen, werden wir Ghom erreichen. Aber wir haben ein Problem: Als Nomade ist er ständig auf Wanderschaft. Unsere erste Aufgabe wird sein, ihn zu finden", sagte Cassian.

Als Jonas Cassians Bericht hörte, war er am Boden zerstört. Er war voller Hoffnung gewesen, dass sich seine Suche nun zügig dem Ende zuneigen würde, und nun das: Nomaden auf Wanderschaft! Völlig unklar, ob und wann sie den Lamtan finden würden.

Jonas seufzte.Es wurde immer kälter und nachdem sie die Wachen ausgelost hatten, versuchten sie, so gut es ging zu schlafen.

Nicht weit von der Senke stieg ein großgewachsener, breitschultriger Mann einen der flachen, lang gestreckten Hügel, die über die Steppe verstreut lagen, hinauf.

Oben auf der Kuppe des Hügels befand sich ein uralter Steinkreis. Die ersten Bewohner Kiwaras, ein heute seit Langem vergessenes Volk, hatten ihn einst angelegt.

Der Mann rollte einen der Steine beiseite. Aus dem Loch, das sich darunter auftat, holte er eine Trommel hervor. Sie bestand aus einem breiten Holzreif und einer Bespannung aus Bärenhaut. Er entkleidete sich und begann zu spielen. Erst langsam, dann immer schneller werdend wurde sein ekstatisches Spiel. Tiefe kehlige Laute drangen aus seinem Mund. Nach einer Weile begann sich der Spieler zu verändern: Seine Muskeln wuchsen, Haare sprossen am ganzen Körper, Nase und Mund wichen einer lang gezogenen Schnauze. Die Trommel fiel ihm aus den unbeholfenen Tatzen und er ließ sich auf alle viere fallen.

Im Mondlicht stand nun ein großer schwarzer Bär auf dem Hügel. Er hielt die Schnauze witternd in die Luft. Seltsame Gerüche brachte der Wind heute mit. Nach Menschen, die er noch nie hier in der Steppe gerochen hatte. Dazu den Duft von Moosen, Farnen und Holz. Eine flüchtige Ahnung von Gefahr stieg in dem großen Tier auf. Er wandte sich ab, trabte den Hügel hinunter und fegte kurz darauf schnell wie der Wind über das Land, weg von dem fremden Geruch.

Steif von der Kälte erhob sich Jonas am Morgen. Die meiste Zeit in der Nacht war er wach gelegen und hatte darüber nachgedacht, wie sie die Suche nach dem Lamtan am besten angehen sollten. Ohne Ergebnis!
Er ging nach oben, an den Rand der Senke. Von hier konnte er seinen Blick weit schweifen lassen. Jonas genoss das. Im Wald war sein Blick immer so begrenzt gewesen. Nie konnte man wissen, was einen hinter der nächsten Wegbiegung erwartete.
Da bemerkte er einen schwarzen Punkt am Himmel, der sich auf ihn zu bewegte. Bald darauf landete Goromir die Dohle neben ihm.
„Seht mal, wer gekommen ist!", rief Jonas den anderen zu „Goromir, den habe ich ja schon ewig nicht mehr gesehen."
„Der hat uns in Bor keine Sekunde aus den Augen gelassen. Dass du ihn nicht bemerkt hast, liegt daran, dass du kein Waldbewohner bist. In dem Gewirr der Pflanzen entgehen dir die Einzelheiten", sagte Cassian.
Jonas wandte sich wortlos ab. Er und Jada vermieden seit seiner Flucht jeden Kontakt mit dem Schmied. Adelgard war ihrem Mann nach der Befreiung glücklich in die Arme gesunken und Cassian tat so als sei alles in bester Ordnung. Aber natürlich hatte Adelgard mittlerweile längst gemerkt, dass irgendetwas nicht stimmte. Sie hatte Jada zur Rede gestellt. Doch die hatte nur den Kopf geschüttelt und geschwiegen.
Nach einem kärglichen Frühstück, bestehend aus den letzten Vorräten, die sie noch bei sich trugen, brachen sie erneut auf, um ihre planlose Wanderung durch die Steppe wieder aufzunehmen. Nachdem die Sonne aufgegangen war, wurde es zügig wärmer und schließlich sogar heiß.
„Kalte Nächte und heiße Tage, so ist das Wetter in der Steppe", klärte Adelgard Jonas auf.
„Zu Hause ist es jetzt Winter und wahrscheinlich muss Nina in ihrer kalten Glasburg entsetzlich frieren", dachte Jonas.
Die nächsten Tage waren eintönig. Den Tag über liefen sie umher, die Nächte verbrachten sie in irgendwelchen Senken. Ihre Vorräte wurden immer knapper.

Jonas bemerkte, dass die anderen etwas bedrückte. Er wurde das Gefühl nicht los, dass es etwas anderes war als nur ihre fruchtlose Suche. Er fragte Mirac danach. „Du verstehst das nicht", antwortete der. „Diese Steppe, die macht uns ganz krank. Es ist dieses offene, weite Land. So weithin sichtbar, ohne jede Deckung unter diesem riesigen Himmel, der sich über uns wölbt. Wir sind Waldbewohner. Konrad, Cassian und Adelgard leben seit vielen, vielen Jahren in Bor. Jada und ich haben den Wald überhaupt noch nie verlassen. Das hier ist kein Gelände für uns."

Mirac schwieg einen Moment und sprach dann weiter: „Da ist noch etwas anderes: Selbst wenn wir Ghom finden und das Buch, das du suchst, was machen wir dann danach? Wir können nicht nach Hause zurückkehren. Wo sollen wir wohnen? Wovon sollen wir leben?" Mirac zuckte hilflos mit den Schultern. Jonas wusste keine Antwort und schwieg.

Die Steppe von Kiwara war ein schier endloses Grasmeer, das von Horizont zu Horizont wogte. Riesige Herden von Weidetieren durchstreiften das Gebiet. Der Teil, durch den die Abenteurer wanderten, war um diese Jahreszeit vertrocknet. Seit Monaten hatte es nicht mehr geregnet. Die Tiere hatten sich nach Osten in die Nähe der Berge, die die Steppe begrenzten, zurückgezogen. Dort gab es auch jetzt noch frisches Gras. Hier im Norden war das Gras schon lange vertrocknet. Gelbe, dürre Halme standen in dichten Büscheln, dazwischen gab es bereits kahle Stellen, von denen der Wind den Staub aufwirbelte. Das machte das Atmen schwer und ließ den Himmel fahl und trüb erscheinen.

Eines Abends schließlich verfärbte sich der Himmel giftig gelb. Dann zogen schwere schwarze Wolken auf. Blitze zuckten über den Himmel und lauter Donner rollte über das Land. Dann fielen die ersten schweren Tropfen auf den ausgedörrten Boden und ließen kleine Staubfontänen in die Höhe schießen. Bald regnete es in Strömen.

Die Wanderer hatten nichts, unter dem sie hätten Schutz suchen können. Schnell waren sie durchnässt. Die Nacht verbrachten sie dicht aneinandergedrängt. Der Wind hatte sich endlich gelegt. So war die Nacht nicht ganz so kalt wie die vorherigen. Schlaf fanden sie in dieser Nacht dennoch nicht.

Am Morgen nach dem starken Regen ging die Sonne am wolkenlosen Himmel auf. Es wurde ein sonniger, warmer Tag und die Kleider der Wanderer trockneten schnell. Froh wieder trocken zu sein, setzten sie ihren Weg fort.

Langsam begann sich die Steppe zu verändern: Es spross neues Gras. Der Regen gestern hatte das Ende der Trockenzeit angekündigt, jetzt brach sich neues Leben Bahn.

Dann, gegen Mittag, sahen sie am Horizont viele schwarze, sich bewegende Punkte. Sie gingen zügig in diese Richtung und bald schon konnten sie Einzelheiten unterscheiden: Es war eine große Schafherde mit ihren Hirten.

Bald hatten sie die Herde erreicht. Einige Khun auf ihren kleinen struppigen und zähen Steppenpferden bewachten die Tiere. Auf einen kurzen, scharfen Zuruf der Hirten stürmten vier große schwarze Hunde auf Jonas und seine Begleiter zu und umkreisten sie knurrend. Es war dieselbe Rasse wie die Hunde des Alten vom Wald. Nun kamen auch zwei der Hirten auf sie zu, jeder mit einem mannshohen Bogen bewaffnet.

Konrad runzelte die Stirn. „Das sind Kriegsbögen. Normalerweise tragen die Hirten nur kurze Jagdbögen. Irgendetwas stimmt nicht", sagte er.

Die Gruppe war stehen geblieben. „Am besten, wir legen unsere Waffen auf den Boden. Als Zeichen unserer friedlichen Absichten", schlug Mirac vor.

Langsam öffnete Jonas seinen Schwertgurt und legte Gilreck ab. Die anderen taten ihm gleich und legten ihre Waffen daneben. Sie hoben die Arme und zeigten den Khun ihre leeren Händen, um ihre friedliche Absicht zu unterstreichen.

Die Khun riefen ihre Hunde zurück. Einer der beiden legte einen Pfeil locker auf die Bogensehne. Der andere kam langsam näher geritten. „Wer seien?", rief er in der gemeinsamen Sprache, die von den verschiedenen Völkern des Reiches benutzt wurde, um sich untereinander zu verständigen. Dieser Khun sprach sie nicht sehr gut. „Wir suchen euren Lamtan. Seit Tagen irren wir schon durch die Gegend, ohne Erfolg. Hoffentlich könnt ihr uns helfen, ihn zu finden", antwortete Jonas.

Der Khun sah ihn verständnislos an.

„War wohl zu kompliziert", murmelte Jada. Laut rief sie: „Lamtan suchen!"

Die beiden Hirten wechselten ein paar Worte in ihrer Sprache. Dann ritt der Khun näher, drängte Jonas mit seinem Pferd zur Seite und besah sich Gilreck. Der andere hatte den Bogen inzwischen gespannt und legte auf die Wanderer an.

Wieder sprachen die beiden Reiter miteinander. Der eine senkte nun seinen Bogen. Beide stiegen von ihren Pferden. „Name Otorchin", sagte der eine und schlug sich auf die Brust. „Suregchin", stellte sich der andere mit derselben Geste vor. Auch die sechs Gefährten nannten ihre Namen.

Jonas und die anderen folgten den beiden Reitern zur Herde. Erst jetzt bemerkten sie, dass außer den Schafen auch noch eine kleine Gruppe Pferde das frische Grün abweideten.

Die beiden Khun machten sich daran, sechs Pferde einzufangen. Otorchin bedeutete den Gefährten aufzusteigen und ihm zu folgen. Die Pferde trugen weder Sattel noch Zaumzeug. Jonas war das egal. Als Kind war er oft so auf seinem Lieblingspferd ausgeritten. Er war diese Art des Reitens also gewohnt. Ohne Mühe schwang er sich auf eins der Tiere. Die anderen fünf sahen sich betreten an. „

Was ist? Wollt ihr nicht aufsteigen?", fragte Jonas.

„Na ja, das ist nicht so einfach. Wir sind keine großartigen Reiter, weißt du! So ganz ohne Geschirr. Wie soll das gehen?", sagte Konrad. Jonas stieg wieder von seinem Pferd und ging zu einem der reiterlosen Tiere. Beruhigend redete er auf es ein und tätschelte seinen Hals. Jonas winkte Jada zu sich und half ihr aufzusteigen. Ihr war sichtlich unwohl. Vor lauter Angst krallte sie sich in der Mähne fest. Das Pferd wieherte laut und begann zu bocken. Um ein Haar wäre Jada herabgefallen. Jonas konnte das Tier gerade noch beruhigen. Sanft löste er Jadas Hände aus der Mähne. „Magst du das, wenn man an deinen Haaren zieht?", fragte er. Jada schüttelte den Kopf. „Also!", meinte Jonas nur. Er erklärte Jada, wie sie auf dem Pferd Halt finden konnte. Dann half er auch den anderen.

Als endlich alle auf ihren Pferden saßen, setzte sich Otorchin in Bewegung. Langsam im Schritt ritten sie nach Osten über die Steppe. Nach einer Weile verfiel der Khun erst in einen langsamen, dann in einen schnellen Trab.

Jonas, der direkt hinter dem Hirten ritt, drehte sich zu den anderen um. Nur mit Mühe konnte er sich das Lachen verkneifen. Die anderen hockten verkrampft und in absonderlichen Stellungen auf ihren Pferden. Jada, die Jonas' zuckende Mundwinkel bemerkt hatte, warf ihm einen wütenden Blick zu.

Sie ritten mehrere Tage lang über die Steppe. Nachts schliefen sie nach wie vor in flachen Senken. Kurz nach Sonnenaufgang brachen sie morgens auf und ritten dann mit einer kurzen Rast am Mittag bis kurz vor Einbruch der Nacht.

Mit der Zeit wurden die Reitkünste von Konrad, Cassian, Mirac, Jada und Adelgard besser. Sie saßen jetzt viel lässiger auf ihren Pferden. Trotzdem war der Ritt anstrengend und kräfteraubend.

Am Nachmittag des fünften Tages erreichten sie einen flachen Hügel, von dessen Kuppe sie einen weiten Blick über die Ebene hatten. Ganz in der Nähe breitete sich ein großes Lager aus vielen runden schwarzen Zelten aus. Rund um die Zeltstadt waren Gatter errichtet worden, in denen sich große Viehherden befanden.

Von allen Seiten sah Jonas weitere Reitergruppen und Vieh auf das Lager zustreben.

„Wir da!", sagte Otorchin und deutete auf das Lager.

Langsam ritten sie die letzten Meter auf ihr Ziel zu.

In den Gassen, die die Zelte bildeten, herrschte reger Betrieb. Männer, Frauen und Kinder waren in großer Zahl unterwegs. Sie waren auf der Suche nach Freunden, Bekannten und Verwandten, die ebenfalls hierhergekommen waren, um – wie die meisten Khun – an der jährlichen großen Ratsversammlung teilzunehmen. Sie fand immer am Ende der Trockenzeit statt, also kurz bevor sich die Khun auf ihren jährlichen Wanderungen zu den verschiedenen Weiden in alle Winde zerstreuten. Jetzt aber kamen sie noch einmal alle zusammen, um sich zu beraten, zu feiern und an den großen Wettkämpfen teilzunehmen. Eine für lange Zeit letzte Gelegenheit, all denen noch einmal zu begegnen, die einem lieb und teuer waren.

Otorchin ritt mit ihnen in die Mitte des Lagers. Hier stand das größte Zelt von allen. Jonas sah nun, dass die Außenhaut dieser Behausungen aus einer dicken Lage gegerbter Ziegenfelle bestand. Rechts und links vom Eingang waren zwei lange Speere in den Boden gerammt. Sie waren mit Federn, Amuletten und allerlei Fellbeuteln geschmückt.

Otorchin rief etwas in der Sprache der Khun und ein Mann trat aus dem Zelt. Die beiden unterhielten sich eine Weile miteinander, bevor er wieder zurück ins Innere der Jurte ging.

Otorchin bedeutete den anderen abzusitzen. Einige Umstehende führten die Pferde weg.

Jonas war angespannt. Dieses Zelt musste einer hochgestellten Persönlichkeit gehören, so viel war klar. Er vermutete, dass es der Lamtan selber war, der hier residierte.

„Hoffentlich ist er bereit, mir zu helfen", dachte Jonas, als plötzlich die Felle am Eingang zurückgeschlagen wurden und ein gedrungener muskulöser Mann aus dem Zelt trat. Verstärkt wurde seine imposante

Erscheinung noch durch eine hohe mit Fell und Federn geschmückte Haube. Der Mann trug aufwendig verzierte Lederstiefel und lederne Hosen. Darüber fiel ein tiefblauer Mantel. Er war mit allerlei geheimnisvollen Symbolen bestickt. Dazu waren die Schwänze von Wölfen, Schakalen und Bären an dem Umhang angebracht. Das lange schwarze Haar fiel wirr und in dicken Strähnen über seine Schultern. Sein intensiver Blick hatte etwas stechendes. Prüfend musterte er die Ankömmlinge. Besonders lange verweilte sein Blick auf Jonas und seinem Schwert. Konrad, Cassian, Jada und Adelgard nickte er kaum merklich zu.

Otorchin verbeugte sich tief und die andern taten es ihm nach. Mit einer Geste forderte der Lamtan schließlich die Gruppe auf einzutreten. Drinnen erkannte Jonas im Dämmerlicht vier weitere Männer. Sie sahen uralt aus. Dünn, geradezu ausgemergelt wirkten sie. Ihre ledrige Haut bestand aus unzähligen Runzeln und Falten. Ganz im Gegensatz zu ihrer äußeren Erscheinung waren ihre Bewegungen, mit denen sie sich erhoben, flink und kraftvoll.

Jonas machte wiederum eine Geste der Ehrerbietung, bevor sie sich alle in einem Kreis niederließen. Otorchin war draußen geblieben.

Ein junger Mann betrat das Zelt. In den Händen trug er ein hölzernes Tablett, auf dem viele kleine Porzellanschälchen standen. Er reichte jedem im Zelt eines. Der Lamtan hob seines in die Höhe und murmelte ein paar Worte. Einen Segen oder einen Trinkspruch, vermutete Jonas. Dann leerten sie die Gefäße.

Das Getränk schmeckte bitter, leicht scharf und prickelte auf der Zunge. Es war Grumik, das Lieblingsgetränk der Khun, hergestellt aus verschiedenen Wurzeln und Knollen, die die Nomaden in der Steppe fanden. Jonas unterdrückte ein Schütteln. Auch den anderen schmeckte es nicht, das war ihnen anzusehen.

Der junge Mann setzte sich hinter Jonas und begann zu sprechen: „Mein Name ist Agsan. Ich heiße euch im Namen des Lamtan als unsere Gäste willkommen. Er freut sich, dass seine alten Freunde aus dem großen Wald nach langer Zeit wieder einmal den Weg zu ihm gefunden haben. Der Zeitpunkt ist gut gewählt. Fast alle Khun sind zusammengekommen, um der großen Ratsversammlung beizuwohnen und den Kampfspielen zuzusehen. Auch ihr seid herzlich eingeladen teilzunehmen. Danach werden wir über euer und unser Anliegen sprechen."

Jonas war die Enttäuschung und Ungeduld wohl nur zu deutlich anzusehen. Einer der Alten beugte sich vor und klopfte Jonas beruhigend auf den Oberschenkel. Dazu sagte er etwas, dass Agsan sogleich übersetzte: „Die Jugend ist immer ungeduldig. Nur die Alten haben gelernt, zu warten."

„Für die Zeit der großen Versammlung seid ihr unsere Gäste", fuhr Agsan fort. „Ich werde euch nun zu einem Zelt bringen. Für eure Zeit bei uns wird es euch zur Verfügung stehen. Nicht alle Khun sprechen die gemeinsame Sprache. Der Lamtan hat mich gebeten, euch als Übersetzer zu dienen. Morgen beginnen die großen Spiele. Es wäre eine große Ehre für uns, wenn ihr daran teilnehmen würdet. Es ist jetzt Zeit zu gehen."

Agsan erhob sich, verbeugte sich vor dem Lamtan und den Alten und ging aus dem Zelt. Jonas und die anderen erhoben sich und folgten ihm; nicht, ohne sich ebenfalls vorher zu verbeugen.

Das Zelt, zu dem Agsan sie brachte, war groß genug für sechs Personen. Für jeden von ihnen gab es ein Felllager als Schlafplatz. Ein gemütlicher Platz, an dem man es gut aushalten konnte.

Erst jetzt merkte Jonas, wie anstrengend Wanderung und Ritt über die Steppe gewesen waren. Er wollte nur noch schlafen. Den anderen ging es ähnlich und schon bald lagen sie alle auf ihren Fellen und schliefen tief. Über die Zeltstadt brach die Nacht herein.

Wieder stand der mächtige Bär witternd auf einem Hügel. Auch heute Nacht trug der sanfte Wind den Geruch der Fremden zu ihm her. Lange stand das prächtige Tier so da, die Schnauze im Wind und witterte. Dann stieg der Bär gemächlich den Hügel hinunter und begann der Fährte zu folgen. Schon bald wusste er, wohin ihn die Spur bringen würde. Die Zeit der Entscheidung nahte. Die Zeichen waren klar.

Am nächsten Morgen holte sie Agsan schon früh an ihrem Zelt ab. „Heute beginnen die Wettspiele. Wir eröffnen sie immer mit einem Reiterspiel, das wir Ulak nennen", sagte Agsan, der sichtlich aufgeregt war. „Wenn wir am Spielfeld sind, erkläre ich euch, wie es geht."

Agsan eilte voran und die anderen folgten. Sie erreichten ein ebenes langes Feld. Hier war eine Rennstrecke vorbereitet worden, indem man den Boden notdürftig ein wenig geglättet hatte. Außerdem waren in regelmäßigen Abständen kleine Törchen aus Holz in die Erde gesteckt worden, immer zwei nebeneinander.

„Ulak ist ganz einfach", verkündete Agsan: „Es treten immer zwei

Reitermannschaften gegeneinander an. Jeder Reiter hat einen Holzschläger, mit dem er einen Ball vor sich hertreibt. Die Rennstrecke muss in möglichst kurzer Zeit abgeritten werden und der Ball muss dabei durch jedes der Törchen hindurch. Dann reitet der Spieler zurück und übergibt den Ball dem nächsten in seiner Mannschaft. Dabei darf er aber nicht absteigen, um den Ball aufzuheben. Er muss ihn hochschleudern und auffangen. Die schnellere Mannschaft hat gewonnen und ist eine Runde weiter. Die andere Mannschaft scheidet aus dem Turnier aus. Es ist erlaubt, den Gegner mit allerlei Tricks zu behindern: zum Beispiel, indem man ihn abzudrängen versucht oder seinen Ball weit wegschießt."

„Wie viele Mannschaften gibt es?", fragte Jada. Sie freute sich auf dieses Spiel. Das konnte heute ein abwechslungsreicher und unterhaltsamer Tag werden. „Ein bisschen die Angst und die Anspannung der letzten Tage vergessen. Das wäre wirklich schön!", dachte sie.

„Jeder Clan stellt eine Mannschaft. Die Khun bestehen aus acht Clans," beantwortete Agsan Jadas Frage.

„Das werden eine Menge Runden heute", freute sich auch Mirac. „Ja", antwortete Agsan. „Dieses Jahr gibt es sogar noch ein Spiel mehr als sonst. Der Sieger des Wettbewerbs wird gegen unsere Gäste antreten."

Jonas und seine Freunde sahen sich betreten an.

„Na, wir werden bestimmt eine gute Figur machen so als Anfänger", sagte Cassian.

„Ach, denkt euch nichts dabei. Es ist eine Ehre an den Spielen teilzunehmen. Niemand erwartet von euch große Künste bei unserem Sport", munterte Agsan sie auf.

Inzwischen waren die ersten beiden Reitergruppen aufs Feld geritten und nahmen Aufstellung. Ausgerüstet waren sie mit halblangen kräftigen Stöcken. Damit konnten sie den Ball vor sich hertreiben. Auf das Startsignal hin stürmten die ersten Reiter auf ihren Pferden los. Jeder versuchte, so schnell wie möglich den Parcours abzureiten und dabei, wenn irgend möglich, den Gegner auch noch zu behindern. Die Pferde wirbelten dabei reichlich Staub auf, die Sicht wurde merklich schlechter. Es ging rau zu. Keiner schonte sich und die Gegner. Dazu war auch noch reichlich Grumik im Spiel.

Nachdem sie mehrere Partien angeschaut hatten, brachte Agsan sie zu einem Gatter, abseits des Spielfeldes. Darin standen einige der kleinen Steppenpferde, die die Khun so liebten.

„Ihr solltet vielleicht ein bisschen üben, bevor ihr an der Reihe seid. Wir haben einen zweiten Ball und Tore für euch vorbereitet. Stöcke sind auch genug da und Pferde ebenfalls. Ich werde euch trainieren." Agsan schaute vergnügt in die Runde. Er hatte sichtlich Spaß an der Sache.

Die sechs Gefährten suchten sich Pferde aus, nahmen die Stöcke zur Hand und begannen unter der Anleitung Agsans ihr erstes Ulak-Spiel. Adelgard die Stille war die geschickteste von ihnen. Auch Konrad kam ganz gut zurecht. Der Rest schlug sich mehr schlecht als recht.

Nach dem Training sah Agsan ein wenig betrübt aus. Er hatte sich wohl insgeheim talentiertere Gäste gewünscht.

Mit wenig Aussicht auf einen Sieg ritten die sechs schließlich zum eigentlichen Spielfeld. Die Spieler des siegreichen Clans warteten schon auf sie. Die Reiter nahmen Aufstellung und auf ein Zeichen begann die Partie. Jonas machte den Anfang und zu seiner Freude gelang es ihm, den Ball schnell durch die ersten drei Tore zu bugsieren Als ihm auch noch unerwartet der gegnerische Ball vor die Hufe rollte und er ihn geistesgegenwärtig weit weg schlug, war Jonas begeistert. So machte Ulak Spaß!

Die Freude war nur kurz. In Rekordzeit gelang es seinem Gegner, seinen Ball wieder ins Spiel zu bringen und an Jonas vorbeizuziehen. Der kämpfte inzwischen mit einem widerspenstigen Ball, der auf dem stark uneben gewordenen Boden andauernd unvorhersehbar die Richtung änderte und für Jonas kaum noch zu beherrschen war.

So hatte die Mannschaft der Khun bereits einen deutlichen Vorsprung, als Jonas den Ball an Mirac übergab. Der hatte von Anfang an große Probleme, den Ball unter Kontrolle zu bringen. Das nahm in so gefangen, dass er überhaupt nicht auf seinen Gegner achtete. Der nutzte die Gelegenheit und rammte Mirac und sein Pferd im vollen Galopp. Mirac flog in hohem Bogen von seinem Pferd.

Er blieb einen kurzen Moment liegen und rang nach Luft. Dann rappelte er sich wieder hoch und schwang sich wieder auf sein Pferd, das nur ein paar Meter entfernt stand und friedlich an ein paar Grashalmen knabberte.

Obwohl sie Anfänger waren, wollten sich Jonas und seine Freunde auf keinen Fall geschlagen geben. Ihre Gegner hatten heute schon mehrere Mannschaften schlagen müssen, um das Turnier für sich zu entscheiden. Das hatte viel Kraft gekostet. Das Spiel gegen die Gäste war eine zusätzliche, sonst nicht vorgesehene Runde. Die sechs Freunde waren ausgeruht. Das war ihr Vorteil, den sie auf jeden Fall nutzen wollten. Sie würden versuchen, mangelndes Können durch Einsatz wettzumachen. Jeden Meter Boden verteidigten sie mit aller Entschiedenheit und an Härte standen sie den Khun nicht nach. Doch letztlich nützte ihnen das alles nichts. Die Khun hatten mehr Erfahrung und Routine. Sie kannten Tricks und Kniffe, die man nicht an einem Nachmittagstraining lernen konnte. Die Gäste mussten sich am Ende geschlagen geben. Sie hatten den ersten Wettkampf verloren. Trotzdem hatten sie ihre Gastgeber überrascht und beeindruckt. Mit so einem harten Gegner hatten sie nicht gerechnet.

Entsprechend lang und anerkennend war der Applaus den die Freunde bekamen.

Erst jetzt nahm Jonas den Geruch von gegrilltem Fleisch war. Wie bei jedem Fest überall auf der Welt gehörte gutes Essen auch bei den Khun dazu.

In der Nähe waren mehrere Gräben ausgehoben und mit glühender Holzkohle gefüllt worden. Darüber drehten sich Lämmer am Spieß. Sie waren hungrig und freuten sich auf das Festessen. Es wurde eine kurze Nacht. Lange saßen sie mit den Khun zusammen. Die Schalen mit Grumik kreisten unablässig. Sie redeten und lachten viel an diesem Abend und vergaßen dabei die hinter ihnen liegende Zeit für eine Weile.

Am folgenden Tag fanden die Ringkämpfe statt. Konrad und Cassian waren begeistert. Gerungen hatten die beiden schon als Kinder.

„Hier haben wir durchaus Chancen zu gewinnen. Zumindest werden wir gut mithalten können, da bin ich mir sicher", freute sich Cassian. Konrad nickte zustimmend. Jonas' Künste in dieser Sportart waren bescheiden. Er hoffte auf das Bogenschießen, das am nächsten Tag stattfinden sollte.

Auf dem Feld, auf dem sie gestern Ulak gespielt hatten, waren mehrere Kreise abgesteckt worden. Sie bildeten die Arena für die Kämpfe.

Agsan erklärte ihnen die Regeln: Wer aus dem Kreis geworfen oder geschoben wird, hat verloren. Ebenso der, der mit beiden Schultern den Boden berührt. Schläge sind nicht erlaubt, sie haben eine sofortige Disqualifikation zur Folge.

Der Erste, der von ihnen in den Ring stieg, war Mirac. Er setzte ganz auf seine Stärke und ging sofort, als der Kampf freigegeben wurde, ungestüm auf seinen Gegner los. Der wich geschickt aus und um ein Haar wäre Mirac aus dem Kreis gestolpert.

Sein Gegner war schnell und versuchte sofort, Mirac über die Linie zu schieben, bevor der wieder einen sicheren Stand hatte. Jetzt bewährten sich Miracs Kräfte. Er konnte sich gerade noch innerhalb der Kampffläche halten. Der Khun packte Mirac, drehte sich blitzschnell ein, hebelte Mirac aus und warf ihn zu Boden. Bevor Mirac reagieren konnte, hatte er ihm auch schon beide Schultern auf den Boden gedrückt. Der Kampf war aus, Mirac hatte verloren.

Er ging schnell davon, ohne Jada auch nur einen Blick zuzuwerfen.

Auch Jonas' Kampf war zu Ende, bevor er richtig begonnen hatte. Sein Gegner schob ihn einfach über die Linie aus dem Kreis.

Konrad und Cassian erging es besser. Beide gewannen ihren ersten Kampf. Sie waren in ihrem Element. Erhitzt und glücklich tranken sie eine Schale Grumik und schilderten sich ihre Kämpfe gegenseitig in den schillerndsten Farben. Beide gewannen auch noch die nächsten Runden und gelangten so unter die letzten vier Ringer.

Die beiden Kämpfe um den Einzug ins Finale fanden parallel statt. Dicht an dicht gedrängt umlagerten die Zuschauer die beiden Kreise, in denen die Kämpfe stattfanden. Die Khun nahmen klatschend, johlend und stampfend begeistert Anteil am Geschehen im Ring. Konrad traf auf einen echten Hünen. Obwohl selbst nicht gerade klein, überragte ihn der Kuhn um fast zwei Köpfe.

Auf das Startzeichen hin sprangen beide in die Mitte der Arena und prallten dort aufeinander. Sofort packte der Koloss Konrad an den Schultern und versuchte ihn zu Boden zu werfen.

Konrad gelang es, sich zu befreien. Er versuchte nun seinerseits, seinen Gegner zu Fall zu bringen, indem er ihn kräftig am Arm nach unten zog. Mit diesem Armzug genannten Griff hatte er schon oft beim Ringen einen entscheidenden Vorteil gewinnen können.

Doch sein heutiger Gegner war viel zu groß, zu muskulös und damit auch zu schwer, um damit Erfolg zu haben. Es dauerte nicht allzu lange, bis der Khun Konrad mit einem Arm im Nacken packte und mit der anderen Hand eines seiner Beine in die Höhe riss. Hart landete Konrad auf dem festgetretenen Steppenboden. Mit Leichtigkeit drückte der Hüne seine Schultern auf den Boden. Der Kampf war vorbei.

Cassian erging es besser: Sein Gegner war viel kleiner und leichter, aber er war schnell und flink. Doch damit hatte Cassian keine Schwierigkeiten. Bald war er im Vorteil und dominierte den Kampf. Schließlich bekam er seinen Gegner zu fassen, konnte ihn aushebeln und warf ihn aus dem Ring. Cassian hatte es geschafft: Er war im Finale!

Der Hüne, gegen den Konrad gekämpft hatte – sein Name war Angar --

betrat nun erneut den Ring.

Er hatte Cassian genau beobachtet und wusste, dass dieser Kämpfer schwerer zu besiegen war als die anderen, auf die er heute im Laufe des Tages getroffen war. Auch Cassian war klar, dass er es hier mit keinem leichten Gegner zu tun hatte. Die beiden begannen sich zu belauern und näherten sich einander nur vorsichtig.

Immer wieder täuschten sie wechselseitig Angriffe vor, die dann aber nicht ausgeführt wurden, da keiner seine Deckung verlassen wollte. Die Zuschauer begannen missmutig zu werden. Sie wollten einen packenden, spannenden Kampf. Buh-Rufe und Pfiffe ertönten. Cassian und Angar war das völlig gleichgültig. Sie wollten beide vor allem diesen Kampf gewinnen und als Sieger des Turniers vom Platz gehen. Plötzlich schien Angar über irgendetwas zu stolpern. „Jetzt!", schoss es Cassian durch den Kopf. Er sprang vor und griff an. Geschickt drehte sich Angar im letzten Moment zur Seite. Sein Stolpern war nur eine Finte gewesen und Cassian war ihm auf den Leim gegangen! Der Angriff lief ins Leere und Cassian hatte Mühe, rechtzeitig zu stoppen und im Kreis zu bleiben. Angar packte den mit sich selbst beschäftigten Cassian um die Hüften. Der wehrte sich und versuchte mit allen Mitteln, sich aus dem Griff zu befreien. Vergeblich! Angars Hände hatten Cassian wie Schraubstöcke umklammert. Mit einem lauten Schrei riss er den zappelnden Cassian in die Höhe und trug ihn zum Rand des Ringes. Geradezu sanft stellte er ihn außerhalb der Kampffläche auf den Boden. Cassian hatte verloren. Kochend vor Wut verließ er das Festgelände und verschwand zwischen den Zelten. Angar wurde indes von den Khun frenetisch gefeiert und auch Jonas und die anderen gratulierten ihm. Auch dieser Tag endete wie der vorherige mit einem großen Festgelage.

Endlich hatte er das große Lager erreicht. Er stand auf derselben Anhöhe, von der aus Jonas die Zelte der Khun vor ein paar Tagen das erste Mal gesehen hatte. Der Mond schien hell vom wolkenlosen Himmel.

Gemächlich lief der Bär den Hügel hinab. Von seinem Aussichtspunkt aus hatte er die Herden des Lamtan gut ausmachen können. Noch immer hatte er die größte Herde und so auch das größte Gatter. Shirteck der Bär schnaubte wütend. Dieser Stümper wollte ein Lamtan sein. Lächerlich! Er war der einzige Lamtan, und das seit Urzeiten! Dieser hier, der unberechtigt seinen Platz einnahm, war unfähig, ihm Shirteck irgendetwas entgegenzusetzen. Heute Nacht würde er das wieder einmal beweisen.

Inzwischen war er am Gatter angekommen. Mit einem gewaltigen Satz riss er einen Teil der Umzäunung ein. Laut blökend sprangen die Schafe vor ihm davon und versuchten verzweifelt zu entkommen. Vergebens. Der einzige Ausweg war das Stückchen eingerissenes Gatter. Doch da stand drohend der Bär. Eine Weile fixierte er eins der Tiere, dann rannte er los, packte es und tötete es mit einem einzigen Biss. Wieder und wieder schlug er zu, tötete Tier um Tier in einem einzigen großen Blutrausch. Die lärmenden Schafe hatten inzwischen die Hirten alarmiert.

Sie rannten zum Gehege, ihre großen Kriegsbögen in den Händen. Pfeil um Pfeil schossen sie auf den Bären ab. Sie blieben wirkungslos. Zu mächtig waren die alten Zauber, die Shirteck schützten. Nachdem er genug Verwüstung unter der Herde angerichtet hatte, tötete er noch zwei der Hirten, bevor er in die Nacht verschwand. Der Lamtan, der inzwischen geweckt worden war, konnte nur noch ohnmächtig den Schaden besehen.

Jonas erwachte schon kurz vor Sonnenaufgang. Er sprang auf und ging vor das Zelt. Am östlichen Horizont war bereits ein erster heller Streifen zu sehen.

Jonas war in Hochstimmung. Er freute sich auf das heutige Bogenschießen wie ein kleiner Junge auf seinen Geburtstag. „Wenn ich irgendetwas kann, dann ist es Bogenschießen. Da macht mir so schnell keiner was vor", dachte er bei sich. Er merkte, dass ihm durchaus etwas daran lag, wenigstens einen Titel für die Gästemannschaft zu holen.

Auf dem Wettkampfplatz wartete Agsan bereits auf sie. An einer Seite des Geländes standen heute große Zielscheiben aus Stroh auf hölzernen Gestellen. Auf der gegenüberliegenden Seite waren viele Kriegsbögen der Khun aufgereiht.

Jonas nahm sie in Augenschein. Die Bögen waren sehr sorgfältig und fachmännisch gearbeitet und reich verziert.

„Woher habt ihr das Holz, hier in der Steppe gibt es doch gar keins?", fragte er Agsan.

„Wir treiben Handel mit den Menschen, die am Rande des großen Waldes wohnen. Wir liefern Felle und bekommen dafür Holz für unsere Zelte und die Waffen. Manchmal handeln wir auch mit den Zwergen, wenn wir Metalle brauchen", antwortete er.

Jonas nickte nur und sah sehnsüchtig auf die Bögen. „Magst du Bogenschießen?", fragte Agsan, der Jonas' Blick bemerkt hatte. „Ja, ich liebe es wie keinen anderen Sport!", sagte Jonas. „Wir haben hier drüben ein paar Bögen für euch. Ihr sollt natürlich mitmachen beim großen Bogenschießen. Komm, wir suchen dir einen Bogen aus, dann kannst du schon mal trainieren."

Jonas untersuchte jede der zur Auswahl stehenden Waffen ganz genau. Als er schließlich einen auswählte, pfiff Agsan anerkennend durch die Zähne. „Das ist auf jeden Fall einer der besten, den wir haben. Du verstehst was von der Sache. Ich bin sehr gespannt, wie du schießt", meinte er.

Jonas nahm einen der Pfeile, die in einem Köcher neben dem Bogen steckten, heraus, legte ihn ein und zielte sorgfältig. Als er den Bogen spannte, war er erstaunt, wie viel Kraft er dafür einsetzen musste. „Diese Kriegsbögen müssen eine unheimliche Durchschlagskraft haben", dachte er bei sich. Der Pfeil surrte los und traf die Scheibe am unteren Rand. „Ich muss mich erst an diesen Bogen gewöhnen. Mit meinem eigenen wäre das kein Problem. Aber mit einem fremden Bogen ist es nicht so leicht", wandte sich Jonas an Agsan.

„Klar, trainiere ruhig! Du hast noch jede Menge Zeit, bis der Wettkampf beginnt", antwortete der und ließ Jonas allein, damit er in Ruhe üben konnte.

Mit jedem Schuss wurde er besser und dann war sich Jonas auf einmal sicher, dass er heute gewinnen konnte.

Bogenschießen war der Volkssport schlechthin bei den Khun und entsprechend groß war die Teilnehmerzahl bei diesem Wettbewerb. Jeder Schütze hatte zehn Pfeile. Die Scheibe war in Ringe unterteilt, die jeweils eine bestimmte Punktzahl hatten. Die Punkte aller zehn Schüsse wurden am Ende zusammengezählt. Nach jeder Runde schied die Hälfte der Teilnehmer aus.

Schon nach der ersten Runde war für die anderen aus Jonas' Gruppe Schluss. Sie waren keine großen Bogenschützen. Kein Wunder: Der Bogen war keine Waffe, die man im Dickicht von Bor gut gebrauchen konnte. Da hatte man mit Schlingen und Fallen schon eher Jagderfolg. Das Turnier zog sich in die Länge und für Jonas wurde es nun doch zunehmend schwerer, den großen Bogen zu spannen. Runde um Runde hielt Jonas durch.

Er hob den Bogen, zielte, ließ Herzschlag und Atmung ruhig und seinen Geist leer werden, bevor er schoss. Seine Punktzahl wurde mit jeder

Runde besser. Dann war es so weit: Es waren nur noch zwei Schützen übrig.

Jonas nahm den Köcher mit den nächsten zehn Pfeilen entgegen und begann zu schießen. Alle landeten sie im schwarzen Inneren der Scheibe. Doch auch sein letzter verbliebener Gegner platzierte dort seine Pfeile. Sie hatten die gleiche Punktzahl erreicht.

Einer der Schiedsrichter trat vor und winkte die beiden zu sich.

„Es herrscht Gleichstand zwischen euch. Wir müssen also ein Entscheidungsschießen veranstalten. Jeder von euch bekommt einen Pfeil. Ihr schießt auf dieselbe Scheibe hier drüben. Bei erneutem Gleichstand wird das Wettschießen so lange wiederholt, bis ein Sieger feststeht", erklärte er den Schützen.

Der Khun, der mit Jonas noch im Wettbewerb verblieben war, nahm seinen Bogen und schoss: Er traf den kleinen roten Punkt in der Mitte der Scheibe. Er war gerade mal so groß wie der Durchmesser der Pfeilspitze.

Ein Raunen ging durch die Menge und es war dem Schützen anzusehen, dass er sich schon als Sieger fühlte.

Jonas nahm seinen Bogen und brachte sich in Position. Nun konnte ihn nur noch ein Husarenstück retten, das er erst einmal vollbracht hatte. Er nahm den Bogen und wartete lange, bis sich sein Atem und sein Herz beruhigt hatten. Dann ließ er alle Gedanken aus sich herausfließen. Er vergaß alles, was er die letzten Tage erlebt und was ihn beschäftigt hatte: Nina, Ghom, die Suche nach dem Buch, Bor, das Glasschloss, die Zwerge und den Alten vom Wald.

Die Zuschauer wurden ungeduldig. Ganz am Rande, wie durch einen Nebel, nahm Jonas ein ärgerliches Murmeln in der Menge wahr. Er beachtete es nicht. Als er spürte, dass er nun völlig in sich ruhte, zielte er noch einmal kurz und schickte seinen Pfeil auf die Reise. Dieser beschrieb seine Bahn, spaltete den Schaft des gegnerischen Pfeils und landete ebenfalls in dem kleinen roten Punkt in der Mitte der Scheibe.

Es war mit einem Mal mucksmäuschenstill auf dem Platz. Ungläubig starrten die Zuschauer auf die Zielscheibe. Jonas' Gegner rang sichtlich um Fassung.

Die Schiedsrichter sammelten sich zu einer Beratung. Wie sollten sie diesen Schuss bewerten? So etwas hatte es ihres Wissens noch nie gegeben und deshalb stand auch nichts in den Regeln, was ihnen weitergeholfen hätte.

Die Beratung zog sich in die Länge. Die Schiedsrichter waren sich uneins: Während die einen Jonas zum Sieger erklären wollten, sprachen sich die anderen dafür aus, weiterschießen zu lassen.

Als klar wurde, dass sie sich nicht würden einigen können, ging eine kleine Abordnung zum Lamtan. Sie baten ihn zu entscheiden.

Der Lamtan erhob sich und sprach zu den Anwesenden: „Jonas und sein Gegner haben dieselbe Punktzahl erreicht, als sie die Mitte der Scheibe getroffen haben. So haben wir also Gleichstand. Da es aber fast unmöglich erscheint, den Pfeil des Gegners mit einem Schuss zu spalten, gebührt Jonas für diesen Meisterschuss der Sieg."

Jonas und seine Gefährten brachen in Jubel aus und auch die meisten der Khun applaudierten.

Jonas' Gegner beim Finale aber protestierte lautstark.

Der Lamtan jedoch schnitt ihm das Wort ab: „Du beschämst uns, wenn du kleinlich um den Sieg feilscht, den du unseren Gästen nicht gönnst. Gib dich für dieses Jahr mit dem zweiten Platz zufrieden."

Wie schon die zwei Abende zuvor, wurde es eine kurze Nacht für alle, denn auch Jonas' Sieg wurde gebührend gefeiert.

Jetzt erfuhr Jonas, dass es eigentlich Brauch war, dass der Sieger zumindest einen Teil der Lämmer stiftete, die allabendlich gebraten wurden. Da Jonas aber über keine Schafherde verfügte, übernahmen Agsan und der Lamtan diese Verpflichtung für ihn. Das gefiel Jonas zwar nicht, aber was sollte er machen? Also feierte er fröhlich mit bis in den Morgen und freute sich an seinem Sieg.

Wie so oft in letzter Zeit erwachte Nina schon bei Tagesanbruch. Sie hatte unruhig geschlafen und wälzte sich müde und noch etwas benommen aus ihrem Bett.

So wie sie war, ungewaschen und ohne zu frühstücken, stapfte sie auf den Turm ihres Glasschlosses und bezog ihren Aussichtsposten am höchsten, dem Wald zugewandten Fenster. Sie hielt am Waldrand Ausschau nach Jonas.

Das war inzwischen zu einer täglichen Angewohnheit geworden. Manchmal verbrachte Nina den ganzen Tag hier oben. Dabei durchlitt sie einen Aufruhr der Gefühle: War sie in dem einen Moment noch voller Hoffnung und Zuversicht, dass Jonas nun jeden Augenblick mit dem Gegenzauber zurückkehren würde, war sie im nächsten Augenblick in tiefer Verzweiflung versunken. Jonas war schon viel zu lange weg. Er würde nicht mehr kommen. Bestimmt war irgendetwas Schreckliches geschehen und Jonas war tot oder lag irgendwo schwer verletzt. Am schlimmsten war es, wenn in Nina der Glaube aufstieg, Jonas hätte sich nie auf die Suche nach der Stadt Ghom gemacht, sondern wäre, nachdem er das Schloss verlassen hatte, einfach nach Hause geritten.

Auch wenn es Nina sehr schwergefallen war und sie immer noch gelitten hatte, so hatte sie sich doch in den Jahren ihrer Verbannung einigermaßen an das Alleinsein gewöhnt. Es war zum Schluss nicht mehr so unerträglich gewesen wie am Anfang.

Das Auftauchen von Jonas aber hatte alles verändert. Auch wenn ihre Begegnung nur kurz gewesen war, hatte sie Nina doch vor Augen geführt, wie einsam ihr Leben war und wie sehr sie sich nach Gesellschaft sehnte.

Der Glaskönig und die Maskenbälle waren im Grunde doch nur ein Illusion gewesen. Mit echter Begegnung oder gar mit Freundschaft hatte das alles nichts zu tun gehabt. Ohnehin war inzwischen ja auch das zu Ende gegangen, seit Nina den Glaskönig nicht mehr weckte.

Nina seufzte schwer. „Wenn ich nur sehen könnte, wo Jonas ist und was er macht!", dachte sie. Aber das Sehen weit entfernter oder vergangener Ereignisse war etwas, das sie in ihrer kurzen Lehrzeit bei Goromir noch nicht gelernt hatte. Sie würde also weiterhin warten müssen, da half alles nichts. Wieder übermannte Nina die Verzweiflung und sie weinte stumm vor sich hin.

Da fiel ihr plötzlich ihre Mutter ein und ein Spiel, das sie mit ihr als Kind gespielt hatte. Vor allem dann, wenn Nina traurig war oder ihr etwas Sorgen bereitete. „Wünscht du dir etwas ganz stark, dann zähle am Abend die Sterne am Himmel, bevor du einschläfst. Hast du 99 Sterne entdeckt, dann darfst du dir etwas von ganzem Herzen wünschen. Weißt du, die Kraft des Herzens ist die stärkste Magie zwischen Himmel und Erde!" Noch war es zu hell am Himmel, aber Nina wusste genau, was sie sich am Abend wünschen würde! Ob der Wunsch schneller in Erfüllung ging, wenn sie jeden Abend die Sterne zählen würde? „Sicher ist sicher", murmelte sie vor sich hin.

Weit weg von Nina erwachte Jonas am Morgen nach den Wettspielen. Agsan kam schon sehr früh zum Zelt, um Jonas und die anderen abzuholen.

„Das Fest ist zu Ende und jetzt ist endlich Zeit, über alles zu reden", verkündete er gut gelaunt.

Sie gingen gemeinsam los und betraten kurz darauf das Zelt des Lamtan. Wie schon beim letzten Mal waren auch heute außer dem Schamanen die vier Alten anwesend.

Nachdem alle Platz genommen hatten, begann der Lamtan zu sprechen: „Ich hoffe, ihr hattet Spaß an unseren Wettspielen. Für Fremde, die zum ersten Mal teilnehmen, habt ihr euch gut geschlagen. Jetzt sind wir gespannt zu erfahren, was euch hierher geführt hat." Erwartungsvoll sahen die Khun sie an.

Jonas erzählte ihnen die ganze Geschichte: von seinem Aufbruch zum gläsernen Schloss über die Begegnung mit Nina, sein Versprechen ihr zu helfen, die Befreiung Miracs und der Flucht vor den Zwergen durch ganz Bor bis hin zu den Ereignissen beim Alten vom Wald und der Befreiung aus der Gefangenschaft.

Es wurde eine lange Erzählung, der die Versammlung im Zelt mit Spannung lauschte.

Als Jonas geendet hatte, ergriff der Lamtan wieder das Wort: „Ihr habt eine lange Fahrt voller Gefahren hinter euch. Es ist schwer, die Stadt Ghom zu finden. Aber ich kann euch helfen. Ja, aber wir brauchen auch eure Hilfe. Damit ihr versteht, in welchen Schwierigkeiten wir stecken, werde ich euch nun auch eine Geschichte erzählen. Es ist die Geschichte von ...

Shirteck und der Tod

„**V**or langer Zeit, in einem Jahr des Büffels, wurde einer sehr alten und angesehenen Familie ein Sohn geboren. Mächtige Himmelszeichen begleiteten diese Niederkunft: Ein großer Sternschnuppenregen ging über dem Lager der Familie nieder. Die Seher des ganzen Volkes kamen zusammen, um über dieses außergewöhnliche Ereignis zu beraten. Nachdem sie die Zeichen gedeutet und die Ahnen befragt hatten, machten sie ihre Prophezeiung: „Dieses Kind wird zu ungeahnter Macht aufsteigen. Es wird seinem Volk dienen und dann, am Ende des Weges, wird es straucheln und der Versuchung erliegen." Das war die Weissagung der Alten.*

Das Kind wuchs heran und bald wurde klar: Es war ein Liebling der Geister. Wo andere sich lange mühten, um den Weg in die Anderswelt zu finden, da gelang es dem Kind mühelos.
Als der Junge schließlich ein Mann wurde, bekam er den Namen Shirteck. Das bedeutet Geistertänzer, denn leicht wie ein Tanz um das Frühlingsfeuer war sein Umgang mit den Wesen der Schattenwelt.
Der große Rat bestimmte ihn bald darauf als Lamtan, den Obersten der Seher, Heiler und Geisterbeschwörer. Kaum eine Krankheit, die er nicht heilen konnte und oft kämpfte er mit dem Tod um ein Leben und trug den Sieg davon. Umsichtig führte er das Volk der Khun viele Dekaden lang. An allen Feuern in Kiwara sangen sie Loblieder auf Shirteck. Durch kluge und umsichtige Verhandlungen mit den Nachbarvölkern gelang es ihm, für eine lange Zeit den Frieden zu wahren.
So konnten die Khun wachsen und gedeihen. In viele Geheimnisse drang Shirteck ein, um seine Macht zu mehren.
Als er alles Wissen zusammengetragen hatte, sagte er zu sich: „Eines fehlt noch: Dass ich meine Gestalt wandeln und mir so die Kräfte unserer Tierbrüder zu eigen machen kann!" Er ging in die Welt der Ahnen und bat um Hilfe. Doch die Ahnen weigerten sich, so sehr er auch bettelte und flehte. „Dieses

Wissen ist nicht für dich bestimmt. Begnüge dich mit dem reichen Schatz, der dir zuteil wurde, und überspanne den Bogen nicht." Das war alles, was sie ihm zur Antwort gaben. Zornig verließ Shirteck seine Ahnen und suchte in unserer Welt, in der darunter und der darüber nach jemandem, der ihm die gewünschte Gabe geben könnte.

Eines Tages sah er einen Geist in der Gestalt einer Maus. Er sprach ihn an und teilte ihm seinen Wunsch, ein Gestaltwandler zu werden, mit. Der Geist antwortete nicht. Da warf sich Shirteck blitzschnell auf die Maus und hielt sie fest. Doch sie verwandelte sich in eine Schlange und entwand sich seinem Griff. Shirteck fing die Schlange, doch sie wurde zum Fisch, der in den Fluss sprang. Er schwamm hinterher und der Fisch wurde zum Vogel und schickte sich an davonzufliegen. Da zog Shirteck seine Schleuder und holte den Vogel vom Himmel. Da lag er nun auf dem Boden und nahm seine wahre Gestalt an.

Als der Lamtan herankam, wollte er fliehen. Doch Shirteck hielt ihn fest. „Ich habe dich besiegt und du musst mir gehorchen!", sagte er. Wie es Gesetz ist fragte nun der Geist: „Wie kann ich dir dienen?" „Zeige mir, wie ich meine Gestalt wandeln kann", antwortete Shirteck.

Der Geist sträubte sich und versuchte, seinen neuen Meister dazu zu bringen, sich etwas anderes zu wünschen. „Dieses Wissen ist nicht gut für dich. Du wirst auf deinem Weg straucheln, wenn du es besitzt. So steht es in den Sternen geschrieben", redete der Geist auf ihn ein. Shirteck blieb hartnäckig. So blieb dem Geist nichts anderes übrig, als ihn die Gesänge zu lehren, die er kennen musste, um sich in ein Tier zu verwandeln.

„Drei der heiligen Lieder muss ich dir offenbaren, dann bin ich frei. Wähle gut!", sprach der Geist. Also wählte Shirteck: Den starken Bären, den zähen, ausdauernden Schakal und den Adler, der hoch oben seine Kreise zieht und mit scharfem Auge alles sieht. „Du hast klug gewählt", sagte der Geist und lehrte ihn, was er wissen musste.

*N*achdem der Geist verschwunden war, zog sich Shirteck in die Einsamkeit zurück. Er fastete, sang seine heiligen Gesänge und bedachte alles, was er in seinem bisherigen Leben gelernt und erfahren hatte. Da erfasste ihn eine große Kraft und trug ihn an einen fernen Ort. Dort empfingen ihn seine Ahnen. Sie sprachen zu ihm: „Wir sehen deine übergroße Kraft und Macht. Jetzt bist du auf dem Zenit angekommen. Doch eines Tages musst auch du vergehen, wie alles auf Erden. Dann wirst du einer von uns werden. Heute werden wir dir ein Geschenk machen: Die meisten Menschen wissen nicht, wann ihr Leben enden wird. Du aber sollst Kenntnis von der Stunde deines Endes auf Erden haben." Nach diesen Ereignissen konnte Shirteck noch viele Jahre sein Volk führen.

*A*ls er schließlich sah, dass seine Zeit gekommen war, da wollte er diese Welt noch nicht verlassen. Er wollte sein Volk noch weiter führen, denn er hatte das Gefühl, seine Aufgabe sei noch nicht erfüllt. Vor allem aber wollte er die Macht, die er sich in einem langen Leben erworben hatte, nicht abgeben.
Oft schon war er, wenn er zu Krankenheilungen in die Zelte gerufen worden war, dem Tod begegnet. Er hatte ihn gut studiert. Also beschloss Shirteck, den Tod herauszufordern: Als der Tag seines Todes gekommen war, schmückte sich der Lamtan mit seinem besten Festgewand. Er nahm seine stärksten Amulette und seine heilige Trommel und ging auf einen nahe gelegenen Hügel. Hier, das wusste er, lag einer seiner Ahnen begraben, ebenfalls zu seiner Zeit ein mächtiger Mann.
Shirteck begann die Trommel zu schlagen und stimmte den Gesang des Schakals an. Nachdem er sich verwandelt hatte, begann er einen Bau in die Erde zu graben. Darin verbarg er sich. Als der Tod zu dem Hügel kam, um Shirteck abzuholen, fand er ihn nicht. Der Tod suchte und rief, aber Shirteck blieb verschwunden. Am nächsten Tag kehrte der Tod zurück und begann seine Suche erneut. Doch Shirteck, immer noch in einen Schakal verwandelt und unter der Erde, blieb für den Tod unauffindbar. Fluchend verschwand der Tod, denn er musste auf einem weit entfernten Schlachtfeld seine Ernte

einbringen. Ein drittes Mal erschien der Tod, um Shirteck zu holen. Der wusste, dass er dem Tod so nicht auf ewig entrinnen konnte. Also sprach er ihn an: „Wenn ich es nicht will, wirst du mich nicht finden!" Der Tod hörte Shirteck, aber er wusste nicht, woher die Stimme kam. Also schwieg er und wartete. „Lass uns einen Wettkampf beginnen. Gewinnst du ihn, so gehe ich mit dir. Gewinne ich, so gibst du mir das Amulett des ewig währenden Lebens. Was meinst du?" Der Tod erklärte sich einverstanden und Shirteck nahm wieder Menschengestalt an.

„Drei Runden wird unser Wettkampf haben, denn dies ist die heilige Zahl", sprach der Tod. Shirteck nickte.

„Weit von hier", sprach der Tod weiter, „dort, wo die Steppe in das große Gebirge übergeht, steht der halb verfallene Tempel von Uripur. Dort bewahren die Mönche den letzten Samen vom Baum des Lebens. Ihn benötige ich, soll ich dir dein Amulett fertigen. Wir werden um die Wette laufen. Wer den Samen zuerst erreicht, hat gewonnen." Wieder nickte Shirteck zustimmend. Der Tod lief los und Shirteck folgte ihm. Da er aber wusste, dass der Rand der Steppe mehrere Tage weit weg war, verwandelte er sich im Laufen wieder in einen Schakal. So war er in der Lage, dem Tod Stunden um Stunden zu folgen. Der Tod war ausdauernd, aber der Schakal war noch zäher. Als sie schließlich den Rand von Kiwara erreichten, begann der Tod zu ermüden. Nicht so sein Verfolger: Shirteck spurtete los. Noch vor dem Tod erreichte er den Tempel und nahm sich den letzten Samen. Er hatte den ersten Wettkampf gewonnen. Widerstrebend erkannte der Tod Shirtecks ersten Sieg an. „Für dein Amulett brauche ich Nomi, die Pflanze, die alle Krankheiten heilt. Sie wächst auf dem Grund des Sees Nori. Folge mir dorthin", sagte der Tod und schneller als der Wind brachte er sie an die Ufer des Gewässers. „Wir müssen tauchen und nach Nomi suchen" wies der Tod Shirteck an. Sie sprangen ins Wasser Doch die Pflanze war nicht einfach zu finden und bald bekam es der Lamtan mit der Angst, der Tod könnte Nomi vor ihm finden. „Wer weiß, vielleicht weiß er genau, wo sie sich befindet, und betrügt mich um meinen Sieg", dachte er. Shirteck tauchte auf, verwandelte sich in einen Adler und stieg hoch hinauf, sodass er den ganzen See

überblicken konnte. Da sah er tief unten auf dem Grund, dort wo der See am tiefsten war, was er suchte. Sofort legte er die Flügel an, stieß im Sturzflug auf den See hinab und tauchte in das klare Wasser. Doch diesmal war der Tod vorbereitet. Geschickt fing er den Adler mit einem Netz, das er unter dem Wasserspiegel ausgebreitet hatte. Doch der unerschrockene Shirteck zerriss das Netz mit seinen scharfen Klauen und dem Schnabel. Nun war es ein Leichtes für ihn, Nomi an sich zu nehmen.

Er hatte die zweite Runde für sich entschieden. Unbehelligt ließ ihn der Tod auftauchen und ans Ufer kommen. „Wer das ewig dauernde Leben haben will, muss den Tod besiegt haben. Also ringe mit mir!", sprach der Tod und griff Shirteck an. Der verwandelte sich in einen mächtigen, großen Bären. Der Tod war stark, doch der Bär war stärker. Der Tod war wendig, doch der Bär hatte die Schnelligkeit eines Wildtieres. Der Tod begann mit rasender Wut zu kämpfen, doch der Bär blieb beharrlich. Drei Tage und Nächte rangen die beiden am großen Fluss im Tal Quam, bis Shirteck den Tod endlich bezwang.

Noch heute meiden wir diesen Ort, denn, so wird gesagt, der Tod geht dort oft um, denn seine Niederlage quält ihn.

„Drei Mal habe ich dich besiegt. So gib mir nun das Amulett", sprach Shirteck Also gab der Tod Shirteck das Amulett. Ohne ein weiteres Wort gingen sie beide ihrer Wege. Doch der Tod ist listig und er sieht in die Zukunft. Ohne dass Shirteck es bemerkte, hatte er einen Fehler in das Amulett gewoben, um ihn dereinst doch noch zu sich zu holen. Shirteck kehrte nach Hause zurück, um weiter sein Volk zu führen, wie er es immer schon getan hatte.

Nicht lange nach seinem Wettkampf mit dem Tod, wurde er zu einem Kranken gerufen, um ihn zu heilen. Shirteck kannte die Krankheit des Mannes nicht. Aber er sah, dass sie aus der Anderswelt kam. Also machte er sich wie gewohnt auf den Weg zu den Ahnen, um sie zu Rate zu ziehen. Als er zu ihnen kam, waren diese wütend und voller Ablehnung: „Du hast die Ordnung der Welt auf den Kopf gestellt, indem du dich weigerst, deinen Platz bei uns einzunehmen. Damit hast du uns erzürnt und beschämt. Niemandem kann es erlaubt sein, *auf ewig unter den Lebenden zu weilen. Lege dein unheiliges Amulett ab, dann werden wir dir helfen. Wenn der Kranke geheilt ist, komme zu uns für immer, so wie es ein muss." Doch Shirteck weigerte sich. Da zogen sich die Ahnen von ihm zurück und ohne Rat erhalten zu haben, kehrte er zu dem Kranken zurück. Als dieser starb, wurde offenbar, dass Shirteck nicht länger ein Liebling der Geister war.*

Ohne die Mächte, die ihn unterstützten, konnte er nur noch wenig für sein Volk bewirken. Da versammelten sich die Seher und Weisen des Volkes und forschten bei den Geistern nach der Ursache für Shirtecks Schwäche. Als sie von dem Wettkampf mit dem Tod erfuhren, waren auch sie entsetzt. Sie belegten Shirteck wegen seines Frevels mit dem Bannfluch und bestimmten einen neuen Lamtan.

Allein und einsam lebt Shirteck seitdem irgendwo in der Steppe und hadert mit seinem Schicksal. Der Verlust seiner Macht und die Einsamkeit begannen ihn zu zermürben, bis er schließlich dem Hass Einzug gewährte. Er begann nachts in seiner Bärengestalt, die Herden zu überfallen, um das Vieh zu reißen. Doch dabei blieb es nicht. In seiner Raserei wütet er immer öfter auch unter den Menschen. Manchmal dringt er in die Zelte ein und tötet ganze Familien. Starke Schutzzauber schützen ihn dabei. Unsere Waffen und Zauber können ihm nichts anhaben. So ist unser Beschützer und Führer von einst unser Fluch und unsere Heimsuchung geworden, bis heute. Wie es bei uns üblich ist, haben wir die Ahnen um Rat gefragt. Das war ihre Antwort: „Nur ein magisches Schwert kann Shirteck töten, doch muss der Tod selbst den letzten Zauber bringen."

Der Lamtan schwieg eine Weile, dann sprach er weiter: „Seit vielen, vielen Jahren versuchen wir, uns Shirteck vom Leib zu halten, so gut es geht. Obwohl es nichts nützt, tragen die meisten von uns ihre Kriegsbögen, wenn sie mit dem Vieh in der Steppe unterwegs sind. Sie fühlen sich sicherer, auch wenn die großen Bögen gegen Shirteck nicht helfen.

Die Prophezeiung der Ahnen hat uns nicht recht weitergeholfen. Wo sollte das Schwert sein, das uns befreien kann.

Vor zwei Monaten dann habe ich Wasser aus unserer heiligen Quelle in eine Schale gefüllt, um zu sehen, was die nahe Zukunft bringen wird. Ich habe ein Schwert gesehen und im Hintergrund den wilden Wald. Da wusste ich: Jetzt ist es so weit! Ich habe Späher ausgesandt, um das Schwert und seinen Träger zu suchen. Doch gefunden haben euch einfache Hirten."

Der Lamtan sah Jonas in die Augen: „Hilfst du uns?", fragte er. Jonas nickte und die Erleichterung, die sich im Zelt breitmachte, war beinahe mit den Händen zu greifen. „In ein paar Tagen ist Vollmond. Das ist die richtige Zeit, um zu beginnen", sagte der Lamtan. Mit einem freundlichen Nicken entließ er seine Gäste.

Sie nutzten die Wartezeit zum Ausruhen. Jonas war nachdenklich. Was sollte das bedeuten: Der Tod muss den letzten Zauber liefern? Er fragte Agsan, doch der zuckte nur ratlos mit den Schultern.

Also sprach er mit seinen Freunden darüber. Sie begannen ausgiebig zu debattieren. Jeder stellte Theorien darüber auf, was dieser Teil der Prophezeiung bedeuten könnte, während die anderen alles daran setzten, diese Interpretation wieder zu entkräften. Es war ein Spiel, um sich die Zeit zu vertreiben. Sie wussten alle, dass sie warten mussten, bis der Lamtan das Rätsel lösen würde.

Zum x-ten Male wünschte sich Jonas, er hätte sich nicht zum Glaspalast aufgemacht, um dessen Geheimnis zu ergründen. Die jetzige Aufgabe würde der Befreiung Miracs in nichts nachstehen.

In der Nacht des Vollmonds ging Jonas mit dem Lamtan aus dem Lager hinaus in die Steppe. Sie kamen zu einem kleinen Lagerfeuer, das leise vor sich hin brannte. Sie setzten sich und der Lamtan nahm seine Trommel zur Hand. Er begann, einen eintönigen Rhythmus zu schlagen. Dazu sang er ein getragenes Lied. Es erzeugte ein Gefühl großer Weite,

Stille und Einsamkeit bei Jonas.

Plötzlich fühlte er sich sehr allein und verloren, so weit weg von seinem Zuhause. Es war ein Gefühl, das ihm sonst völlig fremd war. Er liebte es, unterwegs zu sein und Neues kennenzulernen. Jonas gab sich ganz seinen Empfindungen hin, bis er auf einmal bemerkte, dass sich in einiger Entfernung langsam eine Gestalt in der Dunkelheit abzeichnete. Für einen schrecklichen Moment fühlte sich Jonas an den Gor-ram erinnert. Doch er beruhigte sich schnell wieder. Niemand, der noch bei Verstand war, würde einen Gor-ram heraufbeschwören.

Die Gestalt bewegte sich langsam auf das Feuer zu. In seinem Schein konnte Jonas sie nun betrachten: Sie war hochgewachsen und sehr dünn. Lange blonde zu einem Zopf zusammengebundene Haare quollen unter einem breitkrempigen Hut hervor. Bekleidet war sie mit einem langen, schweren, schwarzen Mantel. Die Haut des Mannes, der zu ihnen trat, war wächsern und weiß wie Schnee. Es war der Tod. Zum Gruß hob er eine langfingrige, feingliedrige Hand. Der Tod betrachtete Jonas lange und gründlich. Jonas spürte, wie sein Herz immer schneller zu schlagen begann. Was, wenn er beschließen würde, ihn einfach mit zu nehmen?

„Beruhige dich", sagte der Tod mit einer leisen sehr melodischen Stimme. „Heute ist deine Zeit noch nicht gekommen."

„Wann dann?", entfuhr es Jonas ohne nachzudenken.

Der Tod lachte: „Wenn es so weit ist, wirst du es schon merken", war alles, was er antwortete.

„Gib mir das Schwert", forderte der Tod Jonas auf.

Jonas reichte es ihm und der Tod nahm es, als wäre es leicht wie eine Feder. Langsam hob er es zum Himmel. Ganz sanft begann Gilreck in einem feurigen Rot zu glühen. Stärker und stärker wurde das Leuchten, bis es hell wie ein großes Feuer war. Jonas glaubte Flammen zu erkennen, die die Klinge entlangzüngelten.

Dann erlosch das Licht langsam. Für einen Moment blieb es dunkel um den Tod, dann begann das Schwert erneut zu leuchten. Diesmal war das Licht blau wie das Wasser. Jonas sah Wellen die Schneide entlanglaufen und er meinte, das unablässige Rauschen von Wasser an einem Strand zu hören.

Auch dies verging und ein brausender Wind erhob sich und fegte über die Steppe. Er wirbelte Staub auf, der Jonas, den Lamtan und den Tod – der unbewegt dastand, das Schwert weiter zum Himmel erhoben – einhüllte. Jonas registrierte, dass weder der Mantel, den der Tod trug, im Wind flatterte noch verlor er seinen Hut.

Mit einem Schaudern nahm Jonas wahr, wie der Staub, den der Wind aufgewirbelt hatte, um Gilreck zu kreisen begann. Schließlich wurde er so dicht, dass weder die Waffe noch der Tod in der Staubwolke zu sehen waren. Dann legte sich die Wolke wie von Geisterhand auf die Klinge und die Luft wurde klar.

Nachdem der Tod so die vier Elemente gerufen hatte, gab er Jonas das Schwert zurück und ging, ohne ein Wort, davon.

Das Feuer war inzwischen niedergebrannt und nur noch der Mond spendete Jonas und dem Lamtan Licht. Der Lamtan erhob sich und schweigend gingen sie in das große Zeltlager zurück.

Als Jonas zu ihrem Zelt kam, bestürmten ihn die anderen mit Fragen. Sie wollten wissen, was Jonas erlebt hatte, denn es war ihm anzusehen, dass er sehr aufgewühlt war. Doch Jonas schüttelte nur den Kopf, ging ins Zelt, wickelte sich in seine Decken und drehte sich zur Zeltwand.

Jonas erwachte sehr früh am nächsten Morgen. Eine Weile wälzte er sich unruhig auf seinem Lager hin und her und versuchte wieder einzuschlafen. Schließlich gab Jonas es auf. Der Schlaf würde sich nicht wieder einstellen.

Er trat ins Freie. In der Nähe saß eine alte Frau vor ihrem Zelt. Als sie Jonas sah, lächelte sie zahnlos und hielt ihm einen Fladen Brot hin. Jonas setzte sich zu ihr und begann an dem Brot zu knabbern. Er war aufgeregt und hatte keinen rechten Appetit. Er spürte, dass alle seine Sinne hellwach waren. Sein ganzer Körper war in Erwartung des Kampfes mit Shirteck. Es war eine Anspannung, die ihn ganz im Augenblick sein ließ. Sie stand in erfreulichem Gegensatz zu einer lähmenden Angst, die ihn nur blockiert hätte.

Essen passte jedoch nicht zu diesem Zustand und so gab er bald das Brot an die Frau zurück. Nicht ohne ihr dabei noch ein warmes Lächeln zu schenken.

Jonas schnallte sich Gilreck um und ging zu dem Viehgatter, in dem Shirteck einige Tage zuvor so gewütet hatte. Die Khun hatten den Platz danach gemieden, sodass er noch Spuren des Bären entdecken konnte.

Jonas folgte ihnen in der Hoffnung, dass sie ihn zu Shirteck bringen würden. Er wusste, dass das nicht sehr wahrscheinlich war. Der Bär konnte in den letzten Tagen wer weiß wie weit gewandert sein. Aber es war sein einziger Anhaltspunkt und er glaubte ohnehin, dass die Begegnung mit Shirteck unausweichlich war. Er war Teil einer großen Geschichte geworden, mit mächtigen Mitspielern und sein Kampf mit dem Gestaltwandler war der Endpunkt, auf den die Ereignisse hinausliefen. Jonas riss sich selbst aus seinen Gedanken. Jetzt war nicht die Zeit für tiefgründige Betrachtungen. Er musste sich ganz und gar seiner Umgebung zuwenden, um heute bestehen zu können.

Schon bald konnte Jonas keine Spuren mehr entdecken, doch er lief einfach weiter, seinen jeweiligen Eingebungen folgend. Die Sonne stand schon hoch am Himmel, als er eine flache Senke erreichte. Jonas begann hinabzusteigen.

Plötzlich spürte er ein unangenehmes Kribbeln im Rücken. Er hatte das Gefühl, dass sich alle Haare aufstellen würden. Er drehte sich um. Shirteck war nur wenige Meter von ihm entfernt und kam gemächlich auf ihn zu. Jonas erschrak ein wenig über die Größe des Tieres. So riesig hatte er sich seinen Gegner nicht vorgestellt. Schnell zog er Gilreck und hielt es schützend vor sich. Wie immer war nichts von all den Zaubern, die auf dem Schwert lagen, für Jonas erkennbar. Für ihn sah Gilreck aus wie ein völlig normales Schwert.

Nicht so für Shirteck: In sich langsam drehenden Wirbeln sah er die Flammen, die Wellen und den Staub, die der Tod beschworen hatte, auf der Klinge. Unbeweglich standen mächtige magische Symbole zwischen den Wirbeln.

Nicht alle waren sie auf den Tod zurückzuführen.

Auch andere hatten für Shirteck erkennbare Spuren hinterlassen. Er erschrak, als er erkannte, mit welcher Macht ihm sein Gegner entgegentrat.

Die beiden begannen einander langsam zu umkreisen. Jeder wartete darauf, dass der andere einen Fehler machen würde. So ging es eine ganze Weile.

„So komm ich nicht weiter", dachte Jonas schließlich. Er beschloss, einen Vorstoß zu wagen. Er machte einen großen Ausfallschritt und stieß Gilreck nach vorne. Blitzschnell hieb Shirteck mit seiner riesigen Pranke auf die Breitseite des Schwertes. Um ein Haar hätte er es Jonas aus der Hand geschlagen. Der wich zurück, bemüht, seine Stabilität und einen sicheren Stand wiederzugewinnen.

„Das darf mir kein zweites Mal passieren", schoss es ihm durch den Kopf. Doch Jonas blieb keine Zeit zum Nachdenken. Shirteck setzte ihm nach und schlug wieder und wieder nach Gilreck. Nur mit Mühe konnte Jonas ausweichen. Er verlor mehr und mehr an Boden. Ein Felsen, der in der Senke stand, rettete ihn schließlich. Schnell suchte er hinter ihm

Schutz und brachte so mehr Abstand zwischen sich und seinen Gegner. Eine Zeit lang sorgte er dafür, dass der Stein immer zwischen ihm und Shirteck war. Mit der Zeit beruhigte sich sein Atem wieder und sein Herz schlug langsamer. Fieberhaft suchte Jonas nach einer guten Kampfstrategie. Er konnte ja nicht bis in alle Ewigkeit um diesen Fels kreisen, immer den Bären auf Distanz haltend.

Irgendwann wurde es ihm zu bunt und er kam hervor. Nun standen sich die beiden wieder Auge in Auge gegenüber. Die Augen des Bären waren klein, kalt und ohne ein Blinzeln auf Jonas gerichtet. Sie verrieten nicht, was in Shirteck vor sich ging.

Plötzlich machte er einen großen Satz nach vorne und griff erneut an. Schnell war Jonas wieder in der Defensive. Es sah nicht gut aus für ihn. Einmal war es dem Tier sogar gelungen, mit einer Kralle Jonas' Hemd aufzureißen. Er hatte einige tiefe Kratzer abbekommen und Blut lief seinen Arm hinunter auf das Schwert. Wenn dadurch jetzt auch noch der Griff rutschig würde, wäre es sicher bald um ihn geschehen. Immer schneller ging Jonas' Atem, immer rasender schlug sein Herz. Zum Teil lag es an der körperlichen Anstrengung; aber es lag auch an der wachsenden Angst, dem Bär nicht Herr zu werden. Immer wieder versuchte Jonas die Oberhand zu gewinnen.

Doch Shirteck war schnell und wendig. Er parierte alle Attacken von Jonas und brachte ihn immer wieder in starke Bedrängnis. Längst hatte Gilreck genau wie damals bei der Schlacht im Tobel die Führung übernommen.

Doch es nützte nichts. In diesem Kampf traf starke Magie auf starke Magie und beide waren einander ebenbürtig. Langsam spürte Jonas, wie er müde wurde. Sollte am Ende seine Erschöpfung den Sieg für Shirteck bringen?

Der Bär spürte das Nachlassen der Kräfte bei seinem Gegner. Erregung durchflutete ihn. Er hatte sich gesorgt, als ihm klar geworden war, mit welch starkem Gegner er es zu tun bekommen hatte. Jetzt witterte er Morgenluft: Auch diesmal würde er siegen und davonkommen. Er würde wieder Lamtan werden. Ganz bestimmt. Dann würde sein Leben wieder so wie früher sein. Alles würde gut werden, wenn er nur endlich diesen Menschen mit seinem Schwert ausgeschaltet hätte.

Da sah Jonas links von sich einen Schatten vorbeischießen, direkt auf Shirteck zu. Es war Goromir, der wieder einmal wie aus dem Nichts auftauchte. Er griff Shirteck an und versuchte, ihm ein Auge auszuhacken.

Der Bär brüllte, richtete sich zu seiner ganzen stattlichen Größe auf und schlug mit den Vorderpranken nach der Dohle. „Los jetzt!", schoss es Jonas durch den Kopf. „So eine Gelegenheit bekommst du kein zweites Mal!" Er preschte vor und rammte ohne zu zögern die Klinge seines Schwertes in die Brust von Shirteck.

Das Brüllen steigerte sich zu einer ohrenbetäubenden Lautstärke. Wild schlug der tödlich verwundete Bär um sich, bevor er langsam zusammenbrach. Zum Schluss wurde sein Gebrüll immer menschlicher, bis es zu einem Schmerzensschrei wurde, der schließlich verklang.

Noch im Fallen begann die Verwandlung: Das Fell wich mehr und mehr einer Haut, die ganze Gestalt schrumpfte, aus der Schnauze wurde ein Gesicht, bis endlich ein Mensch vor Jonas auf dem Boden lag. Das Schwert ragte ihm immer noch aus der Brust. Shirteck bewegte sich nicht. Er atmete auch nicht mehr. Er war tot.

Jonas stand da, keuchend und schweißgebadet. Es war ein harter Kampf für ihn gewesen, den er nur dank Goromir gewonnen hatte.

Mit einem Mal glaubte er aus den Augenwinkeln, eine lange, dünne, schwarz gekleidete Gestalt mit einem breitkrempigen Hut zu sehen. Als er genauer hinsah, war sie verschwunden.

 Vor Jonas dehnte sich nur die flache, endlos erscheinende Steppe aus, überwölbt von einem weiten, hohen und riesigen stahlblauen Himmel. Die Landschaft war so leer wie Jonas' Kopf. Er fühlte und dachte mit einem Mal gar nichts mehr.

Er zog das Schwert aus Shirteck, riss ohne sich dessen bewusst zu sein mit der anderen Hand das Amulett von dessen Hals und begann mechanisch, einen Fuß vor den anderen zu setzen. Wie durch ein Wunder erreichte er ohne Umwege und ohne sich zu verirren das Lager der Khun.

Als Jonas, das blutige Schwert noch immer in der Hand haltend, durch das Lager lief, erhob sich hinter ihm ein Jubel ohnegleichen. Die Khun schrien, stampften mit den Füßen, fielen sich lachend und schulterklopfend in die Arme und begannen schließlich vor Freude zu tanzen. Shirteck, die große Heimsuchung, die so viele Leben gefordert hatte, war endlich, endlich zur Strecke gebracht.

Jonas ging wie im Schlaf. Er nahm den Trubel kaum war und verkroch sich schließlich im Zelt.

Die Khun aber feierten die ganze Nacht ein großes, rauschendes Freudenfest. Grumik floss in Strömen und überall im Lager brieten wieder Lämmer auf großen Drehspießen. Die Menschen tanzten die ganze Nacht bis zum Morgengrauen. Jonas bekam von all dem nichts mit. Er war in einen tiefen traumlosen Schlaf gefallen.

Jonas saß vor dem Zelt und starrte vor sich hin. Die Geschehnisse des letzten Tages, sein Kampf mit Shirteck, wirkten noch nach. Wieder war er in einen Konflikt, in einen Kampf, der nicht sein eigener war, verstrickt worden. Seitdem er vom Glasschloss aufgebrochen war, geschah das immer wieder. Jedes Mal, wenn er darüber nachdachte, hatte er das Gefühl, nicht Herr seines eigenen Lebens zu sein. Die Ereignisse rollten einfach über ihn hinweg. Jeder Schritt, den er machte, zog nur immer neue Verwicklungen und Kämpfe nach sich. Jonas versank ganz und gar in seinen trüben Gedanken.

Da trat Mirac aus dem Zelt, setzte sich zu ihm und betrachtete ihn nachdenklich. „Was ist los mit dir?", fragte er Jonas schließlich. Jonas zuckte mit den Schultern: „Ich weiß nicht, ich glaube, der Kampf gestern hat mich zu sehr angestrengt. Das hängt mir heute noch nach. Am besten ich gehe mal zum Lamtan. Ich möchte jetzt endlich erfahren, wie ich nach Ghom komme. Die Sache zieht sich doch sehr in die Länge."

Jonas erhob sich und ging zum Ratszelt, in dem bisher alle Begegnungen mit dem Lamtan stattgefunden hatten. Mirac holte rasch die anderen und gemeinsam folgten sie Jonas.

Als sie beim Zelt ankamen, stand der Lamtan davor und sprach mit den Alten, die ebenfalls schon anwesend waren. Als er die Ankömmlinge sah, lächelte er ihnen zu und öffnete mit einer einladenden Geste den Zelteingang. Drinnen brannte bereits ein Feuer, um das sie alle Platz nahmen. Als auch Agsan dazukam, begann der Lamtan zu sprechen: „Jonas, du hast uns von einer schweren Last befreit. Deine Hilfe ist viel größer, als dir wahrscheinlich bewusst ist. Wir sehen dich nun als einen von uns. An allen Lagerfeuern der Khun in der weiten Steppe wird immer ein Platz für dich sein, wenn du ihn benötigst."

Der Lamtan erhob sich und ging zu Jonas hinüber, der ebenfalls aufgestanden war. Die beiden umarmten einander lange und fest. Jonas nahm den Geruch von Schafwolle, Kräutern, Grumik und etwas Schweiß war. Es störte ihn nicht weiter.

Als sie sich wieder gesetzt hatten, platzte Jonas heraus: „Wann reiten wir denn jetzt endlich nach Ghom?"

Der Lamtan und auch die anderen Khun im Zelt sahen ihn fragend an.

„Wir hatten doch eine Abmachung", sagte Jonas verwirrt. „Ich töte für euch Shirteck und ihr bringt mich nach Ghom."

Der Lamtan sah Konrad an. „Ich befürchte, er hat es immer noch nicht verstanden. Wir haben es ihm eigentlich erklärt, aber wie du siehst ...", sagte Konrad mit einem resignierten Schulterzucken.

„Hör zu, Jonas", wandte sich der Lamtan an Jonas. „Man kann nicht einfach nach Ghom reiten. Niemand kann das. Die Stadt ist durch starke Zauber geschützt. Nur wer für würdig befunden wird, kann nach Ghom gelangen. Der Pfad nach Ghom ist ein magischer Pfad der Prüfungen. Wer sie besteht, wird eingelassen. Wer versagt, bleibt ausgeschlossen."

Jonas starrte wütend vor sich hin. Er hatte die Nase gestrichen voll. „Das reicht jetzt!", dachte er. „Ich reite nach Hause. Ich kann doch nicht den Rest meines Lebens mit der Suche nach Ghom und dem Buch verbringen."

Plötzlich und wie Jonas fand, völlig unpassend, sah er im Geist Nina vor sich, wie sie ihn angeblickt hatte, als er ihr versprach, den Zauberspruch zu finden der sie befreien würde. Die Freude und die aufkeimende Hoffnung in ihren Augen, aber auch die Angst und der Zweifel, er könne einfach davonreiten – das alles sah er wieder vor sich.

Jonas atmete tief durch und riss sich zusammen. Er konnte Nina einfach nicht enttäuschen. Das würde er sich nie im Leben verzeihen. Er hob den Kopf und sah dem Lamtan in die Augen. Im Zelt hatte Stille geherrscht, während Jonas mit sich rang. Niemand hatte sich getraut, ein Wort zu sagen. „Wie viele Prüfungen?", wollte er wissen. „Drei!", lautete die Antwort. „Das ist dann die letzte Hürde, um nach Ghom zu gelangen?", war seine nächste Frage. „Ja, das ist die letzte Hürde. Deine ganze bisherige Reise war bereits Teil deiner Prüfung. Du hast auf ihr Mut, Standfestigkeit, Verlässlichkeit und Treue gezeigt. Auch bist du bereit gewesen, dich den Folgen deiner Entscheidungen und Taten zu stellen. Du bist sehr gewachsen in den Wochen deiner Reise.

Drei magische Wesen musst du jetzt noch aufsuchen. Sie werden dir jeweils eine Aufgabe stellen, die du zu bewältigen hast. Das sind deine letzten Bewährungsproben. Am Ende jeder Aufgabe bekommst du einen Teil eines Zauberspruchs. Mit dem kompletten Spruch kann dir dann jemand, der zaubern kann, Zugang zur Stadt verschaffen. Der Spruch ist sozusagen dein persönlicher Schlüssel zum Stadttor. Er ist für jeden Besucher anders. So ist sichergestellt, dass wirklich jeder zuvor die Aufgaben gelöst hat. Wir kennen das Wesen, das dir den Weg zu deinen Prüfungen weisen wird, und können dir darüber hinaus sagen, wie du zu ihm gelangst. Das wird unsere Hilfe sein. Bei der Lösung der Aufgaben darf dir niemand helfen. Das musst du ganz alleine schaffen", sagte der Lamtan zu Jonas.

„Wie fangen wir an?", fragte Jonas, der jetzt, da er sich entschieden hatte weiterzumachen nicht länger säumen wollte.

„Du musst als Erstes zur Quelljungfer. Dorthin kann dich nur der dunkle Fährmann bringen. Er wird dich über das Wasser zu ihr rudern. Die Quelle, in der die Jungfer lebt, ist nicht von dieser Welt. Es ist ein magischer Ort in den Schatten. Deshalb kann jeder Fluss oder Bach der Ausgangsort für diese Reise sein. Den Fährmann ruft man mit einem Lied. Agsan wird es dir vorsingen. Dann wirst du die Geschichte vom Fährmann und der Jungfer kennen. Das Ende des Liedes enthält den Vers, den du brauchst, um den Dunklen zu rufen", erklärte einer der Alten.

Agsan erhob sich und sprach zu Jonas:

„Es gibt eine Übersetzung des Liedes vom dunklen Fährmann in die gemeinsame Sprache. Sie gefällt mir nicht so gut wie das Original, das in unserer Sprache geschrieben ist. Die Verse klingen nicht so elegant und melodisch, wenn man die Sprache wechselt; auch reimen sie sich nicht immer. Aber das Wesentliche ist erhalten geblieben und darauf kommt es ja schließlich an." Dann sang er ...

Das Lied vom dunklen Fährmann

Dort auf dem Gortang
hoch überm Wald
stand einst Wehrtang
klar und kalt.

Funkelnd und strahlend,
die Zinnen stehen dicht
sich zum Himmel erhebend
dort glitzernd im Licht.

Trutzig und stark
aus schimmerndem Eis
auf dem Gipfel so karg
kalt, blau und weiß.

Hohe Hallen in eiskalter Pracht,
schmückende Tore, gewaltig
leuchtende Fenster in dunkler Nacht.
Ehrfurcht gebietet dein Anblick.

Die Mauern so hoch,
die Türme so schlank,
deine Stärke, sie trog,
dein Stern er sank.

Im Fenster stand
die Jungfer so hold,
im seidenen Gewand,
das Haar aus Gold.

So erblickt sie Friedhell,
der fahrende Sänger.
Der finstre Gesell,
er säumet nicht länger.

In Liebe entbrannt,
hell lodert die Glut.
Nimmt die Leier zur Hand
mit all seinem Mut.

Singt sein Lied ihr
von ewiger Liebe,
schwört ewige Treue,
dass bei ihm sie bliebe.

Doch ist er nicht von Stande
und wird nicht erhört.
Zu seiner Schande
hat er sie nicht betört.

Da wird Liebe zu Hass
und Hoffnung zu Wahn,
durch eiskalte Wut
ward die Liebe vertan.

beschwört finstere Mächte
und Feuer so heiß,
die im Schutze der Nächte
zerstören das Eis.

Was einst war so stark
und von großer Macht
erschüttert bis ins Mark,
des Sängers Kraft erlag.

Bald rinnen die Wasser
von Zinne und Turm.
Friedhell der Hasser
nimmt die Feste im Sturm.

Die Burg aus Eis
ward zum tosenden Bach:
Die Bäume er reißt,
die Dämme er brach.

Unter die Erde er rinnt,
kommt als Quelle zu Tag.
Nun friedlich gesinnt
wieder Leben spenden mag.

Doch sie fand den Tod
in der tosenden Flut.
Leidet große Not,
bis an der Quelle sie ruht.

Hilft dem Suchenden dort
nun ein altes Orakel.
Am kalten, nassen Ort
spricht sie manch weises Wort.

Doch ihn traf ihr Fluch!
Gekettet an ein Boot
rudert jeden mit Gesuch,
damit die Frage er bot.

Seit dreihundert Jahren
ruft ein Vers ihn herbei,
um zur Quelle zu fahren.
Er aber wird nicht frei.

Fährmann, Fährmann,
eile zur Stell!
Für mich rudere dann,
bring mich zur Quell.

Nachdem Agsan geendet hatte, gingen sie zurück zu ihrem Zelt. Unterwegs bemerkte Jonas, dass sich die große Zeltstadt, die sich anlässlich des Jahrestreffens der Khun gebildet hatte, langsam auflöste. Eine Sippe nach der anderen brach die Zelte ab und zog mit ihrem Vieh davon in die Weite der Steppe. Nun würden sie wieder viele Monate lang in kleinen Gruppen über das unendliche Grasland ziehen, immer auf der Suche nach Wasser und frischem grünen Gras für die Tiere. Im nächsten Jahr würden sie wieder zusammenkommen, um erneut ihre Wettspiele abzuhalten, nach zukünftigen Ehepartnern Ausschau zu halten und um ihre Seher nach der Zukunft zu befragen.

Ein wenig beneidete Jonas die Khun: Sie führten ein freies, un-gebundenes Leben, waren ihre eigenen Herrn und niemand untertan. Auch wenn das Leben in der Steppe entbehrungsreich und hart war, schien es Jonas eine gute Art zu sein, seine Zeit auf Erden zu verbringen.

Jonas und die anderen erreichten ihr Zelt. Schon während er dem Lied vom Fährmann gelauscht hatte, bemerkte er, dass sein verletzter Arm seltsam zu pochen begonnen hatte. Jetzt sah er nach und stellte fest, dass die Kratzer, die ihm Shirteck beigebracht hatte, rot und entzündet waren. Jonas zuckte die Schultern. „Wird schon wieder vergehen, sind ja nur ein paar Kratzer", dachte er sich und begann, seine Ausrüstung zu prüfen und zusammenzupacken.

Auch er und seine Freunde würden nun wieder zu neuen Abenteuern aufbrechen.

„Was meinst du?", fragte Jonas Mirac, der neben ihm seine Satteltaschen inspizierte. „Woraus werden die Aufgaben bestehen? Ich vermute, es handelt sich um Drachen töten, Schätze ausgraben und Ähnliches. Ich hoffe bloß, ich muss keine Jungfrau mehr retten. Ein Job dieser Art reicht mir völlig!", fuhr er lachend mit seinen Überlegungen fort.

„Keine Ahnung", meinte Mirac achselzuckend. Am besten du fragst Konrad oder Cassian. Ich glaube, die wissen in etwa, worum es geht."

Konrad trat gerade aus dem Zelt. Er hatte einen Teil des Gesprächs mit angehört.

„Ich kann dir nicht genau sagen, worin die Aufgaben im Einzelnen bestehen. Du hast es ja gehört: Für jeden sind sie anders. Aber im Kern wird es darum gehen, deinen Charakter zu prüfen. Nur wer sich hier als brauchbar erweist, wird für vertrauenswürdig erachtet und darf Ghom betreten. So versuchen sich die verbliebenen Bewohner zu schützen."

Jonas nickte und wandte sich an Agsan:

„Wenn ich dich richtig verstanden habe, brauche ich einen Fluss, um zur

Quelljungfer zu kommen, und zwar keinen bestimmten, sondern einfach irgendeinen."

„Genauso ist es. Hier ganz in der Nähe fließt einer der wenigen Flüsse, die die Steppe durchqueren. Ich bringe dich morgen hin. Dann musst du allein weiter."

Bevor der Tag zu Ende ging, bekam Jonas noch einmal Besuch vom Lamtan. „Komm Jonas, lass uns ein wenig miteinander gehen", forderte er ihn auf. Jonas erhob sich und gemeinsam verließen sie das Lager. Jonas genoss es, ein bisschen in die Steppe hinauszulaufen. Ihre Weite faszinierte ihn jedes Mal von Neuem. Nach einer Weile des Schweigens begann der Lamtan zu sprechen:

„Weißt du Jonas, ich habe dir etwas mitgebracht. Ein Geschenk von mir und den Ältesten. Damit möchten wir noch einmal unsere Dankbarkeit unterstreichen."

Jonas wehrte ab: „Das ist doch gar nicht nötig. Ihr habt euch doch schon bei mir bedankt und außerdem helft ihr mir, den Weg nach Ghom zu finden."

Der Lamtan schüttelte energisch den Kopf. „Nein Jonas, du musst unsere Geschenke annehmen. Wenn du sie ablehnst, beleidigst du uns zutiefst!"

Jonas erschrak. Die Khun und den Lamtan beleidigen? Das wollte er auf keinen Fall. Er lenkte ein und nickte zum Zeichen, dass er einverstanden war.

Der Seher zog darauf hin drei kleine Gegenstände aus seinem Gewand und hielt sie Jonas hin.

„Diese Schutzamulette haben unsere weisen Frauen für dich gemacht. Trag sie immer bei dir, damit du gut beschützt bist."

Jonas nahm die drei Gegenstände entgegen und betrachtete sie: Sie waren kreisrund und bestanden aus Lederriemen, die zu komplizierten und kunstvollen Ornamenten geflochten waren. In der Mitte eines jeden befand sich ein Stein: ein Achat, ein Saphir und ein schwarzer Onyx. Jonas versprach, auf sie zu achten, da es dem Lamtan sehr wichtig zu sein schien. Er verstaute die Geschenke in einer seiner Jackentaschen. Dann verabschiedeten sich der Lamtan und er voneinander.

Zurück im Lager zeigte Jonas die Amulette Konrad. Der zeigte sich sehr beeindruckt:

„Der Lamtan hat dir ein großes Geschenk gemacht. Diese Amulette sind stark, das spüre ich. Sie werden dir bei der Bewältigung deiner Aufgaben sicher von großem Nutzen sein. Pass gut auf sie auf!"

Nach einer letzten Nacht in der Zeltstadt stand Jonas nun seine nächste abenteuerliche und ungewisse Etappe auf seiner langen Reise nach Ghom bevor. Wo würde seine Reise einmal enden? Und vor allem: Wie würde sie enden? Doch nun begann für Jonas die ...

Geschichte der drei Prüfungen

Jonas erreichte den Fluss und setzte sich auf einen der großen Steine, die am Ufer lagen. Er stimmte den Gesang an, den ihn Agsan gelehrt hatte. Mehrmals wiederholte er den letzten Vers der Legende vom dunklen Fährmann.

Nebel zog in dicken Schwaden über den Fluss und die Uferstreifen, während sich an der Oberkante des Steilufers erste Sonnenstrahlen brachen.

Plötzlich tauchte schemenhaft ein Boot im Nebel auf, vage und flüchtig zuerst, dann immer deutlicher werdend, bis sich schließlich der Bug knirschend in den Uferkies bohrte. Im Heck stand ein Mann. Mit einer langen Stange, die er in Händen hielt, bewegte er das Boot. Er war mit einem schwarzen Umhang bekleidet, der bis zu den Knien hinabfiel Seine Füße steckten in schweren Stiefeln und ein Hut, den er tief ins Gesicht gezogen hatte, verhinderte, dass man seine Augen sah. Eigentlich sah man gar nichts von ihm, außer der schwarzen Kleidung. Mit einer Geste forderte er Jonas auf einzusteigen. Der suchte sich einen Platz vorne im Boot, das auch sogleich ablegte und flussaufwärts zu gleiten begann. Der leichte Morgenwind trug einen eigenartigen modrigen, fauligen Geruch vom Fährmann zu Jonas hinüber. Ihn schauderte.

Er wandte sich ab und starrte nach vorne. Langsam, lautlos, aber stetig fuhr das Boot über das immer flacher werdende Wasser stromaufwärts. Selbst als der Fluss kaum mehr eine Handbreit tief war, liefen sie nicht auf Grund. Es schien, als schwebe das Boot mehr auf dem Wasser, als dass es darin schwamm. Dann durchfuhren sie eine Nebelwand und auf der anderen Seite lag ein kleiner Teich, der den Ursprung des Flusses zu bilden schien. Gespeist wurde er von einer Quelle am gegenüberliegenden Ufer.

Der Fährmann steuerte auf ein kleines Inselchen in der Mitte des Gewässers zu und legte dort an einem kurzen Steg an. Jonas stieg aus und das Boot glitt zurück zum anderen Ufer.

Jonas sah sich um: Die Insel war flach und mit Gras bewachsen. Direkt am Wasser stand ein einsames Bäumchen, seine Wurzeln waren bereits stark unterspült.

Jonas nahm eine leise traurige Musik war, die über dem ganzen Teich zu schweben schien. Genau in der Mitte des Eilandes stand eine steinerne Skulptur. Sie zeigte eine junge, sehr schlanke Frau, die mit traurigem Blick auf das Wasser hinausschaute.

Jonas setzte sich ins Gras und wartete darauf, dass irgendetwas passierte. Doch nichts geschah.

„So", dachte er sich nach einer Weile, „jetzt weiß ich mal wieder nicht, was zu tun ist. Konrad und Cassian wüssten sich bestimmt zu helfen. Aber ich habe sie vorher nicht gefragt. Ich hätte mich besser vorbereiten sollen."

Verärgert starrte er vor sich hin. Er versuchte nachzudenken, um zu irgendeiner Lösung für sein Problem zu gelangen. Doch die sphärischen Klänge, die noch immer in der Luft hingen, störten ihn dabei. Er konnte sich einfach nicht konzentrieren. Eine Weile ging er auf der Insel auf und ab, bis ihm mit einem Mal ein Vers aus dem Lied vom dunklen Fährmann einfiel:

Doch ihn traf ihr Fluch!
Gekettet an ein Boot
rudert jeden mit Gesuch,
damit die Frage er bot.

„Vielleicht muss ich einfach nur eine Frage stellen, um weiterzukommen? Na klar, die Quelljungfer ist ein Orakel, also muss man sie befragen!", freute sich Jonas.

Er ging in die Mitte der Insel zu der Skulptur. „Wie lautet meine erste Aufgabe, die ich lösen muss, um nach Ghom zu kommen?", rief er laut. Gespannt wartete er, was geschehen würde. Im ersten Moment passierte gar nichts. Doch dann wurde die schwebende Musik leiser und leiser, bis sie schließlich ganz verstummte. Jetzt hörte Jonas ein leises Plätschern. Er sah sich um und bemerkte eine Gestalt, die aus dem Wasser des Teiches an Land stieg. Jonas sah sofort, dass es die Frau war, die die Skulptur zeigte. Langsam kam sie auf Jonas zu, Wasser rann in kleinen Rinnsalen an ihr herab.

Dann stand sie vor ihm: Die Quelljungfer war seltsam grau und farblos und wirkte ein wenig durchscheinend, so als wäre sie aus Rauch oder Nebel. Von seinem Platz aus konnte Jonas sehen, dass sich der dunkle Fährmann in seinem Boot aufgerichtet hatte. Kerzengerade stand er da und starrte angespannt zur Insel hinüber. Die Quelljungfer bemerkte Jonas' Blick:

„Er starrt immer rüber, wenn ich aus dem Wasser steige. Dann hofft er jedes Mal, dass ich ihn endlich erlöse. Den Bann soll ich von ihm nehmen, aber ich denke gar nicht dran. Soll er leiden so wie auch ich leide. Meine Heimat hat er mir genommen und mein Leben. Als Schemen muss ich mein Dasein fristen, gefangen in einer Welt aus Schatten und Nebel. Einsam sind meine Tage und seine auch. Es kommen nicht viele zu diesem Teich. Die meisten haben zu viel Angst."

Die Stimme der Jungfer war dünn und leise. Sie passte gut zu der blassen Gestalt. Jonas schauderte schon wieder. So viel Verbitterung, Hass und Zorn. Seit Jahrhunderten waren sie durch Schicksal und Fluch aneinandergekettet: die Quelljungfer und der dunkle Fährmann. Keiner der beiden hatte sich daraus befreien können. Jonas schüttelte diese Gedanken ab. Er musste zusehen, dass ihm die Jungfer eine Aufgabe stellte, damit er weiterkam.

„Ich suche den Weg nach Ghom. Der Lamtan hat mich zu dir geschickt. Die Quelljungfer kann dir helfen, hat er gesagt", begann Jonas.

„Was willst du denn in Ghom?", fragte die Jungfer.

„Ich suche ein Buch mit einem Zauberspruch. Mit dessen Hilfe will ich eine Freundin erlösen, die in Not ist", antwortete Jonas.

„Welche Not denn?" „Ist doch egal jetzt", erwiderte Jonas etwas unwirsch. Er hatte nun wirklich keine Lust, seine Geschichte zu erzählen. Die Quelljungfer musterte Jonas einen Moment, zuckte die Schultern, drehte sich um und ging in Richtung Wasser davon.

Jonas fluchte innerlich, riss sich aber zusammen und schluckte seinen Ärger hinunter. „Gut, ich erzähle dir die Geschichte, wenn du möchtest." Die Jungfer blieb stehen und sah über die Schulter hinweg Jonas an. „So, auf einmal, ja.! Grade hattest du noch überhaupt keine Lust dazu. Ich sollte eigentlich einfach wieder ins Wasser steigen. Mir ist es nämlich völlig gleich, ob du Ghom findest!"

Jonas setzte sich einfach ins Gras und sagte: „Du hast doch gesagt, dass hier selten jemand herkommt und dass deine Tage einsam sind. Da solltest du dir eine gute Geschichte und etwas Abwechslung nicht entgehen lassen."

Die junge Frau funkelte ihn böse an. Dann aber kam sie doch zurück und setzte sich neben Jonas. Der begann zu erzählen, wobei er versuchte, sich möglichst kurz zu fassen.

Doch die Quelljungfer bohrte immer wieder nach. Sie wollte alles ganz genau wissen.

So dauerte es doch eine ganze Weile, bis Jonas mit seiner Erzählung zum

Ende kam.

„Nun", sprach die Quelljungfer, „du hast einen triftigen Grund, um nach Ghom zu gehen. Der Lamtan hat recht: Ich kann dir das erste Stück deines Weges zeigen. Falls du nicht beschließt, lieber hierbleiben zu wollen?"

Jonas schüttelte nur den Kopf.

„Na ja, das wundert mich nicht", entgegnete sie mit einem schiefen Lächeln. „Was willst du auch mit einer wie mir. Da ist diese Nina sicher vielversprechender." Jonas reagierte nicht auf diese Bemerkung, sondern wartete einfach ab.

„Wenn ich nachher ins Wasser zurückgehe, wird dich der dunkle Fährmann abholen und übersetzen. Dort, wo du aus dem Boot steigst, beginnt ein schmaler Pfad. Er führt durch ein Sumpfgebiet an den Rand einer steilen Schlucht. In dieser Schlucht gibt es eine Höhle, in der ein alter Eremit lebt. Er kann dir den ersten Teil deines Spruches geben. Doch nimm dich in Acht: Einfach so wird er ihn dir nicht verraten. Der Eremit wird dir tief in deine Seele blicken, um dich dann zu prüfen. Es wird nicht leicht werden.

Wenn du das geschafft hast, musst du zu den Steinmenschen und zum Schluss zu der Eidechse Orgon im toten Wald."

Dann erhob sich die Quelljungfer und ging zurück ins Wasser. Der dunkle Fährmann stieß einen lauten klagenden Laut aus und sackte ein wenig in sich zusammen. Jonas meinte, ihn schluchzen zu hören. Schließlich nahm er seine Stange zur Hand und stakte über den Teich zu Jonas herüber. Der stieg ein, ließ sich übersetzen und verschwand wortlos auf dem Pfad, den ihm die Jungfer beschrieben hatte.

Zuerst führte der Pfad über Grasland. Der Boden war trocken und fest und Jonas konnte zügig ausschreiten. Er kam rasch voran. Doch schon nach kurzer Zeit wurde der Boden weicher, feuchter und schließlich morastig.

Er hatte den Sumpf von Erath erreicht. Dieses Gebiet in der Schattenwelt war bei allen, die zwischen den Welten hin und her gingen, gefürchtet. Hier konnte man sich leicht verirren und so mancher war nie wieder von hier zurückgekehrt.

Das Gras wurde nun von niedrigen, geduckten, kleinblättrigen Pflanzen abgelöst, die einen dicken Teppich bildeten. Hier und da ragten ein paar Blüten ein wenig in die Höhe und auch einige fleischfressende Pflanzen konnte Jonas ausmachen.

Es war wieder neblig geworden, sehr zu Jonas' Leidwesen. Der Pfad war im Moor viel schlechter zu erkennen als noch auf dem Gras. Jonas musste höllisch aufpassen, um nicht vom Weg abzukommen. Ein, zwei Mal hatte er schon einen falschen Schritt gemacht und war sofort mit dem Fuß eingesunken. Zum Glück hatte er ihn jedes Mal noch rechtzeitig herausziehen können.

Doch jetzt befand er sich in einer Sackgasse: Der Pfad war verschwunden. Er konnte ihn einfach nicht mehr erkennen. Vorsichtig mit dem Fuß tastend suchte Jonas nach tragfähigen Stellen.

Er hatte Angst. Wenn er hier einen Fehltritt tat und seinen Fuß nicht mehr rechtzeitig zurückziehen konnte, würde er im Morast versinken. Er war allein unterwegs und es gab niemanden, der ihm in einer solchen Situation hätte helfen können.

Immer wieder fand Jonas eine dicke erhöhte Stelle im Bewuchs, die ihn trug. So arbeitete er sich Stückchen für Stückchen vorwärts in Richtung eines niedrigen abgestorbenen Bäumchens. „Vielleicht habe ich Glück und der trägt mich. Dann habe ich einen etwas erhöhten Platz und kann von dort den Pfad sehen", dachte Jonas. Sein Plan glückte: Kurz darauf saß er bereits in der Krone des Baumes und sah sich um. Weit konnte er nicht sehen, dazu waren die Nebel zu dicht. Einen Pfad konnte er so nicht ausmachen. Da kam ihm der Zufall zu Hilfe. Für einen kurzen Moment kam etwas Wind auf und trieb die Nebelschwaden auseinander. Auf einmal konnte er den Pfad wieder erkennen: In nicht allzu großer Entfernung verlor dieser sich in Richtung Horizont. Dann nahm der Nebel Jonas wieder die Sicht. Doch das war nicht schlimm: Der kurze Moment der Orientierung reichte ihm aus. Sorgfältig darauf achtend, die Richtung zu halten, arbeitete er sich erneut von Pflanzenbüschel zu Pflanzenbüschel. Erleichtert erreichte er bald darauf wieder den Pfad und folgte ihm erneut.

Sein Arm machte sich inzwischen mehr und mehr bemerkbar: Aus dem anfänglichen Pochen war ein unangenehmer Schmerz geworden. Er sah ihn sich noch mal an: Er war geschwollen, heiß und sah gar nicht gut aus. „Wenn ich die erste Prüfung bestanden habe, muss ich unbedingt einen Heiler aufsuchen. Ich hätte doch nicht so nachlässig damit umgehen sollen", dachte er sich.

Dass Jonas vom Weg abgekommen war, hatte Zeit gekostet: Die Sonne begann sich zum Horizont zu neigen, lange würde es nicht mehr hell sein.

„Die Nacht hier draußen, mitten im Sumpf zu verbringen, ist sicher kein

Spaß. Ich sollte mich lieber beeilen!" dachte er sich und beschleunigte seinen Schritt.

Da er jedoch immer noch aufpassen musste, nicht vom Pfad abzukommen, brachte das nicht allzu viel.

Plötzlich und ohne jede Vorwarnung traf er schließlich auf den Canyon. Um ein Haar wäre er in die Tiefe gestürzt, so jäh brach der Weg vor ihm ab. Jonas spähte nach unten: Senkrechte Wände fielen mehrere hundert Meter tief und auf dem Grund konnte Jonas ein Gewässer ausmachen, das von hier oben wie ein kleines Bächlein wirkte. In Wirklichkeit musste es aber wohl ein großer Fluss sein, der sich über viele Jahrtausende Millimeter für Millimeter in den Boden gegraben hatte, bis er schließlich diese imposante Schlucht geschaffen hatte. Jonas konnte ein Rauschen und Tosen hören und in der Ferne sah er, da die Nebel sich gegen Abend etwas gelichtet hatten, Gischt. Dort drüben stürzte sich der Fluss in einem gigantischen Wasserfall in die Schlucht.

Jonas rief sich seine Begegnung mit der Quelljungfer in Erinnerung: Der Eremit, den er suchte, lebte in einer Höhle im Canyon. Er legte sich flach auf den Bauch und robbte vorsichtig an die Abbruchkante heran. Sorgfältig musterte er die Wand unter sich und tatsächlich: Unter ihm musste eine Höhle im Fels sein. Der Pfad, den er gekommen war, hörte hier auch nicht einfach auf: Jonas konnte erkennen, dass er als Kletterpfad senkrecht die Wand hinabführte. „Wenigstens muss ich nicht auf die gegenüberliegende Seite, um den Eremit zu finden. Ob ich den Abstieg schaffe, weiß ich nicht. Eins ist mal klar: Ein Fehler beim Klettern und das war's. Einen Sturz aus dieser Höhe kann keiner überleben", dachte er sich. Jonas warf noch einmal einen Blick nach unten, um die Entfernung zur Höhle abzuschätzen. Dann sah er zum Himmel hinauf nach dem Stand der Sonne.

„Die Zeit bis zum Dunkelwerden sollte eigentlich reichen. Ich habe keine Lust, bis morgen zu warten. Wahrscheinlich könnte ich sowieso nicht schlafen vor lauter Angst vor der Kletterpartie. Es dann übermüdet zu versuchen, wäre noch gefährlicher. Also los, Jonas, auf geht's", sprach er sich selbst Mut zu.

Er drehte sich und begann mit den Füßen voran über die Kante zu rutschen. Etwas unterhalb hatte er einen schmalen, schräg nach unter führenden Sims im Gestein ausmachen können. Den versuchte er nun quasi blind mit den Füßen zu ertasten. Es gelang ihm und vorsichtig arbeitete er sich den Sims entlang in die Tiefe. Das ging nach einigen Schritten ganz gut. Jonas war froh, so einfach hatte er es sich nicht vorgestellt.

Doch, wie Jonas fand viel zu bald, endete der Sims. Jonas sah sich um. Einige aus der Wand hervorstehende, grob behauen wirkende Felsstücke, auf denen die Füße Halt finden konnten, und mehrere Vertiefungen für die Hände bildeten ab hier eine Art Leiter. Leichtsinniger Weise warf Jonas einen Blick nach unten und erschrak, in welch schwindelerregender Höhe er in der Wand hing.

Mit ein paar tiefen Atemzügen beruhigte er sich wieder. „Besser nicht runterschauen!" dachte er nur und begann sehr, sehr langsam und bedächtig weiter nach unten zu klettern.

Er kam langsamer voran, als er gedacht hatte, und das Licht schwand spürbar. „Wenn mich jetzt die Dunkelheit einholt, bin ich geliefert. Ohne das ich was sehe komme ich da nie runter, und eine ganze Nacht auf schmalen Trittsteinen stehen, halte ich sicher auch nicht durch. Warten wäre wohl doch besser gewesen: Verdammte Ungeduld!", schimpfte er sich selber.

Doch Jonas hatte Glück: Beim letzten Licht des Tages erreichte er den kleinen Felssims vor der Höhle. Der bildete eine Art Vorplatz. Hier konnte Jonas wieder ganz bequem und sicher stehen.

Auf dem Platz standen ein paar einfache Gerätschaften und aus dem Inneren der Höhle drang etwas Licht.

„Hallo?", rief Jonas, aber er bekam keine Antwort.

Also ging er einfach in die Höhle hinein. Eine kleine Fackel, die in einer Halterung an der Wand hing, beleuchtete den kleinen Raum, den er vorfand. Eine Kiste, ein wackeliges Regal und eine Matte bildeten die einzige Einrichtung. Auf der Matte saß der Eremit und betrachtete Jonas aufmerksam. Jonas war stehen geblieben. Er wusste eigentlich nicht so recht, wie er sich einen Eremiten vorgestellt hatte. So wie den Mann, der hier vor ihm saß, aber auf keinen Fall:

Der Eremit hatte verfilzte lange Haare, die hinter ihm auf der Matte liegend einen großen Knäuel bildeten. Wahrscheinlich reichten sie auch dann noch bis zum Boden, wenn er stand. Das Gesicht war fast völlig von einem wilden, ungezähmten und wirr in alle Richtungen stehenden Bart überwuchert. Die Fingernägel wanden sich bizarr verkrümmt und in einer Länge, wie Jonas es noch nie gesehen hatte. Bekleidet war der Mann nur mit einem löchrigen Schurz um die Lenden.

Er bedeutete Jonas, sich zu setzen. Da es außer der Matte weiter nichts gab, hockte er sich einfach auf den Boden. Der Eremit beugte sich ein klein wenig vor und drehte seinen Kopf ein wenig, wie um ihm ein Ohr zuzuwenden. Jonas verstand diese Geste als Aufforderung, sein Anliegen vorzubringen:

„Ich suche den Weg nach Ghom", begann er. „Mir wurde gesagt, dass du mir helfen kannst. Bitte gib mir den ersten Teil des Zauberspruchs, den ich brauche."

Noch immer sprach der Eremit kein Wort. Stattdessen musterte er Jonas wieder ausgiebig und winkte ihn dann zu sich. Jonas stand auf und ging zu dem Mann auf der Matte. Sanft berührte der Eremit Jonas an seinem verletzten Arm.

Jonas stieß einen entsetzlichen Schrei aus, als ein rasender Schmerz seinen Arm durchzuckte.

Außer sich vor Pein rannte Jonas aus der Höhle. Draußen war es stockdunkel geworden. Ungeachtet dessen begann Jonas, die Wand zu erklimmen. Blind tastete er nach den Trittsteinen und den Handlöchern. Tränen rannen über sein Gesicht, da der Schmerz nicht nachlassen wollte. Panik erfasste ihn immer wieder in Wellen, denn vage konnte er sich erinnern, dass es gefährlich war, im Dunkeln hinaufzuklettern. Keuchend und mit starkem Herzrasen erreichte er schließlich den Rand des Canyons. Ihm war auf einmal unglaublich heiß. Er zog sich sein Hemd aus und taumelte auf dem Pfad zurück in den Sumpf. Nur weg von hier. So weit, weit weg wie möglich von dem schrecklichen Eremiten und dem unerträglichen Schmerz.

Jonas wusste nicht, wie lange er dem Pfad im Dunkeln folgte, aber es fühlte sich an wie Stunden. Der Pfad hatte zu schimmern begonnen, sodass ihm Jonas gut folgen konnte. Er wunderte sich nicht darüber. Eine Flut wirrer Gedanken und Bilder rasten stattdessen durch seinen Kopf: Er sah Nina durch ihr Glasschloss irren und Suchtrupps ergebnislos auf die Burg seines Vaters zurückkehren. Vor allem aber sah er immer wieder Ghom, das Ziel seiner Reise, brennend und dem Untergang geweiht.

Da tauchte mit einem Mal eine Gestalt vor ihm auf dem Pfad auf. Als sie näherkam, erkannte Jonas Cassian.

Ohne Vorwarnung stieg mit einem Mal ein nie gekannter Hass in Jonas auf. Wie er diesen Menschen verabscheute: seine Ränkespiele, seinen Egoismus, seine Kaltschnäuzigkeit, mit der er Adelgard den Zwergen überlassen hätte. All das ging Jonas durch den Sinn, als er den Schmied so unverhofft vor sich erblickte. Seine Hand fuhr zum Schwert und er riss Gilreck heraus. Jetzt war Schluss damit! Er, Jonas, würde jetzt ein Ende machen mit diesem verschlagenen Lumpen. In ihm kochte eine Mischung aus Hass und Wut hoch, wie er es noch nie erlebt hatte, und ihm wurde noch heißer, als es ihm vorher schon gewesen war. Schäumend vor Zorn stürmte Jonas die letzten Meter, die ihn noch von Cassian trennten, vorwärts. Der stand nur da und sah Jonas fassungslos an. Er machte keine Anstalten zu fliehen oder sich zu wehren. Jetzt hatte Jonas ihn erreicht und ließ Gilreck auf den Schmied niedersausen.

Da regte sich plötzlich eine Stimme in ihm: „Nein, tue das nicht!", sprach sie – nicht sehr laut, aber dennoch klar und deutlich. In letzter Sekunde gab Jonas dem Schwert noch eine kleine Wende. Gilreck sauste um Haaresbreite an Cassian vorbei.

Urplötzlich löste der sich auf und der Pfad lag wieder leer und schimmernd vor ihm. Jonas taumelte weiter, ohne sich Gedanken über das seltsame Erlebnis zu machen.

Langsam war es wieder Tag geworden und neuer Nebel war aufgestiegen. Jonas konnte nur wenige Schritte weit sehen.

Plötzlich hörte er einen dumpfen Schlag, so als sei irgendetwas Großes und Schweres dort vorne auf dem Boden aufgeschlagen. Mit dem Schwert in der Hand ging er vorsichtig Schritt für Schritt vorwärts. Dann führte der Pfad um einen Felsen herum. Jonas bog um die Ecke und erstarrte: Vor ihm auf dem Weg hockte eine riesige Kakerlake. Sie hatte in etwa die Größe eines Schweines und starrte Jonas aus ihren Insektenaugen an.

Jonas bekam am ganzen Körper eine Gänsehaut, seit Herz begann zu rasen und ihm wurde übel. Kakerlaken! Ausgerechnet! Es gab nichts auf der Welt, das Jonas auch nur annähernd so widerwärtig fand wie diese Tiere. Der Ekel erfasste ihn in Wellen und er begann zu würgen. „Nichts wie weg hier!", dachte er sich.

Tatsächlich war er bereits einige Schritte zurückgewichen. Sein Körper hatte ganz automatisch und ohne sein Zutun reagiert. Nachdem Jonas wieder hinter dem Fels und so außer Sicht war, rannte er so schnell er konnte den Pfad zurück. Dabei sah er immer wieder über die Schulter, denn die Panik, die Kakerlake könnte ihm folgen, ließ ihn nicht los.

Die Landschaft, die ihn umgab, war mittlerweile im dichten Nebel so gut wie verschwunden.

Da nahm Jonas einen Schatten auf dem Weg war. Er ging langsam näher und war völlig überrascht, als mit einem Mal Nina vor ihm stand. „Wo willst du denn hin?", rief sie und ihre Stimme klang verzweifelt. „Du musst in die andere Richtung. Das hier ist der falsche Weg, so kommst du nie nach Ghom. Du darfst jetzt nicht aufgeben. Was soll denn dann aus mir werden?"

„Aber die Kakerlake da hinten! Hast du die gesehen? Die ist riesig! Wenn ich nur dran denke, schüttelt es mich vor lauter Ekel. Da gehe ich nicht noch mal lang, vergiss es!", antwortete Jonas.

Nina schluchzte laut auf und verschwand im Nebel. „Nina!", rief Jonas „Nina, komm doch zurück! Du musst das verstehen. Mich ekelt's so!" Doch Nina blieb verschwunden. Jonas starrte eine Weile in den Nebel. Dann zwang er sich umzudrehen und Schritt für Schritt zurückzugehen.

„Ich bin viel zu lange und zu weit gewandert und habe viel zu viele Mühen erduldet, um jetzt zu kneifen. Es ist nur ein Insekt, auch wenn es ziemlich groß ist", sprach er sich Mut zu.

Am Felsen blieb er noch einmal einen Moment stehen. Seine Beine wollten einfach nicht weiter. Schließlich gab er sich einen Ruck und bog um die Ecke.

Die Kakerlake lauerte noch immer auf dem Weg. Jonas zwang sich weiterzugehen. Gilreck hielt er in der Hand. Als er näherkam, konnte er sehen, wie die Kauwerkzeuge des Tieres arbeiteten. Plötzlich öffnete das Insekt seine Flügel und flog auf ihn zu. Reflexartig ließ sich Jonas fallen und die Kakerlake sauste über ihn hinweg, wobei sie ihn mit den Beinen streifte. Jonas sprang auf und fuhr herum. Das Insekt rannte auf ihn zu und war bereits bedrohlich nahe. Er stieß Gilreck nach vorne und trennte einen der Fühler ab. Das Tier blieb stehen.

Langsam ging Jonas rückwärts, in der Hoffnung, nicht verfolgt zu werden. „Vielleicht kann ich einfach verschwinden", dachte er. Er hatte Pech. In rasender Geschwindigkeit unternahm die Kakerlake einen neuen Vorstoß. Wieder wollte Jonas mit Gilreck zustoßen. Doch im Zurückweichen stolperte er über ein Grasbüschel und fiel hin. Schnell wie der Blitz war das Vieh über ihm. Jonas schrie auf, rammte sein Schwert in den Insektenbauch und schlitzte ihn auf. Eine schleimige, stinkende Flüssigkeit ergoss sich über ihn. Keuchend rollte sich Jonas zur Seite, damit das zusammenbrechende Tier nicht auf ihn fiel.

Er rappelte sich hoch, rannte ein paar Meter und erbrach sich heftig von Ekel geschüttelt .

Mühsam reinigte er sich mit dunklem Moorwasser von dem Schleim. Dann ging er weiter, intensiv bemüht, die Erinnerung an das gerade Erlebte zu verdrängen. Es gelang ihm nur mühsam. Immer wieder drängten sich Bilder von der Kakerlake in seinen Sinn. Noch immer wunderte er sich nicht über das Irreale, dass er gerade erlebt hatte.

Jonas stolperte weiter, ohne recht zu wissen, wohin er eigentlich wollte. Er folgte einfach dem Pfad vor ihm. Zusammenhanglose Gedankenfetzen zogen durch seinen Geist. Immer wenn er versuchte sie festzuhalten, lösten sie sich auf. Wo war er hier? Wohin wollte er? Was war in den letzten Stunden geschehen? Keine dieser Fragen konnte er beantworten. Sein Kopf war leer oder wie mit Watte gefüllt. Inzwischen hatte der ewige Nebel alle Konturen endgültig verschluckt, dazu war es auch noch totenstill. Die Welt war so leer wie sein Kopf. Es gab nur noch den nächsten Schritt, den nächsten Atemzug.

Dann begann sich der Nebel ein klein wenig zu lichten. Nicht weit entfernt konnte Jonas einen dunklen Streifen erkennen, vermutlich ein Waldsaum. Er hielt darauf zu, froh irgendeinen Anhaltspunkt in diesem grauen Nichts zu haben. Als er den Waldrand erreicht hatte, folgte er einem schmalen Trampelpfad, der hineinführte.

Er war noch nicht weit gewandert, als er mit einem Male einen Gesang hörte. Leise zwar noch, so als sei die Quelle des Geräusches noch weit entfernt, aber dennoch klar und deutlich. Er folgte dem Klang auf eine Lichtung.

In ihrer Mitte saß auf einem Baumstumpf eine atemberaubend schöne junge Frau. Sie war klein und zierlich, mit milchkaffeefarbener Haut und langem schwarzem Haar. Das Bezauberndste aber waren ihre dunklen Augen, in denen Jonas zu versinken glaubte. Als sie Jonas erblickte, verstummte die Frau einen Moment und betrachtete ihn neugierig. Dann sprach sie ihn an: „Ich bin Aurela. Das ist aber schön, Jonas, dass du endlich kommst. Ich warte schon so lange auf dich!" Etwas vorwurfsvoll fügte sie noch hinzu: „Fast hätte ich es aufgegeben. Ich bin es nicht gewohnt, dass Männer mich warten lassen." Mit einem verführerischen Lächeln erhob sich Aurela, nahm Jonas an der Hand und ging zielstrebig tiefer in den Wald. Fasziniert folgte Jonas ihr willenlos und ohne Fragen zu stellen.

„Komm!", lockte Aurela, „ich habe ein wunderschönes Haus tief drin im Wald. Da können wir es uns schön machen. Niemand wird uns da stören und wir werden nur einander gehören." Jonas nickte hingerissen.

Kurz darauf erreichten sie einen Hang. Auf halber Höhe öffnete sich in ihm eine Höhle. Sie war nicht tief, es war fast mehr ein Felsüberhang als eine richtige Höhle. Aber es gab einen Tisch mit zwei Stühlen und ein breites Bett, auf das Aurela sich sogleich setzte. „Komm hier neben mich", forderte sie Jonas auf. Der tat wie ihm geheißen. Aurela sah ihm tief in die Augen und begann, sanft seinen Arm zu streicheln. Dabei zupfte sie versonnen ein wenig an seinen Haaren. Jonas' Herz hatte zu rasen begonnen. Gefangen von ihrem Zauber, versank Jonas tiefer und tiefer in Aurelas Anblick.

„Du hast eine lange Reise hinter dir. Du wirst Hunger und Durst haben. Da auf dem Tisch ist reichlich. Bediene dich!", sagte Aurela. Jonas stand auf und ging hinüber. Da stand ein Krug frisches Quellwasser. Brot, Käse und kaltes Fleisch gleich daneben. Sein Magen begann zu knurren. Wann hatte er eigentlich das letzte Mal etwas gegessen und getrunken? Er wusste es nicht mehr. Jonas setzte sich und wollte gerade zugreifen, als er auf einmal Jadas Stimme in seinem Kopf hörte:

„Die Feen haben Tore errichtet, durch die sie von ihrer in unsere Welt gelangen können. Menschen gelangen nur durch Zufall ins Feenreich oder werden gelegentlich dorthin gelockt. Gerät man ins Feenreich, muss man sehr vorsichtig sein. Wer etwas isst oder trinkt, bleibt für immer dort und vergisst seine eigene Welt.

Jonas hielt plötzlich inne. Das kam ihm so bekannt vor. Hatte Jada das wirklich mal zu ihm gesagt? Aber wann? Ja klar doch! Das war gewesen, als sie ihm von Ava und Helin erzählt hatte.

Da fiel es ihm wie Schuppen von den Augen: Genauso wie Aurela aussah, hatte Jada ihm auch Ava beschrieben. Aurela war eine Fee, kein Zweifel.

Ohne zu zögern sprang Jonas auf. „Nichts wie weg hier. Wenn ich auch nur einen Bissen esse, kann ich nie wieder in meine Welt zurück, und wenn ich zu lange bleibe, sind meine Freunde und Nina bei meiner Rückkehr bereits tot."

Er lief hastig den Hügel hinab und achtete nicht auf die Fee, die ihm nachrief und jammerte, er solle doch bei ihr bleiben und sie nicht verlassen. Am Fuße des Hügels sah er sich noch einmal um. Die Höhle war leer, von Aurela keine Spur mehr.

Immer noch hatte Jonas das Gefühl, innerlich zu kochen. Dazu machte sich Erschöpfung in ihm breit. Jonas wurde immer langsamer. Mühsam taumelte er Schritt für Schritt vorwärts auf einen Baum zu, unter dem er schließlich in sich zusammensackte. „Was mache ich bloß hier?", dachte er mit einem Mal und es schien ihm der erste klare Gedanke seit Langem. „Ich muss zurück zum Eremiten. Ich brauche den Zauberspruch von ihm. Warum bin ich nur weggelaufen?", ging es ihm durch den Kopf. Dann wurde es schwarz um ihn herum und er wusste von nichts mehr.

Jonas erwachte. Sein Körper fühlte sich zentnerschwer an. Langsam fielen ihm seine letzten Erlebnisse seit seiner Flucht vor dem Eremiten wieder ein. Er musste unbedingt wieder zurück, sonst gab es für ihn keinen Weg nach Ghom! Nur mit größter Anstrengung gelang es ihm, die Augen zu öffnen.

Er lag auf dem Rücken und über ihm wölbte sich eine Felsdecke. Jonas drehte den Kopf und sah sich verwirrt um: Er erspähte eine alte Kiste und ein Regal. Er lag auf einer Matte. Alles sah aus wie in der Höhle des Eremiten. Aber wie konnte das sein? Er war doch weggerannt, mitten in der Nacht, zurück in den Sumpf ...

Sein verletzter Arm hatte entsetzlich zu jucken begonnen. Außerdem war er verbunden wie Jonas erstaunt feststellte. und um seinen Hals trug er auf einmal das Amulett mit dem Achat.

Er versuchte sich aufzusetzen und mit einer gehörigen Anstrengung gelang ihm das auch. Ihm war etwas schwindlig, doch das legte sich nach einer Weile. Jetzt sah er auch den Eremiten, der ihm in einiger Entfernung gegenübersaß.

„Wie bin ich hierher zurückgekommen? Das Letzte, an das ich mich erinnern kann ist, dass ich unter einem Baum ohnmächtig geworden bin."

„Du bist nie weg gewesen!", antwortete der Einsiedler mit einer leisen Stimme, der man anhörte, dass sie lange nicht mehr benutzt worden war.

„Alles, was du erlebt zu haben glaubst, nachdem ich dich berührt hatte, waren nur Ausgeburten deines Fieberwahns. Deine Wunden am Arm hatten sich stark entzündet. Es hat nicht viel gefehlt und du wärst gestorben. Doch jetzt heilt dein Arm."

„Ich war nie weg? Ich habe das alles nur geträumt?", murmelte Jonas und sinnierte vor sich hin. Erst jetzt fielen ihm die ganzen Ungereimtheiten in seinen Erlebnissen auf: Cassian war einfach so aufgetaucht und verschwunden, wo sollte denn Nina auf einmal so plötzlich herkommen und dann die riesige Kakerlake.

Jonas schüttelte über sich selbst den Kopf. Er hatte sich bei all dem nie gewundert.

Er wandte sich an den Mann vor ihm: „Du wirst mir eine Aufgabe stellen, richtig? Damit ich den ersten Teil meines Zauberspruches bekomme. Was ist es, sag´s mir"

„Ich brauche dir keine Aufgabe mehr zu stellen. In deinen Fieberträumen bist du dem Abgrund in dir selbst begegnet. Für dich mag es nur ein Traumgespinst gewesen sein, doch für deine Seele war es Wirklichkeit. Die Prüfung hast du bestanden, weil du nicht vom Weg abgekommen bist. Du bist den dunklen Kräften in dir nicht erlegen: Du hast den Mann, den du hasst, nicht erschlagen. Du hast den Ekel in dir besiegt und bist der Verlockung nicht erlegen."

Der Eremit lächelte und fuhr fort: „So hast du deinen Charakter unter Beweis gestellt. Ich werde dir nun den ersten Teil deines Spruches sagen. Gib gut Acht, denn ich werde ihn nicht wiederholen. Sprich mir jedes Wort nach, damit es sich einprägt:

Machim merr valdar achtun
l´awar ertet wortok bismar

Jonas hatte dem Eremit aufmerksam zugehört. Um ganz sicher zu gehen, dass er die Worte nicht vergessen würde, wiederholte er sie wieder und wieder, stundenlang, bis er sie sich unauslöschlich eingeprägt hatte.

Mit dem Einverständnis des Eremiten blieb Jonas noch zwei Tage in der Höhle, um sich von dem Fieber zu erholen. Dann brach er auf. Er hatte mit seinen Freunden einen Treffpunkt vereinbart, zu dem er nach der Begegnung mit der Quelljungfer kommen sollte. Sie würden wahrscheinlich schon voller Ungeduld auf ihn warten, denn er war nun schon eine ganze Weile überfällig. Sein Aufenthalt an der Quelle und anschließend in den Sümpfen hatte viel länger gedauert, als sie bei ihrer Trennung vermutet hatten. Jonas würde einen weiteren Tag brauchen, um zu dem vereinbarten Ort zu gelangen.

Auf seinem Weg schritt er erneut durch eine Nebelwand und spürte, dass er damit in seine eigene Welt zurückgekehrt war.

Als Jonas seine Gefährten endlich erreichte, waren sie in heller Aufregung: „Wo warst du denn so lange, um Himmels willen! Wir haben uns schreckliche Sorgen gemacht!", empfing ihn Jada.

Alle scharten sich neugierig um ihn und drängten ihn zu erzählen. Jonas war noch ziemlich erschöpft von den Erlebnissen des Fieberwahns. Zum Glück heilte seine Wunde nun erstaunlich schnell. Trotz seiner Müdigkeit berichtete er seinen Freunden ausführlich, was er seit ihrer Trennung erlebt hatte. Er ließ sie ebenfalls den Beginn des Zauberspruches auswendig lernen. „So ist es am sichersten. Mindestens einer von uns wird ihn behalten", meinte er.

„Zeig mir noch einmal die Amulette, die du bekommen hast", forderte Konrad Jonas auf.

Ausgiebig studierte Konrad die Talismane. Schließlich sah er zu Jonas: „Der Lamtan ist ein kluger Mann. Helfen darf er dir nicht, aber natürlich steht es ihm frei, dich zu beschenken. Gut, dass du den Achat hattest, als sich deine Wunden entzündeten. Drei Aufgaben und drei Amulette." Konrad lachte vergnügt.

„Wer sind denn die Steinmenschen und was erwartet mich bei ihnen und wozu könnten die anderen zwei Amulette gut sein?", fragte Jonas neugierig. Konrad sah verlegen zu Boden.

„Als du an unserem letzten Abend im Zeltlager schon eingeschlafen warst, sind wir noch zum Lamtan gegangen, um uns für die Gastfreundschaft zu bedanken und uns zu verabschieden. Da hat er uns noch einmal eingeschärft, dass wir dich zwar begleiten, dir aber nicht helfen dürfen! Sonst bleibt dir der Weg nach Ghom verschlossen. Ich glaube, es ist besser, wenn ich deine Fragen nicht beantworte, auch wenn ich weiß, dass es dadurch schwerer für dich wird."

Da es schon spät geworden war, schlugen sie ihr Lager für die Nacht auf. Die Khun hatten sich großzügig gezeigt und ihnen ein paar Pferde und zwei Zelte geschenkt. So war das Wandern weniger beschwerlich und die Nächte ein klein wenig komfortabler geworden. Als die Zelte standen, kroch Jonas sogleich in eins hinein. Er war hundemüde, sein Wundfieber hatte ihn geschwächt und er war noch nicht ganz der Alte.

Gerade als er einschlafen wollte, sah er zwei dunkle Schatten, die sich direkt vor dem Zelt niederließen. Dann hörte er ihre Stimmen: „Wozu sind die anderen Steine in Jonas' Amuletten? Ich kenne mich nicht so aus mit Steinen und würde es gerne wissen", fragte Jada ungewöhnlich laut.

„Nun", antwortete Konrad in derselben Lautstärke: „Der Saphir ist der Stein der Weisheit, Treue, Klugheit und Vernunft. Der andere ist ein schwarzer Onyx. Er schützt vor schwarzer Magie. Aber lass uns jetzt schlafen gehen. Morgen wird sicher ein langer Tag." Die beiden standen auf und gingen davon.

Jonas hüllte sich schmunzelnd fester in seine Decken. Jetzt wusste er also, wozu die Steine gut waren. Dass er gelauscht hatte, war ja nicht Konrads und Jadas Schuld. Keiner konnte ihnen vorwerfen, ihm geholfen zu haben.

„Konrad ist ein schlauer Fuchs. Diese kleine Finte war sicher seine Idee", dachte er noch, bevor er in einen tiefen Schlaf fiel.

Am nächsten Morgen brachen die sechs Abenteurer früh auf und erreichten nach wenigen Meilen ein Wäldchen am Rande der Steppe. Hier begann das Land sanft anzusteigen. Sattes Grün verkündete das Ende der trockenen Ebene. In der Ferne waren die Gipfel des großen Gebirges zu sehen. Der Schnee auf den höchsten Gipfeln leuchtete in der Sonne.

„Dieser Pfad da führt zu den Steinmenschen. Geh, wir werden hier auf dich warten. Begleiten dürfen wir dich ja nicht", wies Konrad Jonas an.

Jonas folgte dem Weg und kam bald zu einer kleinen Lichtung.

In ihrer Mitte erhob sich eine gewaltige, uralte Eiche. Ihr knorriger Stamm erhob sich fast dreißig Meter in die Höhe und es hätte eine Vielzahl von Männern gebraucht, um den gewaltigen Stamm zu umfassen. Mit ihrer mächtigen Krone war sie eine imposante Erscheinung. An den Rändern der Lichtung standen die steinernen Menschen. Die Statuen waren doppelt mannshoch und sie standen in regelmäßigen Abständen in einem perfekten Kreis. Der Ort strahlte eine heitere Ruhe aus und war erfüllt von einer sanften, beständigen Kraft.

Jonas ging zur Mitte der Lichtung und setzte sich, an den Stamm gelehnt, ins Gras. Er genoss diese Ruhe. So still und friedlich war es hier. Eine Wohltat nach der beklemmenden Atmosphäre beim dunklen Fährmann, der Quelljungfer und den nebligen Sümpfen von Erath. Er sog die Energie dieses Platzes förmlich in sich ein und spürte, wie wohl sie ihm tat.

Doch nach einer Weile wurde er unruhig. So schön es hier auch war, es erschien niemand, der ihm eine Aufgabe stellte oder den zweiten Teil des Spruches verriet.

Jonas erhob sich und sah sich um. Er konnte nichts entdecken, was ihm irgendwie weitergeholfen hätte. Jonas ging zu einer der Figuren. Sie stellte einen sitzenden Mann dar, der mit gelöstem Lächeln ins Nichts schaute. Die nächste Figur war eine Frau. Auch sie sah mit gelassenem Gesichtsausdruck und einem seligen Lächeln in die Unendlichkeit.

Jonas ging noch ein wenig umher und stellte fest, dass sich männliche und weibliche Figuren stets abwechselten. Die Skulpturen waren von perfekter Schönheit und Eleganz. Obwohl aus Stein, wirkten sie leicht und filigran. Jonas bewunderte die Steinmetze, die diese Schönheit geschaffen hatten. Er spürte, dass diese Steinmenschen für die besondere Aura auf der Lichtung verantwortlich waren. Aber wie war das möglich? Es waren nur Statuen aus Stein!

Versonnen berührte er eine von ihnen und zog erschrocken die Hand zurück. Sie fühlte sich so warm an wie ein lebendes Wesen. Das musste eine Täuschung sein. „Wahrscheinlich kommt das durch die Sonne", dachte Jonas. „Dort drüben stehen einige von ihnen im Schatten. Die fühlen sich mit Sicherheit kalt an." Er ging zu der Stelle hinüber und legte seine Hand auf den Oberschenkel einer Steinfrau. Warm! Genauso warm wie seine Hand.

Außerdem hatte Jonas eine eigenartige Kraft gespürt, die von ihr ausging. Nun war er sich sicher: Bei den Steinmenschen musste es sich um lebende Wesen handeln.

Doch wie konnte er mit ihnen in Kontakt treten?

Von einer der Figuren fühlte sich Jonas besonders angezogen. Es war die Statue des sitzenden Mannes. Er ging zu ihr und sprach sie an. Keine Reaktion. Er klopfte gegen das Knie: erst etwas zaghaft, dann fester und fester. Nichts. So kam er nicht weiter.

Auf einmal fielen ihm die Worte Konrads wieder ein: „Drei Aufgaben, drei Amulette. Der Saphir ist der Stein der Weisheit", erinnerte er sich an seine Worte.

„Weisheit wäre jetzt bestimmt das Richtige", überlegte Jonas.

Er suchte in seiner Jackentasche und holte das Amulett mit dem Saphir hervor, um es sich umzulegen.

Doch plötzlich hielt er in der Bewegung inne. Einer Eingebung folgend, kletterte er auf die Statue und hängte der Steinskulptur den Talisman um den Hals.

Wieder am Boden beobachtete Jonas gebannt, was geschah: Wie in Wellen wich der Stein langsam echter Haut. Dazu erklang ein feines Knistern. Jonas sah sich um und bemerkte, dass die Veränderung bei allen Figuren gleichzeitig vonstatten ging.

Der riesige Mann, der nun vor Jonas saß, lächelte freundlich auf ihn herab. „Wer bist du?", fragte Jonas neugierig. Der Mann begann zu sprechen: „Willkommen bei den Hütern des heiligen Feuers von Gront, fremder Wanderer. Ich bin Rago, der Erste der Hüter. Was suchst du und warum bittest du uns um Hilfe?"

Wieder erzählte Jonas seine Geschichte. Diesmal ganz ohne Widerwillen. Die sanfte Atmosphäre des Ortes und das freundliche Lächeln Ragos machten Ärger, Ungeduld oder Unmut ganz und gar unmöglich. So kam es, dass Jonas gegen seine Gewohnheit ausführlich von seinen Erlebnissen berichtete. Die Sonne war ein gutes Stück gewandert, als er schließlich fertig war.

„Du hast einen edlen Grund, um nach Ghom zu gehen. Am heiligen Feuer von Gront wirst du finden, was du benötigst", sprach Rago zu Jonas. „Was ist denn dieses heilige Feuer?", fragte Jonas neugierig. Rago war erstaunt: „Das weißt du nicht? Dann werde ich dir jetzt eine Geschichte erzählen." Und so begann Rago mit der ...

Geschichte des heiligen Feuers von Gront

„Die Welt war noch jung und die vier Völker – Riesen, Zwerge, Menschen und Feen – waren gerade erst erwacht. Sie führten einen harten Überlebenskampf inmitten einer schonungslosen, abweisenden Natur. Auch hatten sie keine Kenntnis über die untere und die obere Welt.

Da beschlossen die Götter, sich zu offenbaren: Eines Nachts warfen sie ein großes Feuer vom Himmel! Hell brannte es tagelang und verwüstete, was es umgab.

Alle versteckten sich voller Angst. Doch schließlich fasten sie sich ein Herz: Die vier mutigsten, einer aus jedem Volk, näherten sich dem Brand. Sie gingen so nahe heran wie nur möglich. Die Hitze war gewaltig und versengte ihnen die Haare und die Kleider. Doch sie gaben nicht auf und trotzten dem Feuer. Da offenbarten sich die Götter und sprachen zu ihnen. Sie lehrten sie den Gebrauch von Werkzeugen, unterwiesen sie in der Jagd und zeigten ihnen, wie man eine Behausung baut. Vor allem aber brachten die Götter ihnen bei, das Feuer zu beherrschen.

Nun wurde das Leben leichter für die vier Völker und eine glückliche Zeit brach an. Das göttliche Feuer aber brannte weiter und weiter und wer immer einen Rat brauchte, fand ihn hier. Der Platz, an dem die Flammen loderten, wurde für alle ein heiliger Ort. Die Götter aber verfügten, dass Frieden herrschen müsse am heiligen Feuer. Lange blieb dieser Ort bestehen und oft wurde an ihm auch über Frieden verhandelt: Denn es gab zahlreiche Kriege zwischen den Völkern und auch zwischen verschiedenen Stämmen eines Volkes.

Doch schließlich geschah das Ungeheuerliche: Eine Hungersnot war über Land gegangen und eines Tages waren alle Vorräte verbraucht. Nur ein Bauernjunge hatte einen kleinen Sack voll Saatweizen bewahrt. Dieser eine Sack wurde zum Symbol der Hoffnung für alle. Ausgesät würde er neue Nahrung und neues Leben bedeuten.

Der Junge wollte den Weizen unter allen vier Völkern teilen, *damit sie alle eine Chance auf ein Überleben hätten. Doch jedes Volk wollte den ganzen Sack für sich alleine, denn groß war bei allen die Angst, die Ernte könne nicht reichen und der Hunger würde nicht enden. Ihre Könige schickten Krieger los, um dem Kind den Sack abzunehmen. Der Knabe floh zum heiligen Feuer. Hier, so glaubte er, wäre er sicher und könnte die Saat unter allen verteilen. Stattdessen aber gerieten die Kämpfer am Feuer miteinander in Streit, denn keiner wollte den anderen etwas abgeben. Da begannen sie zu kämpfen und am Abend des Tages lagen fast alle erschlagen dort. Nur jeweils einer von jeder Gruppe war noch übrig. Entsetzt über ihren Frevel warfen sie ihre Waffen fort.*

Der Junge war im Getümmel geflohen, doch er hatte vier kleine Säckchen mit Weizen zurückgelassen. Jeder der vier nahm sich einen und kehrte nach Hause zurück.

In der folgenden Nacht trafen sich die Götter und hielten Rat. Agur, der Gott des Feuers sprach: „Unsere Kinder haben den heiligen Ort, den wir geschaffen hatten, entweiht. Was sollen wir mit ihnen tun?" Ramm, der Gott des Krieges, schlug vor: „Lasst sie uns in einem großen Feldzug vernichten, denn sie sind unser nicht würdig." Wor, der Gott der Güte, entgegnete: „Wir wollen besser warten, bis sie selbst zur Vernunft kommen. Sie sind noch jung und müssen erst lernen, sich zu beherrschen." Zwischen den Göttern begann ein großer Disput, denn jeder der beiden Vorschläge fand Anhänger.

Letztlich war es Nara, die Göttin der Weisheit, die die Lösung brachte: „Wir werden das Feuer an einen sicheren Ort bringen und Hüter einsetzen, die es beschützen. Bis die vier Völker weise geworden sind, werden sie entscheiden, wer zum Feuer darf und wer nicht."

Dieser Vorschlag fand Zustimmung bei allen Göttern. Sie brachten das Feuer auf den Felsen Gront und schufen den geflügelten Gorgora, der jeden, den die Hüter für würdig befinden, auf den Felsen hinaufbringt. Dann schufen sie die Hüter.

„Viele Jahrtausende werden die Hüter ihren Dienst tun müssen. Wir wollen sie deshalb aus Granit erschaffen, der der Zeit den meisten Widerstand entgegenzusetzen vermag. Wer

die Hüter erwecken kann, wird zum heiligen Feuer vorgelassen", entschied Nuram, der Gott der Steinmetze. So geschah es und so verrichten wir seit alter Zeit unseren Dienst."

„Nun kennst du die Geschichte des Feuers von Gront.
Gorgora wird dich hinaufbringen. Beim Feuer wirst du Hilfe finden",
sprach Rago zu Jonas und sah ihn dabei freundlich an, bückte sich
hinunter und hob Jonas auf. Sanft legte er ihm eine seiner großen Hände
über die Augen.
„Ich werde dich jetzt zum Felsen bringen. Der Weg dorthin ist geheim,
deshalb muss ich dich tragen und dir die Augen zuhalten. Dort oben
betrittst du einen heiligen Ort. Sei dir dessen bewusst. Von jetzt an darfst
du nicht mehr sprechen, bis du das Feuer erreicht hast, sonst wird dir
der Einlass verwehrt. Eine zweite Gelegenheit wirst du nicht
bekommen."

Rago ging los. Am Anfang versuchte Jonas noch die Orientierung zu
behalten und sich zu merken, in welche Richtung sie gingen. Doch bald
gab er es auf. Zu verschlungen war der Weg und Rago wechselte ständig
die Richtung.
Stattdessen lauschte er nun den Geräuschen seiner Umgebung: Da war
der Wind, der sanft über seine Ohren strich, das Klopfen eines Spechtes,
das Zwitschern der Vögel, das Rascheln der Blätter und das Knicken
kleiner Äste unter Ragos Füßen. Aber lange konnte er mit seiner
Aufmerksamkeit nicht bei diesen Klängen bleiben. Sein ruheloser Geist
begann abzuschweifen und sich die nächste Beschäftigung zu suchen: All
die Stationen und Etappen seiner Reise zogen in rascher Bilderfolge an
ihm vorbei.
Dann wendete er sich der Geschichte des heiligen Feuers zu. Bisher hatte
er sich nie um all die Götter, die überall im Land verehrt wurden,
gekümmert. Er wusste so gut wie nichts über sie. „Ich weiß über
ziemlich vieles so gut wie nichts", dachte er.
Sein Leben auf dem Gut seines Vaters war behütet gewesen, aber auch
fern von der ihn umgebenden Welt.
Rago hatte ihn ermahnt, sich bewusst zu sein, dass er einen heiligen Ort
betreten würde. Aber wie verhielt man sich angemessen an so einem
Ort? Jonas hätte seinem Begleiter gerne viele Fragen gestellt. Aber leider
war es ihm ja nun verboten zu sprechen.
Dann, wie Jonas fand nach einer Ewigkeit, blieb Rago stehen. „Ich nehme
jetzt meine Hand von deinen Augen. Aber vergiss nicht, dass du
schweigen musst, bis du am Feuer bist."
Jonas öffnete vorsichtig seine Augen, die er die ganze Zeit geschlossen

hatte, und blinzelte in den hellen Sonnenschein. Dann, als sich seine Augen wieder an das Licht gewöhnt hatten, sah er sich um: Vor ihm stieg senkrecht ein gewaltiger schwarzgrauer Felsen empor. Der Felsen von Gront war aus Basalt. Das letzte Überbleibsel eines lange vergangenen Vulkanausbruchs. Viele Meter lange, sechseckige Säulen bündelten sich und stiegen übereinandergestapelt hoch in den Himmel auf. Da die Grundfläche des Felsens klein, seine Höhe aber beachtlich war, wirkte Gront selbst wie eine riesige Säule. Der Basalt war vollkommen glatt und bot Hand und Fuß keinerlei Halt. Hier hinaufzusteigen war völlig unmöglich, dass sah Jonas mit einem Blick.

An einer Stelle war ganz unten an der Säule ein großes Loch, wie der Eingang einer Höhle. Dorthin ging Rago nun und verschwand darin. Kurz darauf kam er wieder hinaus, etwas an einer Leine führend, das ihm nur widerwillig ins Licht zu folgen schien. Jetzt trat es aus dem Schatten heraus und Jonas staunte nicht schlecht, als er einen Adler, größer noch als Rago, erblickte. Doch was war das? Plötzlich war dort gar kein Adler mehr, sondern eine Fledermaus, ebenso groß wie vorhin der Adler. Rago und das Wesen kamen näher. Auf der kurzen Strecke, die sie von Jonas trennte, verwandelte sich die Fledermaus in eine Libelle, diese in einen Schmetterling und schließlich in eine Taube. Als sie Jonas erreichten, begann mit dem Adler der Zyklus von Neuem. Gorgora war ein Vielgestalt. Diese äußerst seltenen Wesen wechseln ständig ihre Gestalt und können in keiner lange verweilen. Jonas hatte in alten Sagen von ihnen gehört, aber nicht wirklich geglaubt, dass es sie gab.

„Gorgora wird dich nun auf das Plateau bringen. Steig auf den kleinen Fels dort drüben, dann kannst du bequem aufsteigen. Sei vorsichtig, dass du nicht runterfällst!"

Kaum war Jonas aufgestiegen, da breitete Gorgora auch schon seine Flügel aus und flog in einer immer enger werdenden Spirale den Fels umkreisend in die Höhe. Ragos Warnung war nicht ohne Grund erfolgt: Während sich Jonas im Adlergefieder noch problemlos halten konnte, wurde es beim kurzen Fledermaushaar schon schwieriger. Richtig tückisch aber war die glatte Chitinhaut der Libelle. Jonas kam ins Rutschen und wäre beinahe in die Tiefe gestürzt.

Nach kurzem Flug landete Gorgora auf der Hochfläche von Gront. Auch hier gab es einen geeigneten Felsen, mit dessen Hilfe Jonas bequem hätte absteigen können.

Doch leider machte die Vielgestalt keinerlei Anstalten dorthin zu gehen. Jonas blieb nichts anderes übrig, als so weit es ging an Gorgora hinunterzuklettern, um dann das letzte Stück einfach zu springen. Er wartete, bis die Verwandlungsreihe beim Adler angekommen war, und machte sich so schnell es ging auf den Weg. Spätestens bei der Libelle würde es keinen Halt mehr geben, das war Jonas klar. Als es so weit war, hatte Jonas den Boden schon fast erreicht. Beherzt sprang er ab und landete sicher auf seinen Füßen.

Er sah sich um und bemerkte in einiger Entfernung einen Tempel, dessen kolossales Portal langsam aufschwang. Die Flügeltore gaben den Blick frei auf einen ausgedehnten Innenraum. Zahlreiche Fresken schmückten die Decke. Sie zeigten wohl Szenen aus der Geschichte, die ihm Rago erzählt hatte. So war im Zentrum der Decke ein Gemälde zu sehen, dass einen Jungen mit einem Getreidesack und zahlreiche erschlagene Soldaten zeigte. Die turmhohen Säulen, die die Decke trugen, waren Statuen zahlreicher Gottheiten. Das Gebäude leuchtete weiß in der Sonne und bildete einen starken Kontrast zu dem schwarzen Basalt.

In der Mitte des Raumes stand auf einer halbhohen Säule eine goldene Schale. In ihr loderte ein gewaltiges Feuer. Der Anblick war überwältigend und Jonas verlangsamte seinen Schritt, um ihn gebührend auf sich wirken zu lassen.

Jetzt hatten sich die Tore ganz geöffnet und Jonas bemerkte, dass sie sich einen Augenblick später bereits wieder ganz langsam zu schließen begannen. Er hatte also nicht ewig Zeit, sein Anliegen vorzutragen.

Jonas beschleunigte seinen Schritt.

Da hörte er mit einem Mal Rufe vom Abgrund links von ihm. Er horchte: Ja, da rief jemand eindeutig um Hilfe. Was sollte er jetzt tun? „Am besten, ich gehe zum Feuer und sehe dann nach. Aber wenn es eilig ist?" Die Gedanken überschlugen sich in seinem Kopf. „Hilfe, schnell, bitte, ich kann mich nicht mehr lange halten!", drang es nun an sein Ohr. Beinahe hätte Jonas laut geflucht. Erst im letzten Moment konnte er sich bremsen. Er durfte auf keinen Fall sprechen und überhaupt: Ein Fluch an einem heiligen Ort war wohl kaum das Richtige, um das Wohlwollen der Götter zu erregen.

Er rannte zum Rand des Plateaus und spähte hinab. Nur ein wenig unter ihm lag auf einer kleinen schräg stehenden Basaltsäule ein Zwerg! Er hielt sich mit einer Hand mühsam fest, die Finger in eine Spalte im Fels gekrallt. Seine Beine baumelten in der Luft. In dem Moment, in dem ihn die Kraft in seinen Fingern verlassen würde, wäre ein Sturz nicht mehr zu verhindern. Dieser Moment schien nicht mehr fern, denn der Zwerg sah in flehentlich an: „Bitte, ich kann nicht mehr, hol mich rauf!"

„Ein Zwerg", dachte Jonas nur, „ausgerechnet ein Zwerg!" Dann legte er sich flach auf den Bauch und griff den Zwerg mit beiden Händen an seiner Jacke. Unter Keuchen und Ächzen zog er ihn Millimeter für Millimeter weiter auf die Säule. Als seine Beine wieder Boden unter sich hatten, gelang es dem Zwerg mitzuhelfen und schließlich konnte Jonas ihn zu sich emporziehen. Der Zwerg war gerettet.

In diesem Moment hörte Jonas kurz hintereinander zwei tiefe volle Töne, wie von ungeheuren bronzenen Glocken. Er fuhr herum und starrte auf den Tempel: Die Tore waren zugeschlagen!

„Nein!", schrie er laut und rannte zum Heiligtum. Er hatte vollkommen vergessen, dass er noch nicht sprechen durfte. Jonas schlug mit den Fäusten gegen die Portale, er rief laut und bettelte um Einlass. Er versuchte verzweifelt, einen Spalt zwischen den beiden Torhälften zu finden, um seine Finger hineinzuschieben, damit er das Tor öffnen konnte. Alles vergeblich. Die Tempeltore rührten sich keinen Millimeter.

Jonas sackte auf die Knie. „Aus und vorbei", schoss es ihm durch den Kopf. „Das ist das Ende. Jetzt werde ich nie nach Ghom kommen. Ich bin gescheitert. Wie enttäuscht und verzweifelt Nina sein wird, wenn sie das erfährt, und alles nur, um einen Zwerg zu retten!"

Nach einer Weile erhob sich Jonas und ging zu dem Geretteten. Er lag gegen einen kleinen Fels gestützt und ruhte sich aus, sah Jonas jetzt ernst an und sagte schließlich: „Du hast mir wohl das Leben gerettet. Danke! Ich bin von Gorgora abgerutscht und runtergefallen. Ich kann von Glück sagen, dass ich noch auf diesem Vorsprung gelandet bin." Jonas nickte nur und setzte sich auf den Felsboden. Er war kalt und klamm. Es war ihm egal.

Der Zwerg sah an Jonas vorbei zum Tempel. „Hast du es noch rechtzeitig ...?" Jonas schüttelte nur den Kopf. „Das tut mir leid. War ja wohl meinetwegen." Jonas zuckte mit den Achseln.

Er hatte keine Lust, sich mit dem Zwerg zu unterhalten. Er wollte in Ruhe gelassen werden. Dumpf vor sich hin brütend saß Jonas da. Gorgora wurde unruhig. Je nach Gestalt gab er die verschiedensten Laute von sich und scharrte mit den Füßen. Jonas ignorierte ihn. Sollte er doch davonfliegen, was machte das jetzt noch?

„Ich heiße übrigens Algrim", unternahm der Zwerg noch einen Versuch.

„Jonas", murmelte Jonas und schwieg wieder beharrlich.

„Ich glaube, wir sollten zu Gorgora gehen. Wenn er einfach davonfliegt, sitzen wir fest."

Jonas rührte sich nicht.

Algrim verdrehte genervt die Augen: „O.K.", dachte er, „die Tore sind zu. Davon geht doch die Welt nicht unter. Wie kann man sich denn da so hängen lassen?"

Er überlegte, wie er seinen Retter aus seiner Lethargie reißen könnte. Da bog mit einem Mal Rago um die Ecke und setzte sich neben Jonas. Der reckte sein Kinn in Richtung Tempel. „Zu! Ich war zu langsam!", sagte er und blickte Rago hoffnungsvoll an. „Kannst du nicht noch mal aufmachen?"

„Nein, du hattest nur einen Versuch."

Jonas stützte die Ellbogen auf die Knie und verbarg sein Gesicht in den Händen. „Ich glaube, du hast mir nicht sehr aufmerksam zugehört, als ich dir die Geschichte vom heiligen Feuer erzählt habe. Es war von alters her ein Ort des Friedens zwischen den Völkern. Diesen Frieden achtend, hast du Algrim gerettet!", sagte Rago und senkte seine Stimme, damit der Zwerg ihn nicht verstand. „Ich habe deine Geschichte aufmerksam verfolgt und daher weiß ich sehr wohl, dass dir die Zwerge hart zugesetzt haben. Dein Leben war in Gefahr und das nur, weil du einen Gefangenen befreit hast. Trotzdem hast du nicht gezögert, Algrim zu retten. Ich denke, das sollte belohnt werden. Gib Acht, denn ich werde mich nicht wiederholen:

n´siteck warkok andwar
borof kwar natak

Jetzt ist es Zeit zurückzukehren", sagte Rago. Schnell wiederholte Jonas die Worte in der ihm unbekannten Sprache, um sie sich einzuprägen.

Dann sah er auf und die Freude stand ihm ins Gesicht geschrieben: Er war nicht gescheitert! Die zweite Prüfung war gemeistert.

Jonas hätte Jubeln und Singen können vor Freude!

„Wenn ich Algrim nicht gerettet hätte, was dann?", fragte er Rago. „Ich weiß nicht, wie die Götter dann entschieden hätten", bekam er zur Antwort.

Rago nahm Jonas erneut auf den Arm, setzte Algrim daneben und hielt beiden die Augen zu. Dann blies er sie kräftig an und Jonas hatte wieder das Gefühl zu fliegen.

Als er sanft den Boden berührte, öffnete er die Augen. Der Tempel, Gorgora und Rago waren verschwunden. In unmittelbarer Nähe jedoch sah er das Lager seiner Freunde. Er war zurück!

Die anderen hatten Jonas bereits erspäht und eilten auf ihn zu. Als sie sahen, dass er nicht alleine war, blieben sie verwundert stehen. „Du bringst einen Zwerg mit?", fragte Adelgard empört. Die fünf starrten Algrim feindselig an. Auch das Gesicht des Zwergs hatte sich verfinstert. „Sechs Menschen, einer davon ein Junker mit einem Schwert. Ich weiß, wer ihr seid. Ich werde mein Leben teuer verkaufen, darauf könnt ihr euch verlassen!", rief er. Mühsam versuchte er, vom Boden aufzustehen, und strafte seine markigen Worte damit Lügen. Offenbar hatte er sich bei seinem Sturz von Gorgora am Bein verletzt. „Hör auf mit dem Blödsinn!", schimpfte Jonas. „Ich habe dich auf dem Felsen nicht gerettet, um dir jetzt ans Leben zu gehen. Auch von meinen Freunden hast du nichts zu befürchten. Wir sind aus Bor entkommen und ich habe nicht vor, mein Leben wie der Alte vom Wald als Zwergenjäger zu verbringen." Er musterte seine Gefährten eindringlich und nacheinander nickten sie zustimmend.

„Ja, lassen wir ihn in Ruhe", bekräftigte Jada die Entscheidung. „Soll ich mir dein Bein ansehen?", fragte sie Algrim nach kurzem Schweigen und der nickte, jedoch ohne aufzublicken.

Der Rest der Gruppe ging zum Lager. „Mir gefällt das nicht", murrte Cassian. „Einen Zwergen in der Nähe zu haben, ist gefährlich. Denen ist nicht zu trauen. Wir sollten sehen, dass wir ihn schnell loswerden."

„Wenn wir heute Nacht Wachen aufstellen, ist ein Zwerg allein erst mal ungefährlich. Morgen können wir dann weitersehen", schlug Mirac vor und so machten sie es dann auch.

Am nächsten Morgen war Algrim nirgends zu entdecken. „Deine Heilkünste sind ja phänomenal, wenn der Zwerg trotz seiner Verletzung heute Nacht einfach so verschwinden konnte", sagte Jonas zu Jada. Die zuckte nur mit den Schultern. „Wir vergessen, wie zäh die Zwerge sind. Sie erholen sich schnell", meinte Konrad.

Cassian war wütend: „Ich hab doch gleich gesagt, wir sollen ihn so schnell wie möglich loswerden." „Na, hat doch geklappt: Er ist weg, oder?", erwiderte Jonas spitz.

„Wir sollten aufbrechen. Wir wissen nicht, ob noch andere Zwerge in der Nähe sind oder ob dieser Algrim allein unterwegs war. Besser wir verschwinden. Außerdem sollten wir uns der dritten Aufgabe zuwenden", warf Mirac ein. Nur wenig später hatten sie ihre Zelte und sonstige Ausrüstung auf den Tieren verstaut und verließen den Platz, um sich auf den Weg zum toten Wald zu machen. Dieser Wald am westlichen Rand der Steppe lag drei Tagesreisen entfernt. Anfangs waren sie noch angespannt, weil sie fürchteten, Algrim könnte ihnen mit einer Gruppe Zwerge auf den Fersen sein. Immer wieder schaute der eine oder andere von ihnen angstvoll über die Schulter, um sicher zu gehen, dass sie nicht verfolgt würden.

Mit der Zeit ließ die Sorge nach. Offenbar hatte Algrim nicht Alarm geschlagen.

„Wer weiß, wozu es einmal gut ist, dass ich diesen Algrim gerettet habe!", dachte Jonas im Stillen.

Schließlich erreichte die Gruppe den Saum des toten Waldes. Jonas hielt an, bestürzt über den Anblick, der sich ihm bot: Vor ihm erhob sich ein Hügel, der vollständig von dicht stehenden abgestorbenen Bäumen bestanden war. Einer hinter dem anderen überzogen sie den Hügel und verliehen ihm ein trostloses, bedrückendes Aussehen. Verstärkt wurde dieser Eindruck noch von der beklemmenden Stille, die hier herrschte. Es war absolut kein Laut zu hören. Ohne jedes Blattwerk streckten sich kahle, bizarr verbogene Äste in den wolkenlosen Himmel. Geäst, Stämme, das wenige Gras und die gelegentlich eingestreuten Büsche – all dies war tiefschwarz und wirkte tot und ohne jedes Leben.

Das gleißende Sonnenlicht verlieh der Szenerie eine unbarmherzige Schärfe und Klarheit, die sich Jonas sofort aufs Gemüt legte. Er führte sein Pferd bis zu den ersten Bäumen und berührte einen von ihnen: Er war kalt und hart. Er klopfte dagegen: Es klang wie Stein und nicht wie Holz. „Ist der Wald versteinert?", fragte er in die Runde.

Konrad nickte. „Ja, aber frag mich bitte nicht warum. Du weißt, dass ich dir nichts erklären darf", sagte er. „Zum Glück hast du ja deine Amulette", fügte er plötzlich noch hinzu, bevor er sich abwand und begann etwas abseits vom Waldrand die Tiere abzuladen.

Dankbar für die Erwähnung der Amulette holte Jonas das letzte der drei aus seiner Tasche. Es war jenes mit dem schwarzen Onyx. Er hängte es sich vorsichtshalber gleich um den Hals, denn dieser Ort war ihm alles andere als geheuer.

Dann stieg er vom Pferd und ging, nachdem er den anderen kurz zugenickt hatte, zielstrebig in den Wald hinein. Irgendwo da drin befand sich die Eidechse Orgon, das letzte Wesen, das er bei seinen Prüfungen aufsuchen musste.

Jonas hatte keine Ahnung, wo er diesen Orgon finden würde. Aber ebenso wie damals bei seiner Suche nach Shirteck war er sich sicher, dass ihn seine Schritte ganz automatisch zum Ziel führen würden. Kurz nachdem er in den Wald hineingegangen war, stieß er auf einen schmalen Pfad, dem er ohne zu zögern folgte.

Obwohl er in vielen Windungen verlief, hatte Jonas bald den Eindruck, dass er ihn ins Zentrum des toten Waldes bringen würde. „Gut möglich, dass Orgon genau in der Mitte haust", dachte Jonas und schritt zügig voran.

Doch mit der Zeit wurde er langsamer und langsamer. Die Stille, die hier herrschte, lastete immer schwerer auf ihm und bremste seinen Schritt. Es war absolut nichts zu hören.

Inzwischen hatte Jonas entdeckt, dass nicht nur alle Pflanzen, sondern auch die Tiere versteinert waren. Steif und leblos hockten zahlreiche Vögel im Geäst, manche sogar in ihren Nestern. Unter den Büschen saßen Kaninchen und sogar einige Füchse und Wildschweine hatte er entdecken können.

Je länger sich Jonas im toten Wald aufhielt, umso mehr machte sich in ihm das Gefühl breit, das letzte lebende Wesen überhaupt zu sein. Versuchte er anfangs auch noch, diesen Gedanken mit einigem Erfolg abzuschütteln, indem er an seine Freunde dachte, die auf ihn warteten, gelang es ihm mit der Zeit immer weniger. Die Erinnerung an die Welt außerhalb des toten Waldes verblasste nach und nach, bis Jonas sich nur noch ganz vage und schemenhaft daran erinnern konnte.

Im selben Maße wie seine Erinnerung schwand, wuchs sein Gefühl grenzenloser Einsamkeit. Obwohl die Sonne schien, fühlte sich die Welt mit einem Mal eiskalt an. Es war ein inneres Frieren, das Jonas befiel. Es mischte sich mit dem Empfinden, ganz klein und verloren auf der Welt umherzuirren. Ihm wurde zunehmend ängstlicher zumute. Sein Schritt wurde schwerer und schwerer und schließlich blieb er stehen. Sein Atem ging schnell und flach und sein Herz raste. In seiner Brust saß ein nagender Schmerz. „So ist das also: Völlig allein zu sein", dachte er, während er sich langsam auf den Boden setzte. Er konnte beim besten Willen nicht mehr weiter.

Nachdem er so eine Weile stumpf vor sich hin schauend dagesessen hatte, regte sich tief in ihm sein Überlebenswillen. „Früher hat es dir nicht viel ausgemacht, allein zu sein!", meldete sich eine Stimme in ihm. „Irgendetwas stimmt hier nicht. Es kann nicht sein, dass dich dieser Wald so bedrückt und lähmt."

Diese Gedanken begannen Jonas aufzurütteln. Er wollte sich keineswegs so einfach ergeben. Da fiel ihm mit einem Mal sein Amulett ein. Er griff danach und sobald er den kühlen harten Onyx in seiner Hand spürte, durchströmte ihn neue Kraft. Schon war er wieder auf den Beinen und ging erneut los, dem Pfad weiter folgend.

Wie er ganz richtig vermutet hatte, führte ihn der Weg ins Zentrum des toten Waldes.

Hier stand der Stumpf eines einstmals riesigen Baumes. Der Stamm war in einer Höhe von vier Metern abgebrochen und lag nun auf dem Boden. Er war hohl. Nur noch ein dünner Rand verrottenden Holzes war stehen geblieben. Der entstandene Hohlraum war so groß, dass Jonas aufrecht hätte hineingehen können. Nur ein kurzes Stück konnte er in die entstandene Höhle hineinsehen. Dann verlor sich sein Blick in der Dunkelheit.

Der Ort war Jonas nicht geheuer. Eine seltsame Kraft ging von dem umgestürzten Baum aus, die ihn alarmierte und vorsichtig werden ließ. „Orgon?", rief er in die Röhre hinein. Tief drin meinte er, eine Bewegung wahrzunehmen.

Er trat ein paar Schritte zurück und wartete. In der Öffnung erschien ein großer Echsenkopf. Er war grün, schuppig, hatte eine kurze Schnauze, die Augen waren geschlossen und er saß auf einem faltigen Hals. Im Nacken standen kurze Stacheln dicht an dicht. Dahinter konnte Jonas einen massigen Leib erahnen. Er füllte den Raum im Stamm fast völlig aus.

Während Jonas noch überlegte, wie man denn mit einer Eidechse reden könnte, hörte er plötzlich eine Stimme in seinem Kopf. Sie war mit vielen zischelnden Laute durchsetzt, was die Sache noch unheimlicher machte. Darüber hinaus wirkte sie kalt, so als habe ihr Besitzer keine Gefühle. Sonderbarerweise erschien sie Jonas aber gleichzeitig auch melodisch und dadurch betörend und einschmeichelnd.

Obwohl er dieser Stimme fasziniert lauschte, blieb er vorsichtig und wachsam. So entging ihm auch nicht, dass Goromir unerwartet auf einem nahen Ast landete. Es schien, als wollte er wieder einmal den Fortgang von Jonas' Unternehmung überwachen und sichern.

„Nun Jonas, bist du also endlich gekommen", sprach Orgon. „Ich warte schon auf dich. Nach Ghom willst du. Ein Buch willst du finden, um eine Frau von einem Zauber zu erlösen. Ist das alles, was dir in deinem armseligen Geist einfällt, wenn du die Chance hast, in die magische Stadt zu kommen? Hast du eine Vorstellung davon, was für Wissensschätze du dort finden kannst? Wer die Bibliothek von Ghom erforschen kann, dem steht die ganze Macht der Magie offen. All deine Wünsche kannst du dir dann erfüllen. Ich bin der Meister der Träume der Menschen. Ich kenne sie alle, nichts bleibt mir verborgen. So weiß ich auch von dir, was du dir am sehnlichsten wünschst: einmal ein großer Herrscher zu werden. Das kleine Junkergut deines Vaters ist dir zu klein und zu mickrig. Ein großes Reich möchtest du haben und ein legendärer König willst du werden. Du hast große und ehrgeizige Ziele im Leben, Jonas! Und alles, was dir zu Ghom einfällt, ist ein lächerlicher Gegenzauber für diese Nina? Was versprichst du dir davon? Bringt es dich näher an dein Ziel? Ist es die Mühe, die Gefahr und die Entbehrungen wert? Sie wird den Zauber nehmen, dir danken und ihrer Wege gehen. Glaube bloß nicht, dass sie sich für dich interessieren wird. Sie wird fortgehen und du bleibst zurück. Wozu also der ganze Aufwand? Nutze die Gelegenheit und werde der König, der du sein willst. Die erste wichtige Hürde hast du schon genommen: Du bist der Einsamkeit begegnet und hast dich nicht von ihr bezwingen lassen. Gut so. Ein König ist immer einsam. Besorge dir nun in Ghom das Wissen, das du brauchst, um einen Thron zu gewinnen. Du wirst nur diese eine Chance bekommen und ich, Orgon, werde sie dir beschaffen."

Trotz aller Vorsicht sickerten Orgons Worte in Jonas' Geist ein wie ein heimtückisches Gift. Die Echse hatte Jonas' empfindlichsten Nerv getroffen. Es stimmte: Genau das waren seine heimlichen Träume. Jonas der Große! Im Geiste sah er sich vor sich: auf einem Thron sitzend, seine Untertanen empfangend, Recht sprechend, Kriege führend, um sein Reich zu vergrößern. Immer anziehender und prächtiger wurden die Bilder in seinem Kopf und immer mehr verlor er sich in diesen Tagträumen. Ja, er würde diese Gelegenheit nicht ungenutzt verstreichen lassen! Ein harsches Krächzen ließ ihn aufschrecken. Goromir plusterte sich auf seinem Ast. Jonas öffnete die Augen, die er genießerisch geschlossen hatte. Orgon war bedrohlich nahe an ihn herangekommen. Ein Gedanke schoss Jonas durch den Kopf, den er auch sofort aussprach, ohne darüber nachzudenken: „Was ist der Preis?"

Orgon lachte ein zischendes Lachen. „Der Preis? Ich werde die Macht hinter deinem Thron sein. Dein Ratgeber und Freund. Dann komme ich raus aus diesem verfluchten Wald."

Fast wie von selbst hatte Jonas' Hand nach dem Amulett getastet. Was Orgon da gesagt hatte, war irgendwie verstörend. Wieder fühlte Jonas den glatten kalten Onyx und mit einem Schlag war sein Kopf wieder klar. Orgon wollte ihn benutzen! Für seine eigenen Ziele! Diese Echse war sehr mächtig. Nicht er würde der Herrscher sein. Er wäre nur Orgons Marionette. Seine heimlichen Wünsche waren Traumgespinste, Fantasien eines Heranwachsenden. Es war Zeit, damit Schluss zu machen. Es gab kein Königreich, das er gewinnen konnte.

„Nein!", hörte sich Jonas klar und laut sagen. Orgons Stimme in seinem Kopf verlor sofort ihren hypnotischen Klang. Kalte Wut ließ sie fast überschnappen: „Du wagst es, mein Angebot auszuschlagen? Du nichtsnutziger Wicht, dann stirb!"

Orgon öffnete seine Augen und ein Blitz schoss daraus hervor. Im selben Moment leuchtete der Onyx im Amulett um Jonas' Hals gleißend hell auf. Der Blitz aus Orgons Augen wurde zurückgeworfen und die Eidechse erstarrte zu Stein. Schwarz und schweigend lag sie vor Jonas auf der Lichtung und er bekam eine Ahnung, warum der ganze Wald versteinert war.

„ Alles, was Orgon angesehen hatte, ist zu Stein geworden. So ist der tote Wald entstanden", dachte er und bekam eine Gänsehaut. „Diese Einsamkeit, die ich gespürt habe, muss seine gewesen sein." Versteinert war die Eidechse nun keine Gefahr mehr für ihn. Von seinem Amulett war nur ein kleines Häuflein Asche zu seinen Füßen übrig geblieben. Eine ganze Weile blieb Jonas' Blick an der Asche hängen. Dann sah er noch einmal Orgon an. „Da habe ich wohl noch mal Glück gehabt !", dachte Jonas.

Aber wieder einmal stellte sich die Frage: Wie sollte es weitergehen? Jonas hatte natürlich gedacht, dass Orgon ihm den Rest seines Zauberspruchs geben würde. Ratlos ging er in den hohlen Stamm, in der Hoffnung etwas zu finden, das ihn weiterbringen würde.

Aber da war nichts.

Wieder draußen angelangt, bemerkte er mit einem Mal, dass sich auch unter dem Stumpf des Baumes ein großer Hohlraum befand, der teilweise von den mächtigen Wurzeln gebildet wurde und zum anderen Teil durch Auswaschungen des Bodens entstanden war. Vorsichtig ging er hinein.

Innen fand er ein merkwürdiges Sammelsurium der verschiedensten Gegenstände: eine antike Kommode, ausgestopfte Tiere, Kleider, Roben und Uniformen auf geschmiedeten Kleiderständern, Stühle, eine Vitrine mit Orden darin, Schränke und stapelweise staubige Bücher bildeten ein geheimnisvolles Durcheinander.

Es raschelte immer wieder hier und dort und Jonas sah kleine Tiere hin und her huschen. Jonas glaubte Mäuse zu erkennen, war sich aber nicht ganz sicher.

In der hintersten Ecke sah er etwas leuchten und als er näherkam, erkannte er, dass es ein großer Spiegel war, der das Sonnenlicht von draußen reflektierte. Er konnte einen Mann darin erkennen und neugierig trat er näher. Er hatte sich schon länger nicht mehr in einem Spiegel gesehen. „Wie ich wohl jetzt aussehe, nach der langen Fahrt? Bestimmt habe ich mich verändert. Dünner bin ich auf jeden Fall geworden, das merke ich an meinen Kleidern", dachte er.

Als er den Spiegel erreichte, machte er erschrocken einen Satz zurück. Er blickte auf einen völlig Fremden. Der Spiegel zeigte nicht ihn, sondern einen uralten Mann.

Wieder hörte Jonas eine Stimme: „Hallo Jonas! Ich bin Bela, der Zunftmeister von Ghom. Du hast alle deine Prüfungen bestanden, hast allen Versuchungen widerstanden und bist allen Fallstricken geschickt ausgewichen. Du wirst uns in Ghom willkommen sein! Höre nun gut zu, ich wiederhole mich nicht:

grom tzerkt warr
lachtum vorong ngrar

Bela verschwand aus dem Spiegel, der nun Jonas' Spiegelbild zeigte. Doch Jonas warf nur einen flüchtigen Blick auf sich. Er hatte es tatsächlich geschafft! Dieses Wissen durchströmte ihn mit einem Mal heiß und wild. Er hatte es wirklich geschafft: Nun würde er nach Ghom kommen! Alle Hindernisse waren beseitigt und alle Gefahren bestanden. Endlich!Ein unbeschreibliches Glücksgefühl durchflutete ihn!

So schnell wie nur möglich eilte er zu seinen Freunden zurück. Schon von Weitem sahen diese an der ganzen Art, wie sich Jonas bewegte, dass er es wohl geschafft hatte.

Sie eilten ihm entgegen und überhäuften ihn mit Fragen. Alles wollten sie ganz genau wissen.

Schließlich, nachdem sie Jonas' Bericht angehört hatten, sagte Konrad: „Jetzt haben wir alle Teile des Zaubers beisammen, die wir brauchen. Ich denke, Cassian und ich machen uns mal gleich an die Arbeit."

Gebannt verfolgte Jonas, wie die beiden einen Kreis abschritten, dann, als dieser geschlossen war, ihre Eibenstäbe hoben und den Kreis wieder und wieder abschritten. Dabei intonierten sie:

Machim merr valdar achtun
l´awar ertet wortok bismar

n´siteck warkok andwar
borof kwar natak

grom tzerkt warr
lachtum vorong ngrar

Nachdem sie sich in jede der vier Himmelrichtungen einmal verneigt hatten, legten sie ihre Stäbe auf den Boden und setzten sich zu den anderen.
„Was ist das denn für eine Sprache?", fragte Jada. „Ich habe so etwas noch nie gehört!"
„Es ist eine uralte magische Sprache", antwortete Cassian. „Sie wird heute kaum noch gesprochen, außer in Ghom. Dort ist sie noch lebendig und wird gerne verwendet, da sie sehr kraftvoll ist. Ich finde, dass man das auch hört. Leider verstehe ich sie kaum. Ich kann also gar nicht übersetzen, was ich da gesagt habe."
Jonas hatte nur mit halbem Ohr zugehört: „Aber wo ist denn jetzt Ghom? Es passiert ja gar nichts!"
Konrad lachte. „Hab noch ein klein wenig Geduld. Du weißt doch, dass die magische Stadt umherwandert. Wer weiß, wo sie jetzt gerade ist. Ein bisschen Zeit wird schon vergehen, bis sie hier angekommen ist. Ich denke, wenn wir morgen früh aufstehen, ist sie da."
Eine Weile unterhielten sie sich noch über die Stadt und tauschten aus, was sie darüber wussten. Dann krabbelten sie in ihre Zelte, um zu schlafen. Jonas fiel in einen tiefen Schlaf.

Weit entfernt saß Nina am Fenster der Kammer, die sie zu ihrem Schlafzimmer erkoren hatte, und genoss die Abendsonne, die durch das Fenster hineinschien.
Viele Tage lang war sie bedrückt durch ihr Schloss gestrichen Sie glaubte langsam nicht mehr an Jonas' Rückkehr. Er war jetzt viel zu lange weg. Was auch immer passiert war, er würde ihr nicht helfen. Diese

Erkenntnis hatte ihr für eine Weile den Lebensmut genommen. Einige Male war sie sogar am Fenster des höchsten Schlossturmes gestanden und wollte hinunterspringen. Doch sie brachte es nicht über sich. Dann kam ihr eines Tages ein Gedanke: „Ich werde das Schloss verlassen und mich selber auf die Suche nach Ghom machen. Ob ich dort jemals ankomme, weiß ich nicht. Es ist weit und gefährlich. Ich werde ganz auf mich alleine gestellt sein und ich kann auch nur nachts wandern. Das mindert meine Chancen auf Erfolg. Aber das ist egal. Es kommt nicht darauf an, ob ich es schaffe. Es kommt darauf an, dass ich es versuche und so mein Schicksal wieder selbst in die Hand nehme. Alles, wirklich alles ist besser, als hier in diesem elenden Schloss lebendig begraben zu sein."

Sie hatte sofort aufbrechen wollen, doch dann besann sie sich. Es war noch kalt draußen, das Frühjahr kam nur langsam.

„Ich werde noch ein klein wenig warten, bis es wärmer ist. Auch wenn ich mir keine großen Chancen ausrechne, muss ich es mit Kopflosigkeit nicht noch schlimmer machen!", dachte sie sich.

Von da an ging es ihr wesentlich besser. Sie hatte wieder ein Ziel, etwas, dass ihr Hoffnung gab und sie antrieb. Bald, schon sehr bald würde es losgehen und das Schloss würde Vergangenheit sein.

Jonas erwachte früh am nächsten Morgen. Die Sonne ging gerade auf, als er aus dem Zelt kroch. Erwartungsvoll sah er sich um: Dort, wo gestern Abend die Sonne am staubigen Himmel versunken war, lag sie nun tatsächlich vor ihm: die große Stadt Ghom!

Die Dächer ihrer Wehrtürme leuchteten im ersten Licht des neuen Tages. Hinter den Zinnen der imposanten und wundersamerweise immer noch unversehrten Stadtmauer konnte Jonas die Häuser der Stadt erahnen.

Gestern hatte Jonas von seinen Freunden mehr über die gesuchte Bibliothek erfahren: Im Inneren der Stadt, genau in der Mitte stand ein unscheinbares, schlichtes Haus mit einem Türmchen auf dem Dach. Darin befand sich ein runder Raum, gefüllt mit unzähligen Büchern: die magische Bibliothek. Groß war ihr Ruf, alle Werke der Magie sollten hier versammelt sein. Jeder Zauberspruch, der jemals ersonnen worden war, war verzeichnet. Aber nur wenige heute noch lebende Menschen hatten diese Bibliothek je gesehen.

Jetzt, lange nach dem großen Brand, bestand Ghom größtenteils nur noch aus halbverfallenen Ruinen. Nur ganz im Zentrum gab es einige Straßenzüge, die immer noch vollständig erhalten waren. Niemand wusste, warum dies so war. Eigentlich hätten auch diese Häuser längst verfallen sein müssen. Man munkelte, dass die magische Bibliothek und die eigenartige Kraft, die von ihr ausging, für die Unversehrtheit des Stadtkerns verantwortlich war.

Hier herrschte immer noch reges Leben: Durch die Büchersammlung war Ghom zu einem Zentrum der Zauberer und Magier geworden. Jeder Magierorden und Zirkel, der etwas auf sich hielt, hatte eine Dependance in Ghom. Nirgendwo sonst auf der Welt konnte man so viele Zauberkundige antreffen wie in dieser Stadt. Aus aller Welt kamen sie angereist. Aber dennoch ist Ghom heute ein einsamer Ort verglichen mit früher, den die meisten meiden. Nur die Geister streifen immer noch in großer Zahl nachts durch die verfallenen Straßenzüge und Ruinenfelder. Die wenigen Bewohner ziehen sich dann in ihre Häuser in der Innenstadt zurück.

Von seinem Platz aus konnte Jonas das große, prächtig gestaltete Stadttor erkennen. Es war weit geöffnet. Ghom erwartete seine Besucher und für Jonas begann die ...

Geschichte von der magischen Bibliothek

Jonas weckte seine Gefährten. Ungeduldig wie er war wollte Jonas sofort zur Stadt eilen, aber Adelgard hielt ihn zurück: „Warte, wir müssen unsere Sachen und auch die Tiere mit in die Stadt nehmen. Da sie ständig wandert, werden wir Ghom an einem völlig anderen Ort wieder verlassen. Wir werden also nicht hierher zurückkehren." Das musste Jonas einsehen und sie luden ihre Habe auf die Pferde. Dann ritten sie los. Jonas war in absoluter Hochstimmung! Nach all den Gefahren und Anstrengungen hatte er es nun geschafft: Die magische Stadt Ghom lag vor ihm und die Tore waren für ihn geöffnet!

Es war nicht weit bis zur Stadt. Als sie den Eingang erreichten, kam einer der Torwächter auf sie zu. Er war in ein reich verziertes Gewand gehüllt, eine Art Uniform mit vielen Orden an der Brust. „Ich bin Palor, der Oberste der Torwächter. Ich heiße euch im Namen Belas als Gäste in der Stadt Ghom willkommen. Möge euer Aufenthalt von Glück begleitet sein", sprach er und verneigte sich vor Jonas und seinen Freunden.

Dann gab er den Weg frei und die Gruppe ritt durch das Tor. „Das ist mal ein Empfang", meinte Mirac vergnügt. Sie waren erst ein kurzes Stück die ansteigende Straße entlang geritten, als sich die beiden enormen Torflügel mit einem lauten dumpfen Knall schlossen. Plötzlich fröstelte Jonas und er bekam eine Gänsehaut. „Ich fühle mich, als wäre eine Falle zugeschnappt", dachte er, schüttelte diesen Gedanken aber sofort wieder ab. „Wahrscheinlich war ich einfach zu lange in freier Natur unterwegs. Ich bin es nicht mehr gewohnt, mich in einer Stadt zu bewegen", redete er sich gut zu. Das seltsame Gefühl ging vorbei und Jonas vergaß es auch sofort wieder.

Wie so oft registrierte er auch diesmal nicht, dass Goromir ihnen folgte.

„Wir müssen sehen, dass wir in die Mitte der Stadt kommen, da ist die Bibliothek", sagte Konrad. „Wir brauchen auch eine Unterkunft für die Nacht. Die können wir auf gar keinen Fall im Freien verbringen. Zu gefährlich. Nachts streift in Ghom allerlei Gelichter umher. Da brauchen wir einen sicheren Ort", warf Cassian ein. „Müssen wir denn hier übernachten? Ich meine, wir gehen in die Bibliothek und wenn wir das Buch haben, reiten wir wieder weg zum Schloss von Nina", entgegnete Jonas.

„Die magische Büchersammlung von Ghom ist sehr groß. Sie besteht aus vielen hundert Bänden und wir wissen nicht genau, wie lange wir suchen müssen. Deshalb denke ich, der Vorschlag mit der Unterkunft ist gut", stimmte Konrad zu.

Während sie weiterritten, um in den Stadtkern vorzudringen, sah sich Jonas aufmerksam um: Direkt nach dem Tor gab es nur verfallene Häuser. Manche waren eingestürzt und nur noch ein Haufen Schutt und Ziegel. Andere standen noch: Leere Fensterlöcher in den kahlen Wänden wirkten wie Augenhöhlen in einem Totenschädel. In den Räumen, in die sie im Vorbeireiten hineinsehen konnten, sah Jonas überall Schatten, die im Dunkeln hin und her huschten. Vage Schemen, die nicht einzuordnen waren. Geister, Menschen oder nur streunende Hunde? Keine Ahnung! Jonas legte eine Hand auf den Knauf von Gilreck. Ihm war die Situation nicht geheuer. Hier konnten sie leicht überfallen werden. Die leer stehenden Häuser und die engen verwinkelten Gassen waren der perfekte Hinterhalt. Meist waren diese Gassen so schmal, dass Jonas die Gebäude auf beiden Straßenseiten mit den Händen berühren konnte. Kaum ein Sonnenstrahl erreichte deshalb den Boden, obwohl es eigentlich ein heller, klarer Tag war. Dazu wehte ein sanfter, aber stetiger Wind, der den Staub und die Asche, die als dünne Schicht alles überzogen, aufwirbelte. Der so entstandene Dunst dämpfte die Sonne noch mehr und es war nur mehr ein dämmriges Zwielicht, das die Straßen notdürftig erhellte. Niemand war unterwegs. Überall sahen sie noch die Spuren des großen Brandes. Ruß an den Wänden, herumliegende verkohlte Balken und in der Hitze geborstenes Mauerwerk legten Zeugnis ab von der verheerenden Katastrophe, die Ghom verwüstet hatte. Dies alles erzeugte eine morbide, gedrückte Atmosphäre, die sich den sechs Wanderern schnell aufs Gemüt legte.

Nach einer Weile stießen sie auf gut erhaltene und bewohnbare Straßenzüge. Sie näherten sich dem Zentrum. Hier standen prächtige Bürgerhäuser mit reich verzierten Fassaden. Jonas entdeckte filigrane Blumenornamente, geometrische Muster und viele Figuren an den Mauern. Überall fanden sich Dachreiter: Ihre hässlichen Fratzen hatten die Aufgabe, böse Geister zu erschrecken und zu vertreiben. Jonas hatte Zweifel, ob das funktionierte.

Endlich erreichten sie den zentralen Platz in der Mitte der Stadt. Verschiedenfarbige Pflastersteine schufen ein abstraktes Mosaik und in der Mitte schraubte sich ein Ensemble steinerner Figuren in die Höhe: Ein Springbrunnen, in dem jedoch schon lange kein Wasser mehr sprudelte. Alte Bäume umstanden den Platz, einst gepflanzt, um ihn zu beschatten. Sie waren verbrannt und nur noch ihre halb verkohlten Stämme ragten in den Himmel. Ein prächtiges Stadtpalais, das sofort ins Auge fiel, dominierte den Ort. „Dort wohnt der Regent der Stadt", erklärte Konrad.

Doch ein anderes Gebäude hatte inzwischen Jonas' Aufmerksamkeit erregt: Es war ein völlig unscheinbares Haus, das inmitten der langsam verfallenden Pracht des Platzes kaum auffiel. Es war von einem kleinen Türmchen gekrönt. „Die Bibliothek!", rief Jonas aufgeregt. „Das muss sie sein, oder etwa nicht?"

„Ja", antwortete Konrad lächelnd, „das ist sie!"

Auf der gegenüberliegenden Seite des Platzes stand ein altes, windschiefes Fachwerkhaus: „Gasthaus Merlin – Einziges Hotel in Ghom", so stand es auf einer Tafel, die neben dem Eingang angebracht war.

„Nun", meinte Mirac, „dann werden wir wohl da wohnen müssen." Sie ritten hin und betätigten einen klobigen Türklopfer in Form eines Schlangenkopfes. Es dauerte eine ganze Weile, bis sich die Tür in den Angeln ächzend öffnete. Ein buckliger grobschlächtiger Mann mit verschlagenem Blick schaute missmutig zu ihnen auf.

„Was wollt ihr?", fragte er barsch.

„Haben Sie freie Zimmer?", fragte Jonas, von dem abstoßenden Aussehen und der Unfreundlichkeit, die ihnen entgegenschlug, ungerührt. Eine Art Knurren war die Antwort. Der Gnom gab jedoch die Tür frei und deutete ein Winken an.

„Soll wohl ja heißen", mutmaßte Jada und sie saßen ab.

Cassian blieb bei den Tieren, die anderen folgten dem Wirt ins Haus. Die Zimmer, die sie zu sehen bekamen, waren eng und muffig, das Bettzeug stockfleckig und die Vorhänge fadenscheinig und zerrissen. Gesäubert hatte hier seit Langem niemand mehr. Betreten sahen sie sich an. Hier sollten sie hausen? Schließlich zuckte Mirac mit den Schultern: „Hilft ja nichts, irgendwo müssen wir ja bleiben."

In zähem Gefeilsche handelten sie einen einigermaßen akzeptablen Zimmerpreis aus. Sobald sie die Tiere versorgt und ihr Gepäck untergestellt hatten, gingen sie schnurstracks zur Bibliothek.

Wie nicht anders zu erwarten, gab es auch an diesem Gebäude eine aufwendig gestaltete, prächtige Fassade mit zahlreichen Figuren, Schmuckgiebeln und Ornamenten. Große Säulen umrahmten das prachtvolle Portal das sie nun durchschritten. Im Innern bestand die Bibliothek aus einem einzigen runden großen Saal, der bis in die Spitze des Turmes hinaufreichte. Mehrere säulenbestandene Galerien liefen in verschiedenen Höhen rundherum und an zahlreichen Stellen reichten freischwebende Stege weit in den Raum hinein. Verschiedenfarbige Hölzer schufen auf dem Boden ein ornamentales Muster. Überall gab es wuchtige alte Tische aus massiven edlen Hölzern und schöne weinrot gepolsterte Stühle mit geschwungenen Füßen und zahlreichen Schnitzereien in Lehne und Armstützen. Viele Plätze waren besetzt. Jonas entdeckte Menschen in allerlei Trachten und Gewändern; dazu Zwerge, Feen, ein oder zwei Dogo und eine Handvoll Geister – die meisten von ihnen halb durchscheinende vage Gestalten.

Am meisten aber faszinierten und verblüfften ihn die Bücher: In überwältigender Zahl schwebten sie dicht an dicht überall umher. Es gab sie in den verschiedensten Formaten und Stärken, aber alle waren sie samtschwarz eingebunden und ohne jede Aufschrift auf den Einbänden. Bis ganz unter das Dach reichte diese Bücherwolke. Ständig mussten sie einander ausweichen, immer wieder mal stießen einige von ihnen zusammen und eine feine Staubwolke rieselte zu Boden.

Dieser Staub in der Luft kitzelte permanent ein wenig in der Nase. Amüsiert beobachtete Jonas ein schmales Heftchen, das mit sehr viel Geschick den großen, dicken Wälzern, die überall unterwegs waren, auswich und sich dabei immer wieder verbog, duckte oder ganz abrupt die Richtung wechselte.

Doch dann fiel ihm ein, weswegen er gekommen war. Wie sollte er hier ein ganz bestimmtes Buch finden? Vor allem wenn er doch gar nicht wusste, welches genau? Er hatte erwartet, dass die Bücher ordentlich sortiert in Regalen stehen würden, nach Themengebieten gruppiert. Stattdessen nun dieser Wirrwarr aus freischwebenden Bänden.

Jonas beobachtete immer wieder Besucher, die auf einen der Stege hinausgingen, dort eine Weile still standen, bis schließlich ein Buch vor ihnen auftauchte, sich selber aufklappte und regungslos verharrte.

„Was nun?", fragte Jonas seine Freunde. Konrad, der den Raum ebenfalls eine Zeit lang nachdenklich gemustert hatte, antwortete: „Niemand von uns ist bisher jemals hier gewesen. Wir kennen die Bibliothek nur aus Erzählungen. Ich glaube, man muss die Bücher mit Gedankenkraft rufen. Sie kommen dann zu einem, man nimmt sich das Gewünschte und sucht sich einen Platz zum Arbeiten."

„Mit Gedankenkraft?", fragte Jonas etwas ratlos.

„Ja! Du musst dich auf das konzentrieren, was du suchst - das Thema sozusagen", riet Cassian.

Jonas schloss kurz die Augen und dachte mit aller Kraft „Befreiungszauber!" Als er die Augen wieder öffnete, sah er eine große wilde Horde der schwarzen Bücher auf sich zustürzen. Sie umringten ihn als dichte Mauer aus Papier. Alle hatten sie sich an einer bestimmten Stelle aufgeklappt. Jedes begann sich um den besten Platz vor Jonas' Gesicht zu drängeln, um nur ja bemerkt und mitgenommen zu werden. Dabei rückten sie immer näher an Jonas heran, stießen und rempelten und verursachten eine dichte Staubwolke, in der Jonas förmlich verschwand.

Er begann zu husten und zu röcheln, da er bei all dem Dreck in der Luft kaum noch atmen konnte. „Genug!", dachte er verzweifelt und die Bücher klappten zu und verschwanden wieder im Raum.

Jonas kam wieder zu Atem und dachte: „So komme ich nicht weiter, ich brauche irgendwie Hilfe."

Wieder sausten Bücher aus allen Richtungen auf Jonas zu und er erhaschte kurz einige Titel wie „Hilfe bei Haarentfernungszauber", „Hilfe bei angehexten Warzen", „Hilfe bei Zahnfäule", bevor er erneut in einer Staubwolke verschwand.

Auch die anderen aus der Gruppe wurden von Büchern bedrängt. „Wir müssen unsere Gedanken anhalten, sonst ersticken wir hier noch", rief Mirac.

Leichter gesagt als getan. Zwar ließ der Andrang nach, als sie versuchten, an möglichst gar nichts zu denken, aber ganz stoppen ließ er sich nicht.

Als es ruhiger um sie wurde, bemerkte Jonas an einem der Tische eine kleine schmale Gestalt in kunterbunten Kleidern, die sie aufmerksam beobachtete. Als der Mann bemerkte, dass er entdeckt worden war, wandte er sich seinem Buch zu und tat so, als würde er die Freunde nicht weiter beachten. Jonas gefiel der Mann und sein verstecktes Interesse an ihnen nicht.

Lasst uns für heute gehen", schlug Jada schließlich vor. „Wir müssen uns erst genau überlegen, wie wir das richtige Buch anlocken, dann können wir wiederkommen." Enttäuscht verließen sie die Bibliothek.

Jonas wälzte sich ruhelos in seinem Bett hin und her. Es war heiß und stickig in dem Raum. Ihm gingen tausend Gedanken durch den Kopf, wie sie das Buch, das er brauchte, denn nun finden könnten. Währenddessen schnarchte Konrad laut und vernehmlich im Bett neben ihm. Jonas war nassgeschwitzt. Er dachte daran, dass es jetzt draußen bestimmt angenehm kühl war.

Schließlich hielt er es nicht mehr aus. Er stand leise auf, schlich sich aus dem Zimmer und die Treppe hinunter nach draußen. Er nahm einen tiefen befreienden Atemzug und genoss es, der Enge seines Zimmers entkommen zu sein. Die Nachtkühle tat ihm gut, sie erfrischte ihn. Ein fast voller Mond schüttete sein silbriges Licht über dem zentralen Platz aus und verlieh ihm einen ganz eigenen Zauber. „Schön sieht das aus so bei Nacht", dachte Jonas und fühlte sich für einen Moment wohl in Ghom. Zum ersten Mal, wie er sogleich feststellte.

Gerade als er wieder hineingehen wollte, hörte er eine leise, brüchige Stimme hinter sich:

„Hoher Herr, darf ich euch vielleicht um Hilfe bitten?"

Jonas wandte sich um und blickte auf einen zerlumpten, armseligen Bettler, der hinter ihm stand, die Augen niedergeschlagen. Seine Kleider fielen ihm fast von alleine vom Leib, so zerschlissen waren sie. Der Mann war alt, sein weißes Haar fiel ihm wirr in die Stirn. Sein Gesicht und die nackten Arme waren mit unzähligen Falten und fürchterlichen Brandnarben überzogen, ein Ohr fehlte fast völlig und auch die Zehen waren nicht mehr vollzählig. Seine Finger waren durch die Narben klauenartig verkrümmt.

„Meine Frau ist schwerkrank. Sie muss zum Arzt. Aber der Einzige, der Menschen wie uns behandelt, ist am anderen Ende der Stadt. Ich bin zu alt und zu schwach, um sie dorthin zu tragen, und ich kann niemanden bezahlen, es für mich zu tun. Werdet ihr mir helfen?" Jonas zögerte einen Moment. Es war ihm eigentlich nicht recht, bei Nacht allein durch Ghom zu laufen. Aber konnte er dem Mann seine Bitte abschlagen? Was sollte der dann tun?

„Ich hole eben mein Schwert, dann bringen wir deine Frau zum Arzt", beschied er dem Mann schließlich.

Jonas folgte dem Alten eine Weile durch die Gassen der Altstadt, bis der Bettler vor einem Haus stehen blieb und die schwere Tür erstaunlich behände öffnete.

Er trat zur Seite und bedeutete Jonas hineinzugehen. Goromir, der den beiden gefolgt war, saß auf einem Fensterbrett gegenüber. Er öffnete den Schnabel, doch schnell malte der Bettler mit seinen verkrüppelten Händen ein Zeichen in die Luft und der Dohle entwich kein Laut.

Jonas hatte von all dem nichts bemerkt und trat über die Schwelle. Er kam in einen fast kahlen Raum. Nur ein angekohlter alter Tisch und ein wackliger Stuhl standen darin.

„Bitte nehmt doch Platz und verzeiht die karge Einrichtung. Mehr haben wir leider nicht. Ich will kurz nach nebenan gehen und meiner Frau Bescheid sagen. Sie fürchtet sich vor Fremden, da ist es besser, ich bereite sie vor. Wenn ihr einen kleinen Moment warten mögt, bitte." Mit diesen Worten humpelte der Alte durch eine zweite Tür hinaus.

Jonas setzte sich auf den Stuhl und wartete. Der Alte tat ihm leid. So furchtbar verstümmelt und entstellt durch den großen Brand, und dann auch noch bettelarm. Er war froh, dass er ein bisschen würde helfen können, wenn er seine Frau zum Arzt trug.

Da öffnete sich die Tür wieder und der Bettler kam nun prächtig gekleidet zurück, gefolgt von zwei schwer bewaffneten Wachen.

Jonas sprang auf und wollte Gilreck ziehen. Wieder machte der Alte ein kompliziertes Zeichen in die Luft. Klirrend fiel Gilreck mitsamt dem Schwertgurt zu Boden und rutschte wie von selbst auf den Alten zu, der es mühelos aufhob.

Aufrecht stand er nun vor Jonas. Die Schwäche, die Unterwürfigkeit und das Mitleiderregende, das er vorher ausgestrahlt hatte, waren von ihm abgefallen. Mit einem Mal wirkte er bedrohlich und gefährlich.

Mit einer erstaunlich kräftigen Stimme sprach er zu Jonas: „Gestattet, dass ich mich vorstelle: Mein Name ist Waladan. Ich bin der rechtmäßige Herrscher dieser Stadt, auch wenn niederträchtige Thronräuber mich vor vielen Jahren vertrieben haben. Doch damit wird nun endlich Schluss sein. Seit Jahren bereite ich meine Rückkehr in den Palast vor. Fast alles ist seit Langem bereit. Nur eines fehlt noch: eine magische Waffe, die mich unschlagbar werden lässt und der meine Feinde nichts entgegenzusetzen haben.

Manchem erschien es nur ein Detail, einem alten furchtsamen Gehirn entsprungen. Sie rieten mir immer wieder endlich loszuschlagen. Aber ich wartete, weil ich nur zu genau wusste, dass dieses sogenannte Detail über Gelingen oder Scheitern entscheiden würde. Aber diese Waffe zu finden, wurde zur schier unlösbaren Aufgabe. Wo sollte sie herkommen? Was für eine Waffe sollte es überhaupt sein?

Doch dann stolpertet ihr hier in unsere schöne Stadt, mit diesem wunderbaren Schwert an eurer Seite. Palor war so nett, mir davon zu berichten." Erst jetzt erkannte Jonas in einer der beiden Wachen den Offizier vom Tor wieder.

„Die Waffe habt ihr ja nun und wie ich sehe, könnt ihr sie auch führen.

Da braucht ihr mich wohl nicht mehr. Uns sind die Geschicke Ghoms egal, also gehe ich am besten einfach wieder meiner Wege", unternahm Jonas einen lahmen Versuch, der brenzligen Situation zu entkommen. Waladan lachte heiser. „Was für ein erbärmlicher Vorschlag. Ja, ich kann das Schwert aufheben. Wahrscheinlich kann ich es mir auch unterwerfen. Aber das nützt mir nichts. Wenn ich den vollen Nutzen aus der Waffe ziehen will, muss sie mir gehören. Das kann sie aber nicht, solange ihr als der erste und rechtmäßige Besitzer noch lebt. Leider reicht es auch nicht, euch einfach umzubringen. Es ist ein langwieriges und kompliziertes Ritual dafür notwendig. Das zwingt mich, euch ein wenig Gastfreundschaft zu gewähren. Übermorgen, bei Vollmond, werden wir alles vorbereitet haben. So lange muss ich euch noch am Leben lassen."

Er wandte sich den Wachen zu und befahl ihnen: „Bringt ihn in den Kerker und haltet vor der Tür Wache. Ihr bürgt mir mit eurem Leben für ihn."

Über eine lange gewundene Treppe brachten sie Jonas drei Stockwerke tief unter die Erde und stießen ihn in ein Verlies, dessen Tür hinter ihm sorgfältig verschlossen wurde.

Jonas sah sich in seinem Kerker um. Er bestand aus kahlen, grob behauenen Wänden und einem winzigen Fenster oben in einer Ecke des Raumes. Sonst enthielt er nichts. Jonas ließ sich auf dem gestampften Boden nieder. Er war kalt. Nach einer Weile begann Jonas, ruhelos in dem kleinen Raum auf und ab zu gehen.

Am nächsten Morgen stellten seine Freunde fest, dass Jonas über Nacht verschwunden war. Ratlos saßen sie beisammen und zerbrachen sich den Kopf darüber, was wohl geschehen war. Sie konnten sich keinen Reim darauf machen.

„Ob wohl der Wirt etwas damit zu tun hat?", fragte Jada.

Die anderen zuckten nur mit den Schultern.

Schließlich schlug Adelgard vor, sich einfach auf die Suche zu machen.

„Wir fangen in der Bibliothek an und wenn er da nicht ist, müssen wir herumfragen, ob ihn jemand gesehen hat. Eine andere Möglichkeit fällt mir nicht ein", sagte sie.

Schon kurz darauf standen sie enttäuscht in der Bibliothek. Jonas war nicht da und er war auch nicht gesehen worden.

Beschwingt verließ Waladan das Haus. Er ging schnellen Schrittes die Straße hinab. Heute trug er auch draußen ein ordentliches Gewand und verzichtete auf die geduckte, unterwürfige Haltung und den humpelnden Gang des Bettlers, den er für gewöhnlich mimte, wenn er sich außerhalb seines Hauses sehen ließ.

Bald, bald schon würde es so weit sein. Nur noch bis morgen warten und dann diesen jungen Junker beiseite schaffen und das magische Schwert in Besitz nehmen.

Es war noch viel mächtiger, als Palor es vermutet hatte. Der Wächter hatte ein gutes Gespür für Magie, auch wenn seine Fähigkeiten sehr bescheiden waren. Daher hatte er die ungewöhnliche Waffe gleich bemerkt.

Waladan hatte das Schwert gestern Abend noch eingehend untersucht. Er war überrascht gewesen, welch starke Zauber auf dieser Waffe lagen. Seitdem rätselte er darüber, wer es geschaffen hatte. Dieser Magier musste ihm mindestens ebenbürtig sein. Vielleicht lauerte da auch eine unvermutete Gefahr? Der Gedanke beschäftigte und beunruhigte ihn. Ob der Schöpfer des Schwertes wohl unter den Reisegefährten des Junkers war?

Waladan hatte beschlossen, das zu überprüfen. Doch um sich an diese Leute heranzumachen, erschien ihm der Aufzug als Bettler unpassend. Außerdem war er diese Tarnung leid. Die Verachtung und die Grobheiten der Leute, die in ihm nur ein lästiges Ungeziefer sahen, und die kriecherische Haltung, die seinem Charakter so entgegengesetzt waren – das war über die Jahre immer unerträglicher geworden. Jetzt war er fast am Ziel, nichts konnte ihn nun noch aufhalten. Also Schluss mit dem Versteckspiel.

Waladans Ziel war das einzige Hotel der Stadt. Wenn die Gesuchten keine Bekannten oder Freunde in Ghom hatten, würde er sie dort finden. Während er so durch die Straßen lief, ging er seinen Plan für die nächsten Tage zum wiederholten Male sorgfältig durch. Nur jetzt keinen Fehler mehr machen!

Den Mann, der ihm eine Weile folgte und ihn aufmerksam beobachtete, bemerkte er nicht.

Bela saß in seinem Arbeitszimmer und sah nachdenklich aus dem Fenster. Als er damals nach dem großen Brand die Herrschaft über Ghom wiedererlangte, hatte er versucht herauszufinden, was aus

Waladan geworden war. Erfolglos. Es gab zu viele Tote, die nicht mehr eindeutig zu identifizieren waren. So blieb die Frage, ob Waladan tot oder untergetaucht war, unbeantwortet.

Die meisten glaubten, dass er im Feuer umgekommen war. Bela aber hatte seine Zweifel. Er kannte Waladan gut. Er kannte ihn sogar besser, als ihm lieb war. Er konnte sich nicht vorstellen, dass ein Magier dieses Kalibers einfach so zu Tode kam. Mit der Zeit dachte er immer seltener an seinen Gegner, bis er ihn fast vergaß.

Doch in den letzten Wochen waren seine Zweifel erneut erwacht und seine Gedanken wanden sich Waladan wieder häufiger zu. Schuld daran war eine Reihe schlechter Omen, die in letzter Zeit gehäuft auftraten. So sammelten sich Raben in Ghom, Eulen riefen in der Nacht und seit drei Tagen krähten die Hähne um Mitternacht. Das konnte nichts Gutes bedeuten.

Gefahr und Tod lagen in der Luft.

Ein Klopfen an der Tür riss ihn aus seinen Gedanken. Sein Sekretär steckte seinen Kopf herein und meldete einen Besucher. Bela nickte zum Zeichen, dass er bereit war, ihn zu empfangen. Es war Perga, einer der einflussreichsten Händler der Stadt.

Kaum war er eingetreten, da sprudelte er auch schon los: „Ich hab ihn gesehen und auch gleich wiedererkannt. Waladan! Er lebt und er ist immer noch in Ghom. Ich bin ihm eine Weile gefolgt, um ganz sicher zu gehen, ob er es auch wirklich ist und um herauszufinden, wo er hinwollte. Es gibt gar keinen Zweifel, er war es. Wie ihr immer schon vermutet habt, ist er bei dem Brand nicht umgekommen."

„Du bist wirklich ganz sicher?", fragte Bela besorgt. „Ja, ganz sicher!", bestätigte Perga, ohne zu zögern. „Was wirst du nun tun?"

Bela zuckte mit den Schultern. „Ich muss ihn erst einmal aufspüren und gefangen nehmen. Dann bekommt er einen Prozess, so wie es sich gehört. Wohin ist er gegangen?"

„Zum Gasthaus Merlin, dort hat er sich auf eine Bank gesetzt und gewartet. Ich weiß nicht auf wen. Ich wollte nicht von ihm bemerkt werden und bin zu dir gekommen. Vielleicht ist er ja noch da." Bela bedankte sich und entließ seinen Besucher. Nicht ohne ihn ermahnt zu haben, vorsichtig zu sein.

Mit Waladan war nicht zu spaßen.

Erneut versank Bela ins Nachdenken. Was sollte er nun tun? Einfach zum Gasthaus Merlin spazieren und Waladan am Kragen packen, das würde er gar nicht erst versuchen. Wenn Waladan all die Jahre seit dem Brand in Ghom im Untergrund gelebt hatte, und davon ging er aus, dann musste er Helfer haben. Anders war es gar nicht möglich. Doch wer waren diese Helfer und vor allem, wie viele gab es? Wem konnte Bela in dieser Sache vertrauen? Er musste mit Bedacht zu Werke gehen. Eine falsche Person, die er einweihte, und Waladan wäre gewarnt. Das konnte schlimme Folgen haben.

Er beschloss, erst einmal nach Palor zu schicken, dem Hauptmann der Stadtwache. Vielleicht war Waladan ja erst vor ein paar Tagen in die Stadt gekommen. Das würde die Dinge vereinfachen, denn dann hatte er wahrscheinlich doch kein Helfernetz.

Waladan hatte im Gasthaus erfahren, dass die Reisenden in der Stadt unterwegs waren. Er ging zu einer der Bänke auf dem Platz und setzte sich. Er würde wohl warten müssen. Es dauerte eine ganze Zeit, bis er die Gesuchten die Straße hinab auf den Platz kommen sah. Sie debattierten heftig und schließlich konnte Waladan hören, was geredet wurde:

„Aber irgendetwas müssen wir doch tun. Wir können doch nicht einfach herumsitzen und die Hände in den Schoß legen!", sagte Mirac.

„Was sollen wir sonst schon groß tun? Dauernd durch die Stadt irren und aufs Geratewohl suchen bringt doch auch nichts. Wer weiß, vielleicht ist Jonas in der Zwischenzeit sogar schon hier vorbeigekommen, hat uns nicht angetroffen und rennt jetzt auch durch die Straßen, um uns zu finden", erwiderte Cassian.

„Gibt es denn gar keine Obrigkeit, an die wir uns wenden können?", fragte Adelgard in die Runde.

„Verzeiht, wenn ich mich einmische", nutzte Waladan sofort die Gelegenheit. „Mir scheint, ihr sucht jemanden. Vielleicht kann ich helfen. Ich bin Bela, der Regent der Stadt. Das Wohl der Besucher Ghoms liegt mir sehr am Herzen. Doch leider ist es so, dass unsere schöne Stadt nicht ohne Gefahren ist. Aber keine Sorge, wir werden den Gesuchten schon wiederfinden. Was ist denn genau geschehen?" Erleichtert, einen Helfer in der Not gefunden zu haben, berichteten die Freunde, was sich in den letzten Stunden ereignet hatte.

„Was hat euch denn nach Ghom geführt?", fragte Waladan beiläufig. Die fünf schwiegen und sahen sich an.

„Oh, ihr müsst es mir nicht sagen. Ich dachte nur, es könnte möglicherweise bei der Suche helfen, es zu wissen."

„Nein, tut es nicht", erwiderte Konrad knapp.

Waladan lächelte nur freundlich. „Am besten wird es sein, wenn ihr hier im Hotel wartet. Ich werde sehen, was die Wache der Stadt tun kann, um euren Freund wiederzufinden. Ich lasse euch Bescheid geben, sobald ich etwas weiß."

Mit einem Nicken verabschiedete er sich und ging davon.

Waladan war zufrieden. Diese Leute konnten ihm nicht gefährlich werden. Es waren nur einfache Handwerker und keine großen Magier, wie er erst befürchtet hatte. Er hatte nur schwache magische Kräfte bei ihnen spüren können. Nichts von Bedeutung. Sein Trick, sich als Bela auszugeben, hatte bestens funktioniert. Jetzt würden die Reisenden erst mal im Hotel sitzen und warten, dass er zurückkehren und ihnen berichten würde. Bis sie Lunte rochen, konnte einige Zeit vergehen, und er konnte in Ruhe seine Pläne zu Ende bringen.

Bevor er in der Früh aufgebrochen war, hatte er für den Abend ein Treffen seiner wichtigsten Gefolgsleute anberaumt. Nun wurde es Zeit, dorthin zu eilen und die letzten Details für den morgigen Tag zu besprechen.

Morgen Abend dann würde er Einzug halten in das Stadtpalais, endlich!

Der Tag hatte sich geneigt und wieder brach über Ghom die Nacht herein. Fieberhaft überlegte Jonas, was er nun tun sollte.

Er hatte keine Lust, sich einfach von Waladan töten zu lassen. Schon gar nicht nach all dem, was er durchgemacht hatte und so kurz vor dem Ziel! Doch ihm wollte absolut nichts einfallen.

Mehr um sich von seiner Angst abzulenken und um sich das Gefühl zu vermitteln, irgendetwas zu unternehmen, begann er, die Taschen seiner Kleidung zu durchsuchen.

„Vielleicht finde ich etwas, dass mir weiterhilft", redete er sich ein, ohne jedoch wirklich daran zu glauben.

Da ertastete er in einer seiner Taschen einen Gegenstand, an den er sich nicht erinnern konnte. Er zog ihn heraus und starrte verblüfft auf ein kleines Amulett. Es war aus Leder und Bast und enthielt einen wundersam geformten Samen und etwas trockenes Kraut.

Jonas war verwirrt. „Ich habe doch alle Amulette gebraucht, die mir der Lamtan für meine Prüfungen mitgegeben hatte. Wo kommt dieser Talisman her?", überlegte er.

Dann kam ihm eine Erinnerung: Er sah vor seinem geistigen Auge, wie Shirteck der Bär vor ihm zusammenbrach. Wie in Trance hatte er ihm damals das Amulett des ewig währenden Lebens abgeschnitten und es eingesteckt. Er hatte das völlig vergessen.

Jonas hängte sich den Talisman um, in der Gewissheit, dass ihm nun nichts mehr passieren konnte. Jonas war erleichtert. Die Angst, die er allein in dem Kerker mit dem Tod vor Augen empfunden hatte, verschwand.

Plötzlich hörte er eine leise, sehr melodische Stimme hinter sich: „Es wird dir nichts nützen. Dieses Amulett wurde ganz persönlich für Shirteck gefertigt. Er hat es sich schwer erkämpfen müssen und ein anderer kann es nicht einfach so übernehmen."

Jonas drehte sich um und in der Ecke unter dem Fenster saß ein hochgewachsener dünner und bleicher Mann, bekleidet mit einem langen schwarzen Mantel im Mondlicht. Ein blonder Zopf quoll unter einem breitkrempigen Hut hervor: der Tod!

„Da es dir nichts nützen wird, kannst du es mir zurückgeben."

Jonas langte nach dem Talisman und wollte ihn gerade abnehmen, als er ein eigenartiges Flackern in den Augen des Todes wahrnahm. Er hielt in der Bewegung inne. Was hatte das zu bedeuten?

Er spürte plötzlich, wie sehr dem Tod daran gelegen war, dieses Amulett zu bekommen. Warum nur, wenn es keinem anderen außer Shirteck nützte? Sein Gehirn arbeitete mit einem Mal auf Hochtouren und all seine Sinne waren aufs Äußerste geschärft. Mit einem Mal meinte er zu wissen, worum es dem Tod ging.

Er ließ seine Hand wieder sinken und glaubte, für einen Sekundenbruchteil Enttäuschung auf dessen Gesicht zu erkennen. „Bring mich aus dem Kerker raus. Dann gebe ich dir das Amulett. Ich finde, du bist mir einen Gefallen schuldig; dafür, dass ich für dich Shirteck getötet habe", sagte Jonas.

Der Tod lachte nur. „Du hast ihn getötet, damit der Lamtan dir hilft, hierher zu kommen. Du hast deinen Lohn also schon erhalten. Ich bin dir nichts schuldig. Was soll das überhaupt? Wenn Waladan dich morgen tötet, bekomme ich das Amulett sowieso. Also gib her!" „Wenn du mir nicht hilfst, muss ich morgen sterben. Aber ich werde das Amulett dabei sichtbar um meinem Hals tragen. Ich bin mir sicher, dass Waladan sich sehr dafür interessieren wird. Ein großer Magier wie er, wird in der Lage sein, es für sich zu nutzen. Auch wenn es nicht für ihn gefertigt wurde. Dann gibt es wieder jemanden, der dir vielleicht für immer entkommt. Ich glaube, das ist nicht in deinem Sinne."

Jonas lachte, als er die Wut sah, die dem Tod kurz über das Gesicht huschte. Der Tod schwieg eine Weile.

Schließlich sagte er voll Widerwillen. „Also gut. Ich werde dich aus dem Kerker bringen. Dann gibst du mir das Amulett. "

Der Tod erhob sich und ging zur Tür. „Wohin willst du?", fragte Jonas alarmiert. Er befürchtete, der Tod wolle sich einfach aus dem Staub machen.

„Wenn ich dich hier rausbringen will, werde ich dir wohl dein Schwert besorgen müssen. Oder wie willst du an den Wachen vorbeikommen?"

„Ich dachte, du könntest vielleicht ..." Jonas ließ den Satz unvollendet.

„Ich könnte, aber es ist mir nicht gestattet. Ich komme nur, um die Seele abzuholen und in die Anderswelt zu bringen, wenn es so weit ist. Wenn es nicht so wäre, würdest du schon nicht mehr leben und ich hätte mein Amulett wieder. Das wäre doch für mich der einfachste Weg, oder?"

Jonas antwortete nicht und der Tod verschwand, indem er einfach durch die geschlossene Tür ging. Nicht lange und er kehrte mit Gilreck in der Hand zurück.

Jonas schnallte sich den Gurt um und nahm das Schwert in die Hand. Der Tod schnippte mit den Fingern und die Zellentür sprang auf. Jonas hörte heraneilende Schritte und machte sich bereit. Doch die Wache, die hereinstürmte, hatte ihr Schwert gar nicht gezogen. Der Mann war nicht auf die Idee gekommen, er könnte auf einen bewaffneten Gefangenen treffen.

Jonas streckte ihn mit einem gezielten Hieb nieder und trat auf den Gang hinaus. Einige Fackeln, die in Ringen an der Wand steckten, erleuchteten ihn notdürftig.

Wo war Palor?

Da hörte Jonas, wie am oberen Ende der Treppe, die aus dem Keller führte, eine Tür geöffnet wurde. Schwere Schritte stiegen Stufe um Stufe hinab.

Jonas drückte sich in eine dunkle Nische.

Als Palor nicht mehr weit weg war, rief er: „Runar, ich habe Wein besorgen können. Das wird eine feine Wache werden. Hey Runar, warum antwortest du nicht?"

Palor war stehen geblieben und lauschte. Er war schon lange Wächter in Ghom. Vorher war er Soldat gewesen und hatte in einigen Schlachten gekämpft. Sein Instinkt sagte ihm, dass hier irgendetwas nicht stimmte.

Er zog sein Schwert und ging vorsichtig und langsam weiter die Treppe hinab. Jonas rührte sich nicht und atmete kaum. Er wollte kein Risiko eingehen und den Überraschungsmoment nutzen. Als Palor nahe genug herangekommen war, sprang Jonas vor und stach zu. Gilreck durchbohrte Palors Hals und lautlos brach dieser zusammen.

Vorsichtig, aber ohne zu säumen, huschte Jonas die Stufen hinauf und durchquerte das Erdgeschoss.

Nach wenigen Schritten stand er auf der Straße und rannte los. Er wunderte sich, dass er auf keinerlei Widerstand mehr gestoßen war. Aber er gab sich keiner Illusion hin: Es konnte nicht lange dauern, bis man seine Flucht entdecken würde, und Waladan würde alles daran setzen, ihn wieder einzufangen. Er hatte keinen Zweifel daran gelassen, wie wichtig ihm Gilreck war. Jonas musste so schnell wie möglich seine Freunde aus dem Hotel holen. Dort waren sie nicht mehr sicher, denn bestimmt würde Waladan die Zimmer als Erstes durchsuchen lassen.

Eilig lief Jonas durch die dunklen Straßen, stets darauf bedacht, die vom Mond beschienenen helleren Bereiche der Straßen so gut es ging zu meiden, um nicht doch noch entdeckt zu werden.

Im Gasthaus Merlin angekommen, rannte er mehrere Stufen auf einmal nehmend nach oben zu den Zimmern. Als er die Tür zu seinem Schlafraum aufriss, fuhr Konrad in die Höhe und langte nach seiner Armbrust.

„Ich bin's, Jonas!", rief Jonas leise. „Schnell, wir müssen hier schleunigst verschwinden, komm!"

„Aber ...", begann Konrad.

„Wir haben keine Zeit für Erklärungen, das muss warten, komm einfach!", schnitt ihm Jonas das Wort ab, drehte sich um und lief in die anderen Zimmer. In Windeseile hatte er seine Freunde aufgeschreckt und auf die Straße gescheucht.

Waladan schreckte aus einem unruhigen Schlaf hoch. Irgendetwas stimmte nicht. Er stand auf, zog sich eilig an und begann das Haus abzugehen. Die offene Eingangstür ließ ihn nichts Gutes ahnen und als er schließlich im Keller ankam, wurde seine Ahnung zur Gewissheit: Der Gefangene war weg.

Wut und Verzweiflung schoss in ihm hoch. Er schrie, tobte und zeterte. Dann begann er in seiner Raserei, auf die toten Wachen einzuschlagen.

Mit diesem Schwert stand und fiel doch alles. Jetzt war es weg und er musste sehen, dass er es wiederbekam. Sonst musste er erneut warten, wer weiß wie lange. Aber er war alt geworden über all diese endlosen Jahre des Wartens. Er hatte nicht mehr ewig Zeit. Es musste jetzt einfach gelingen.

Langsam beruhigte er sich wieder. Er brauchte einen klaren Kopf. Als er nach oben kam, waren seine Untergebenen bereits zusammengelaufen, da sein Geschrei im ganzen Haus zu hören gewesen war. „Er ist weg! Wir müssen ihn suchen und so schnell wie möglich wieder herbringen! Wir beginnen beim Hotel, dort wohnen sie. Los, rasch, rasch!", brachte Waladan seine Leute auf Trab.

Kaum waren Jonas und seine Freunde auf der Straße, da hörten sie auch schon heraneilende Schritte.

„Los weg, sie dürfen uns nicht erwischen", raunte Jonas und setzte sich in Bewegung. Sie flohen die nächstbeste Straße hinunter und versuchten, durch häufiges Abbiegen ihre Verfolger abzuschütteln. Ohne Erfolg! Schließlich bogen sie in eine weitere Gasse ein und hörten plötzlich zu ihrem Entsetzen Schritte, die ihnen auch vom anderen Ende entgegeneilten. Sie saßen zwischen zwei Gruppen von Verfolgern in der Falle. Es würde nur noch wenige Augenblicke dauern, bis ihre Häscher sie erspäht und gestellt haben würden. Jonas, der aus den Augenwinkeln bemerkte, dass Konrad seine Armbrust spannte, zog Gilreck. Noch mal würde er sich nicht so einfach entwaffnen lassen.

Völlig unerwartet öffnete sich auf einmal eine Tür im Haus direkt neben ihnen. Ein kleines schmales Männlein in kunterbuntem Gewand schaute heraus und winkte ihnen energisch hereinzukommen. Es war derselbe Mann, den Jonas schon in der Bibliothek bemerkt hatte.

Jonas zögerte, denn er war sich nicht sicher, ob dem Mann zu trauen war. „Was haben wir schon groß zu verlieren?", sagte Mirac, der Jonas' Zaudern spürte. „Schlimmer kann es kaum noch werden."

Dem war nichts hinzuzufügen und die sechs Freunde huschten ins Haus hinein.

Das Männlein schloss die Tür leise hinter ihnen und eilte voraus in einen der Räume des Hauses.

Dort angekommen verbeugte er sich vor ihnen: „Ich bin der große Leoula, der König der Gaukler und Narren. Ich glaube, ihr braucht Hilfe!", wandte sich Leoula an Jonas.

„Vor wem laufen wir hier eigentlich davon?", fuhr Jada dazwischen und sah Jonas auffordernd an.

„Vor Waladan!", lautete die Antwort. In knappen Sätzen schilderte Jonas was sich zugetragen hatte. „Jetzt brauchen wir in der Tat Hilfe!", sagte Konrad, nach Jonas Bericht.

Der Junker war unschlüssig. Seit dem Erlebnis mit dem vermeintlichen Bettler und seiner Gefangenschaft, der er nur knapp und durch List hatte entkommen können, war er misstrauischer geworden.

„Warum willst du uns gegen Waladan helfen?", fragte er Leoula.

„Bei dem großen Brand, für den Waladan verantwortlich ist, ist meine Frau in den Flammen ums Leben gekommen. Ich habe daher mit Waladan noch eine Rechnung offen. An seinen Tod habe ich nie geglaubt. So, wie viele andere auch nicht. Immer wieder habe ich ihn gesucht, um ihn zur Rechenschaft zu ziehen. Bisher vergeblich. Aber nun zeigt er sich offen.

Wenn er dein Schwert in die Hände bekommt, wird er ein noch gefährlicherer Gegner, als er es ohnehin schon ist. Also werde ich euch am besten schleunigst aus der Stadt bringen."

„Ich kann nicht sofort weg", antwortete Jonas. „Ich muss erst noch einen Zauber in der Bibliothek finden. Nur deswegen bin ich überhaupt nach Ghom gekommen. Ohne den Spruch werde ich nicht gehen", erklärte Jonas bestimmt.

„Was genau brauchst du denn?", wollte Leoula wissen.

Jonas wusste, dass ihre Lage verzwickt war. Auf sich allein gestellt hatten sie als Fremde in Ghom kaum eine Chance, heil aus der Sache herauszukommen. Die Geschichte, die ihnen Leoula präsentierte, klang einigermaßen glaubwürdig. Jemand anderen, an den sie sich hätten wenden können, gab es nicht. Jonas beschloss, alles auf eine Karte zu setzen und diesem Leoula zu vertrauen. Etwas anders blieb ihm auch gar nicht übrig.

„Eine Freundin ist von einem Geist verflucht worden. Ich will sie davon befreien!", beantwortete er Leoulas Frage.

„Das ist einfach. Du brauchst eine Fluchumkehr", antwortete der Gaukler achselzuckend.

Konrad und Cassian stöhnten gemeinsam auf.

„Darauf hätten wir auch selber kommen können!"

„Seid ihr aber nicht!" Jonas war verärgert. Sie könnten schon längst von hier verschwunden sein.

„Können wir nachts in die Bibliothek?", fragte Mirac, der keine Lust hatte, Zeit mit sinnlosen Streitereien zu vergeuden.

„Nach Sonnenuntergang ist sie verschlossen. Damit niemand unbefugt eindringt, können nur mehrere Zauberer das magische Schloss öffnen. Am besten sind drei oder noch mehr. Wie sieht's bei euch mit Zaubern aus?" Leoula blickte auffordernd in die Runde. Konrad und Cassian nickten ihm zu. „Dafür wird's reichen", meinte Cassian. „Das ist gut", freute sich der König der Gaukler. „Ich brauche auch noch was aus der

Bibliothek. Ich will einen Geschichtenstein schaffen. Dieser magische Stein soll mich bis ans Ende meiner Tage mit immer neuen Geschichten versorgen, denn Erzählen ist meine wichtigste Einnahmequelle. Doch Moror, einer meiner Gaukler-Kollegen und mein größter Konkurrent hat Wind von der Sache bekommen. Er lässt mich beobachten. Das erschwert meine Arbeit ungemein. Ich muss in der Bibliothek einiges herausfinden, das mir zur Herstellung des Steins noch fehlt. Wenn ich in der Nacht arbeiten kann, wäre das ideal für mich. Dann bin ich ungestört und schnell am Ziel."

Leoula hatte die ganze Zeit am Fenster gestanden und immer wieder hinausgesehen. Jetzt verließ er seinen Platz.

„Waladans Leute haben das Nachbargrundstück abgesucht, während wir geredet haben. Ich denke, sie werden als Nächstes hierherkommen. Wenn wir fliehen, werden sie sich an unsere Fersen heften. Am besten ist es also, wir lassen sie glauben, ihr seid nie in diesem Haus gewesen. Dieses Gebäude ist das Zunfthaus des fahrenden Volkes. Wir leben ein unstetes Leben: heute hier, morgen dort und sind nirgends zuhause. Die Menschen schätzen unsere Kunst zwar, aber ansonsten misstrauen sie uns. Oft werden wir bedroht und für Dinge verantwortlich gemacht, die wir gar nicht getan haben. Das hat uns vorsichtig werden lassen. Dieses Haus hat deshalb einen geheimen Fluchttunnel. Den werden wir nutzen. Kommt schnell, wir haben nicht viel Zeit."

Leoula eilte voraus die Treppen hinab in den Keller. Er bestand aus einem großen Gewölbe, vollgestellt mit allerlei Truhen und Fässern. „Wartet hier!", sagte Leoula, kaum dass sie durch die Tür waren, und eilte zur gegenüberliegenden Kellerwand.

Die Freunde hörten ihn leise murmeln, konnten jedoch kein einziges Wort verstehen. Mit einem Male zeigte sich ein schmaler Riss in der Wand, der sich zügig in beide Richtungen ausbreitete und ein Rechteck formte. Leoula schlug drei Mal mit der Faust dagegen und eine Tür schwang nach innen und gab den Blick auf einen schmalen, dunklen Gang frei.

„Folgt dem Tunnel und wartet am Ende auf mich. Ich werde unsere Verfolger abwimmeln und dann nachkommen. Vergesst aber nicht, die Tür hinter euch wieder zu schließen!"

Ohne eine Antwort abzuwarten, eilte Leoula nach oben, wo bereits heftig gegen die Eingangstür gehämmert wurde. Er eilte hastig in einen der Räume, riss sich sein Gewand vom Leib und streifte sich ein Nachthemd über. Dann setzte er ein verschlafenes Gesicht auf, ging zur Tür und öffnete.

Draußen stand eine Horde Bewaffneter, angeführt von einem Stadtwächter.

„Wir suchen flüchtige Verbrecher. Sie müssen hier in diesem Haus sein. Lass uns rein!", befahl er. Leoula schaute ungläubig. „Verbrecher? In diesem Haus? Nein, da müsst ihr euch irren. Ich habe zwar geschlafen, aber wenn sich jemand reingeschlichen hätte, dann wäre ich sicher wach geworden. Aber seht besser gründlich nach. Nicht, dass ich falsch liege und am Ende noch ausgeraubt werde, kaum dass ihr wieder weg seid."

Der große Leoula trat zur Seite und die Horde stürmte hinein. Gründlich durchsuchten sie alles, vom Dachboden bis zum Keller. Vergeblich. Außer dem Gaukler war niemand da.

„Aber irgendwohin müssen die doch verschwunden sein", rief der Anführer. „Ich hoffe, ihr findet sie. Sonst machen die noch die ganze Stadt unsicher", antwortete Leoula scheinheilig.

Ohne ein weiteres Wort verschwanden die Häscher die Gasse hinab. Leoula schloss die Tür, wartete noch einen Moment, bis die Schritte in der Nacht verklungen waren, und ging nach oben. Bevor er Jonas und den anderen in den Gang folgte, musste er noch etwas Dringendes erledigen.

Ruhelos ging Bela in seinem Zimmer auf und ab. Palor, nach dem er geschickt hatte, war nicht erschienen. Das bedeutete nichts Gutes. Er musste unbedingt wissen, was in der Stadt vor sich ging.

Eilends verließ er das Zimmer und stieg in den Turm des Stadtpalais, das ihm als Wohnung und Amtssitz diente. Er betrat den einzigen Raum ganz oben. Decke, Fußboden und Wände waren schwarz und gaben dem Raum etwas Düsteres, Bedrückendes. Er war leer, mit Ausnahme eines großen Spiegels in der Mitte des Raumes. Er war von einem kunstvoll gearbeiteten, reich verzierten Messingrahmen eingefasst. Üppiges Blattwerk rankte rund um den Spiegel. Zahlreiche Gesichter von Elfen, Zwergen, Trollen und allerlei Fabelwesen lugten zwischen den Blättern hervor. Der ganze Spiegel wirkte wie aus einem wunderlichen Traum entsprungen.

Dieser magische Spiegel war Belas größter Schatz: Er erlaubte es ihm, Vorgänge in der Stadt zu beobachten, ohne das Haus zu verlassen und somit, ohne selber gesehen zu werden. Außerdem konnte er durch ihn regelmäßig seine Späher befragen, die überall in der Stadt verteilt Informationen für ihn sammelten. Dieses Netz aus Vertrauensleuten, die heimlich für ihn arbeiteten, hatte er sich gleich nach dem großen Brand ausgedacht und langsam über die Jahre ausgebaut. Er hatte immer gehofft, dass er mit ihrer Hilfe eine erneute Regentschaft Waladans, an dessen Tod er nie geglaubt hatte, würde verhindern können. Mithilfe des Spiegels war er auch Jonas in Orgons Höhle erschienen.

„Ostendo veritas", sprach Bela mit lauter Stimme. Ein feines Glimmen entstand in der Mitte des Spiegels und breitete sich von dort aus, bis die ganze Fläche leuchtete.

„Zeige mir Palor", verlangte Bela.

Erst unscharf und verschwommen, dann immer klarer werdend zeigte der Spiegel das Bild eines Kellergangs. In ihm lagen zwei Mitglieder der Stadtwache erschlagen auf dem Boden. Einer davon war unzweifelhaft Palor.

„Zeige die Fremden", sagte Bela zu dem Spiegel, der erneut ein Bild formte: Jonas und seine Freunde, wie sie durch die Gassen der Stadt flohen und schließlich von Leoula ins Haus gelassen wurden. Was ging dort draußen vor sich? Wer hatte Palor erschlagen und warum flohen die Fremden vor Waladans Leuten?

Bela war froh, dass sie jetzt bei Leoula waren. Er war einer von Belas zuverlässigsten Helfern. Schade, dass er so selten in der Stadt war.

Erneut veränderte sich das Bild im Spiegel und der große Leoula erschien.

„Ein Glück, dass ich dich gleich antreffe", sagte er zur Begrüßung und berichtete Bela, was geschehen war. „Ich glaube, es ist Zeit, all unsere Leute zusammenkommen zu lassen. Du hast uns immer auch als Kämpfer gesehen, um im Falle des Falles gegen Waladan vorgehen zu können. Ich werde die Fremden in die Bibliothek und anschließend aus der Stadt bringen, wie ich es versprochen habe. Wenn dieses magische Schwert außer Waladans Reichweite ist, können wir aufatmen. Das wird ihn entscheidend schwächen. Halte du mir den Rücken frei."

Mit diesen Worten verschwand Leoula wieder aus dem Spiegel. Gerne hätte sich Bela auch noch Waladan zeigen lassen. Er hatte das gelegentlich versucht, immer mit demselben Ergebnis: Der Spiegel war schwarz geworden und für Tage nicht mehr zu gebrauchen. Also machte sich Bela stattdessen lieber daran, seine Leute zusammenzutrommeln.

Jonas spähte in den Gang hinein. Er war feucht und roch modrig. Zahlreiche dicke Spinnweben hingen von der Decke, die ältesten schwarz von Staub und Dreck. Er konnte einige handtellergroße schwarze haarige Spinnen ausmachen, die sich tiefer in den Gang zurückzogen.

„Los Konrad, leuchte uns mit deinem Eibenstab und geh voran!", forderte Jonas den Köhler auf.

Der Gang fiel ein wenig ab und schon nach wenigen Metern stand Wasser auf dem Boden. Zum Glück war es nicht tief.

Sie waren bereits eine Weile gegangen, als plötzlich wie aus dem Nichts eine Gestalt im Gang erschien. Als sie die Wanderer bemerkte wurde sie größer und größer, bis sie den Gang komplett ausfüllte und versperrte. Es war einer der Geister, von denen sich so viele in Ghom herumtrieben. Die ganze Gestalt war seltsam grauschwarz und das Gesicht war kaum zu erkennen. Nur die funkelnden, stechenden Augen stachen deutlich daraus hervor. Ein eigenartiger Brandgeruch ging von ihr aus. Schweigend stand sie vor den Flüchtenden. Die Freunde blieben stehen, unschlüssig, was sie jetzt tun sollten. Einer nach dem anderen begannen sie, sich erst zu räuspern, dann zu husten und schließlich mit tränenden Augen zu würgen. Zu dem Brandgeruch war das Gefühl von Rauch in der Luft hinzugekommen. Sie konnten fast nicht mehr atmen.

Sie mussten hier raus, und zwar schnell.

Aber es gab nur einen Weg: zurück in das Haus von Leoula. Wenn dort noch Waladans Schergen waren, wäre das ihr Ende.

Plötzlich hatte Jonas eine Eingebung: „Lass uns durch!", rief er mit letzter Kraft dem Geist zu. „Wir müssen hier durch, um Waladan zu entkommen."

Die Gestalt brach ihr Schweigen: „Waladan? Waladan ist in der Stadt?"

„Ja", antwortete Jonas, „und er ist drauf und dran, sich die Herrschaft über die Stadt zurückzuholen." Sofort schrumpfte die Gestalt, wurde kleiner und kleiner und immer dünner, bis sie mit einem leisen „Plopp" ganz einfach verschwand. Jonas und seine Freunde konnten wieder atmen und setzten erleichtert den Weg fort.

Es dauerte nicht mehr lange und der Gang war zu Ende. Sie standen vor einer Mauer. Nur kurze Zeit später stieß Leoula zu ihnen. Er berührte die Wand in der Mitte mit dem Finger und strich ein wenig nach unten. Dann schob er zur Verwunderung aller zwei Steine ein bisschen auseinander und spähte durch die so entstandene schmale Lücke nach draußen

„Die Luft ist rein, niemand da", verkündete er, griff mit der Hand in eine kleine Nische und öffnete behände eine weitere verborgene Tür, die sie in die Freiheit und die frische Nachtluft entließ.

Jonas genoss diese saubere Luft, die nun seine Lungen füllte, und war froh, dem engen stickigen Gang entkommen zu sein. Er folgte Leoula, der zielstrebig eine schmale Gasse hinabeilte, die sie auf den großen Platz brachte. Sich immer im Schatten der Häuser haltend, standen sie auch schon bald vor der Bibliothek.

Konrad, Cassian und Leoula öffneten sie mit vereinten magischen Kräften und gingen so geräuschlos wie nur möglich in den großen Saal mit den schwebenden Büchern. Kaum hatten sie die Bibliothek betreten, ließ Jonas nur noch einen einzigen Gedanken in seinem Kopf zu: „Fluchumkehr, Fluchumkehr, Fluchumkehr", dachte er wieder und wieder. So wunderte es ihn nicht, dass, sobald er im Saal angekommen war, auch schon ein Buch – und zwar nur dieses eine – auf ihn zu geschwebt kam und sich vor seinen Augen stehend öffnete. Wundersamerweise leuchtete die Seite, sodass sie trotz der Dunkelheit, die sie umgab, gut zu lesen war. Jonas, Cassian und Konrad studierten den Text:

> *So du aber von einem Fluche getroffen, gehe wie folgt vor:*
> *Erwarte die Nacht, da der Mond sich verbirgt und die*
> *Dunkelheit am vollkommensten ist. Dies ist der Zeitpunkt*
> *von Neubeginn und Aufbruch. Der verborgene Mond nimmt*
> *dem alten Zauber die Kraft. Zuvor faste drei Tage und*
> *Nächte. Zur Mitte der Nacht suche einen Ort der Kraft auf.*
> *Dort mische zu gleichen Teilen Vetiveria, Alraune,*
> *Drachenblut und Ysop. Reinige dich mit ihrem Rauch.*
> *Sodann ziehe mit der Asche einen Schutzkreis. Nachdem du*
> *eine Kerze entzündet hast, rufe das Bild deines Peinigers in*
> *dir hervor und spreche laut: Retro Orgin.*

Nachdem er zu Ende gelesen und sich den Text eingeprägt hatte, schloss sich das Buch wie von Geisterhand und schwebte wieder zurück zu den anderen.

Jonas sah sich um. Auch Leoula war mit dem Lesen fertig und nickte ihm zu.

Schweigend gingen sie Richtung Ausgang. „Hast du, was du brauchst?", fragte Leoula Jonas. Der nickte. „Gut, ich auch. Verschwinden wir schleunigst aus der Stadt, bevor Waladan uns doch noch aufspürt."

„Was ist mit unseren Sachen und vor allem mit unseren Tieren? Mit ihnen wären wir deutlich schneller. Wer weiß, vielleicht lässt uns

Waladan ja verfolgen, wenn er merkt, dass wir weg sind", warf Jada ein.

„Aber es ist gefährlich zu dem Gasthaus zurückzugehen. Waladan könnte uns da erwarten – in der Hoffnung, dass wir noch mal zurückkommen!", warnte Mirac.

„Ich habe eine Idee. In der Nähe vom Merlin gibt es ein leer stehendes Haus. Dort könnt ihr euch verstecken. Ich gehe zum Gasthaus und erkunde die Lage. Mich hat niemand mit euch gesehen. Also bin ich unverdächtig. Ich komme nur so zufällig des Weges", schlug Leoula vor.

Es war nur ein kurzer Weg zu dem verlassenen Haus, auf dem sie niemandem begegneten. Ghom war nachts nicht geheuer und deshalb waren die Straßen nach Einbruch der Dunkelheit so gut wie leer. Leoula schlenderte einfach weiter und ging zum Gasthaus Merlin. Vor dem Tor blieb er stehen. Weit und breit war keine Menschenseele zu sehen. Vorsichtig versuchte er die Tür zu öffnen. Sie war verschlossen.

Leoula ging an der Mauer, die das Grundstück umgab, entlang und fand eine Stelle, an der sie halb eingestürzt war. Er stieg hinüber und sah sich um. Er stand auf einem kleinen Hof und konnte zwei Gebäude ausmachen: ein Wohnhaus und einen Stall. Er schlich zum Haus, doch die Tür war verschlossen. Der Stall aber war offen und Leoula stellte zu seiner Freude fest, dass er das Tor zur Straße von innen ganz leicht öffnen konnte.

Er ging in den Stall, band die Tiere von Jonas und seinen Freunden los und verließ das Grundstück so schnell und leise wie möglich. Den Mann, der ihn hinter einem Vorhang stehend aus dem Haus gegenüber beobachtete, sah er nicht.

Bela hatte erneut den Spiegel befragt. So wusste er, dass Leoula die Tiere der Fremden aus dem Gasthaus geholt hatte, um sich dann mit ihnen auf den Weg aus der Stadt zu machen. Nachts waren alle Tore der Stadt geschlossen. Bela würde schnell dafür sorgen müssen, dass das richtige Tor für sie geöffnet sein würde. Unter seinen Leuten waren auch eine Reihe Stadtwächter. Es würde also kein großes Problem werden, einen Fluchtweg aus Ghom zu öffnen.

Doch Bela hatte noch mehr im Spiegel gesehen: eine Reihe bewaffneter Bürger und Wachen, die ganz in der Nähe der Gruppe um Leoula auf der Lauer lagen. Als dann noch der Spiegel mit einem Schlag schwarz wurde, wusste Bela, dass nun auch Waladan erschienen war.

Die Fremden waren in höchster Gefahr. Er durfte nicht länger säumen und musste sich schleunigst mit seinen Getreuen auf den Weg machen, um ihnen zu Hilfe zu kommen.

Er eilte in den Saal des Stadtrates, wo die Verteidiger Ghoms auf ihn warteten.

Zu seinem Entsetzen befand sich unter ihnen auch Fabiola, seine Tochter.

„Was willst du hier?", fuhr er sie barsch an.

„Dabei sein, wenn ihr Waladan stoppt. Auch ich habe mit ihm noch ein paar Rechnungen offen. Meine Ehe mit ihm war die schlimmste Zeit meines Lebens. Ich werde nicht zu Hause bleiben und die Hände in den Schoß legen!"

„Bitte bleib hier. Es ist gefährlich und ich habe Angst um dich", erwiderte Bela.

Doch Fabiola schüttelte nur energisch den Kopf, wandte sich ab und holte ihr Schwert, dass an die Wand gelehnt auf sie wartete. Bela seufzte tief und befahl den Aufbruch.

Leoula wählte eine Route direkt entlang der Peka-Auen, um aus Ghom herauszukommen. Hier gab es lediglich ein paar Trampelpfade, auf denen man sich fortbewegen konnte. Auch musste man sich vor sumpfigem Gelände in Acht nehmen, in dem man Gefahr lief stecken zu bleiben. Unzählige Mücken schwirrten in der Nacht umher und plagten die Flüchtenden. Es war ein Weg, den nur wenige kannten und gehen konnten.

Im Grunde war es der abwegigste aller Wege, um zu einem der Stadttore zu kommen.

Genau darauf basierte Leoulas Plan: Er hoffte, dass Waladan diesen Weg nicht überwachen ließ.

Sie kamen nur langsam vorwärts, aber das war Leoula egal.

Eines machte ihm jedoch Sorgen: Die Tore waren nachts verschlossen. Als er Bela im Spiegel erschienen war, hatte er es versäumt, sich mit ihm abzusprechen, durch welches Tor er Ghom verlassen wollte. Bela hätte dafür sorgen können, dass es für sie geöffnet wurde. Jetzt war er darauf angewiesen, dass der Torwächter zu dem Kreis um Bela gehörte und sie durchlassen würde. Ein weiterer Grund, um an der Peka entlang zu fliehen: Das Wasser floss durch einen Tunnel unter der Stadtmauer hindurch. Zur Not würden sie unter der Mauer hindurchtauchen können. Dann müssten sie allerdings auch noch die Tiere aufgeben und Ghom nur mit dem verlassen, was sie am Leib trugen. Keine schönen Aussichten.

Während Leoula so in Gedanken versunken vor sich hin brütete, beobachtete Jonas eine große Eule, die ein paar Mal über sie hinwegflog, um dann abzudrehen und über dem Häusermeer Ghoms zu verschwinden.

Jonas machte die anderen darauf aufmerksam. „Gefällt mir nicht", brummte Cassian. „Eulen in der Stadt? Das ist verdächtig. Normalerweise sind das scheue Waldvögel, die man nur mit Glück zu Gesicht bekommt."

Schließlich kamen sie in die Nähe der Stadtmauer. „Wir werden jetzt den Fluss verlassen und zum nächsten Tor schleichen. Ihr werdet ein wenig zurückbleiben, während ich bis ganz zum Tor vorgehe und schaue, wer dort heute Nacht Wache schiebt. Ich habe Freunde bei der Stadtwache. Die werden mir öffnen", erklärte Leoula seinen neuen Freunden.

„Und wenn die falschen Wächter da sind?", fragte Adelgard besorgt.

„Dann kenne ich einen Weg unter der Mauer durch", antwortete Leoula und ging entschlossen und ohne weiter unbequeme Fragen abzuwarten die Uferböschung hoch.

Sie durchquerten eines der verfallenen Viertel und hatten ihr Ziel schon fast erreicht, als sie auf einen kleinen Platz stießen. Hell lag er im Mondlicht vor ihnen.

„Können wir ihn umgehen, um im Schatten zu bleiben?", fragte Jonas, dem das Gelände gar nicht gefiel. Immer wieder drangen aus den Ruinen, die an ihrem Weg lagen, eigenartige beunruhigende Geräusche: Stöhnen, Ächzen und Wimmern. Auf die Frage, was oder wer das sei, hatte Leoula nur den Kopf geschüttelt und war stumm weitergegangen. „Nein, wir müssen ihn überqueren. Eine andere Möglichkeit haben wir leider nicht", beantwortete Leoula Jonas' Frage.

Sie waren bis zur Mitte des Platzes gekommen, als Jonas aus den Augenwinkeln eine Bewegung wahrnahm: Es war die Eule, die er vorher schon am Fluss gesehen hatte. Sie segelte geräuschlos über ihre Köpfe und landete vor ihnen auf dem Pflaster.

Plötzlich überschlugen sich die Ereignisse: Im selben Augenblick, in dem Jonas den Warnschrei von Goromir, der auf einem der Hausdächer aufgetaucht war, hörte, sprang ihm Gilreck unvermittelt von selber in die Hand. Gleichzeitig verwandelte sich die Eule: Waladan stand vor ihnen.

Aus den Gassen rund um den Platz strömten Bewaffnete. Doch nicht nur Waladans Leute waren gekommen, auch Bela rückte mit seinen Getreuen auf den Platz vor. Späher hatten ihn noch rechtzeitig über den Weg der Flüchtenden und über die Bewegungen von Waladans Truppen informiert.

Waladan fixierte Jonas und um ein Haar wäre im Gilreck aus der Hand gefallen. Waladan versuchte seiner habhaft zu werden. Doch sein Versuch misslang. Gilreck verschmolz förmlich mit Jonas' Hand und so sehr Waladans Geist auch zog und zerrte – die Verbindung zwischen Hand und Schwert hielt stand.

Inzwischen war um Jonas und Waladan herum eine regelrechte Schlacht entbrannt. Die beiden verfeindeten Gruppen waren mit aller Macht aufeinandergeprallt und überall auf dem Platz waren Menschen in Zweikämpfe verwickelt.

Als Waladan einsah, dass er das Schwert im Moment nicht bekommen konnte, änderte er seine Strategie und griff in die Kämpfe ein. Das Ergebnis war verheerend: Allein mit seiner ungeheuren magischen Kraft ausgestattet, streckte er einen nach dem anderen aus Belas Gefolge nieder.

Jonas versuchte zu ihm vorzudringen, in der Hoffnung, dass er mit Gilreck, das sich ganz offensichtlich Waladan nicht beugen wollte, etwas gegen ihn ausrichten könnte.

Doch immer wenn er ihn fast erreicht hatte, verschwand der Zauberer vor seinen Augen, um an anderer Stelle ebenso plötzlich wieder aufzutauchen. Jonas war machtlos. Wenn ihnen jetzt nicht ganz schnell etwas einfiel, würden sie diese Schlacht verlieren. Dann wäre Waladan praktisch am Ziel. Ganz alleine würde Jonas sich nicht behaupten können, Gilreck hin oder her.

Da erstarrte Jonas vor Schreck: Gerade hatte er Waladan wieder einmal zum Verschwinden genötigt, da tauchte der Magier hinter Adelgard überraschend wieder auf. Mit einem höhnischen Lachen in Jonas' Richtung wendete er sich ihr zu.

Bevor Jonas irgendetwas tun konnte, sah er, wie sich Adelgard kurz aufbäumte und dann wie ein gefällter Baum zu Boden fiel. Adelgard war tot.

Jadas Schrei war trotz des Lärms über den ganzen Platz zu hören. Auch sie hatte die Szene beobachtet. Blind vor Schmerz und Wut stürzte sie auf Waladan zu. Seine Feinde links und rechts niedermähend trieb Jonas sein Pferd in Richtung Waladan. Wenn er jetzt zu langsam war, würde er heute mehr als eine Freundin verlieren. Auch Mirac und Konrad waren in dieselbe Richtung gestartet. Die Verzweiflung schnürte Jonas die Brust zu. Alle seine Freunde wollten den Zauberer stellen, dabei war ihm doch keiner von ihnen gewachsen.

Plötzlich erhob sich ein eigenartiger Wind, der den Geruch von Feuer mit sich brachte. Für einen Moment ließen alle Kämpfenden ihre Waffen sinken. Was hatte das zu bedeuten?

Dann entdeckten sie sie:

Geister in großer Zahl strömten auf den Platz. Alle waren sie schwarzgrau, als seien sie mit Ruß und Asche bedeckt. Wie schon im Tunnel kam zum Brandgeruch das Gefühl, die Luft sei schwer von Asche und Rauch. Es waren die Geister derer, die bei dem großen Brand ums Leben gekommen waren; angeführt von dem Geist, dem die Wanderer im Tunnel begegnet waren. Ohne zu säumen, strebten sie auf Waladan zu und bildeten eine undurchdringliche Mauer um ihn. Wie auch schon im Tunnel begannen nacheinander alle auf dem Platz zu husten und zu würgen. Sie hatten das Gefühl, ihre Lungen füllten sich nur noch mit Rauch.

Von Waladan war nur noch ein klägliches Röcheln zu hören. Mit einer schnellen Bewegung zog er sich seinen schwarzen Umhang über den Kopf und verschwand gänzlich unter ihm. Einen kurzen Moment nur behielt der Umhang seine Form, dann sank er inhaltslos zu Boden. Waladan war im letzten Moment verschwunden.

In Windeseile verschwanden darauf hin die Geister, so schnell, wie sie gekommen waren.

Der Spuk hatte ein Ende. Waladans Leute, ihres Anführers beraubt, flüchteten, so sie denn konnten, oder ergaben sich Bela.

Erschüttert ging Jonas zu Jada, die haltlos schluchzend neben der Leiche von Adelgard zu Boden gesunken war. Er fühlte sich hilflos und elend. Was konnte er tun, um Jada zu trösten? Er wusste es nicht. Darüber hinaus fühlte er sich auch irgendwie schuldig. Er hätte allein nach Ghom gehen sollen, ohne die anderen. Sie hatten ihm schon genug geholfen, mehr als wegen der Befreiung Miracs vonnöten gewesen wäre.

Erleichtert sah Jonas, dass Mirac zu Jada gegangen war, sie sanft in den Arm nahm und wiegte. Mehr konnte man im Moment wohl auch nicht tun.

Jonas ging zu einem der Häuser am Rande des Platzes und setzte sich auf die Stufen zum Eingang. Er fühlte sich leer. Konrad setzte sich neben Jonas und betrachtete ihn aufmerksam. Nach einer Weile sprach er:

„Wir sind freie Menschen, Cassian, Mirac, Jada, ich und auch Adelgard. Wir haben dich nach Ghom begleitet, weil wir es wollten und obwohl wir wussten, dass es gefährlich werden könnte. Du hast dir also nichts vorzuwerfen."

Jonas war erstaunt, wie gut Konrad ihn mittlerweile kannte. „Ja, schon. Aber trotzdem ...", war alles, was er herausbrachte, zusammen mit einem hilflosen Schulterzucken.

Konrad klopfte ihm auf die Schulter und schweigend saßen sie beieinander. Cassian stand abseits allein auf dem Platz und sah zu Mirac, Jada und seiner toten Frau. Sein Gesicht wirkte teilnahmslos und er machte keine Anstalten, zu seiner Tochter zu gehen.

Nina stand in der Halle ihres Schlosses und besah sich die Dinge, die sie zusammengetragen hatte, um sie mitzunehmen. Morgen würde sie aufbrechen! Das Wetter war nun warm genug, um reisen zu können.

Sie war aufgeregt. So sehr sie sich auch freute, endlich das Schloss zu verlassen, und so zuversichtlich sie auch oft war, selber nach Ghom zu gelangen, so sehr hatte sie aber auch immer wieder Angst. Angst davor, welche Gefahren und Ungewissheiten vor ihr lagen.

Aber sie hatte sich fest dazu entschlossen, die Reise zu wagen.

Das Schloss, das für sie ein Gefängnis gewesen war, hatte sie auch gleichzeitig beschützt. Diesen Schutz musste sie nun verlassen, wollte sie jemals wieder Nina die Schöne sein.

Nina seufzte und ging in ihre Kammer, um sich schlafen zu legen.

„Morgen ist der große Tag ...", murmelte sie beim Einschlafen.

Jonas zügelte sein Pferd auf der Kuppe eines Hügels. Nicht weit entfernt lag Ninas Glasschloss vor ihm, von dem er vor so langer Zeit aufgebrochen war. Es schien ihm eine Ewigkeit her zu sein, als er Nina dort zum ersten Mal getroffen hatte und sich schließlich alleine auf die Reise gemacht hatte.

Was war seitdem alles passiert? Verrückt und in wenigen Gedanken nicht zu fassen.

Er wünschte sich, alles wäre einfacher gewesen und hätte nicht so viele Leben gekostet! War es das alles wirklich wert gewesen?

Er hatte immer geglaubt, er würde freudestrahlend zurückkommen, um Nina von ihrem Fluch zu erlösen. Nun war es ihm schwer ums Herz, wenn er an Adelgard dachte. Hätten sie das doch nur verhindern können!

Hinter ihm hielten Mirac, Konrad, Cassian und Jada.

Goromir saß auf dem wippenden Ast eines nahen Baumes.

Jada war blass und wirkte kränklich. Sie hatte kaum etwas gesprochen seit dem gewaltsamen Tod ihrer Mutter.

Sie alle waren noch einige Tage in Ghom geblieben, um Adelgard zu begraben und um sich ein wenig zu erholen. Bela hatte ihnen Zimmer in seinem Haus angeboten, die sie dankend annahmen.

Doch Jonas drängte bald zum Aufbruch. Er wollte nun endlich zu Nina, die sicher schon ganz ungeduldig auf seine Rückkehr wartete. Außerdem hatte ihn plötzlich eine seltsame Unruhe befallen, die er sich nicht erklären konnte. Er hatte das Gefühl, dass er nun nicht länger säumen sollte.

So waren sie aufgebrochen. Bela war so freundlich gewesen, mit der Stadt in die Nähe von Ninas Schloss zu wandern, um ihnen eine weitere lange Reise zu ersparen.

In gemächlichem Tempo ritten sie die letzten Meter zum Schloss und standen bald darauf vor dem Tor.

Wie bei seiner ersten Ankunft war es völlig still. Nichts deutete darauf hin, dass in dem Schloss jemand wohnte. Jonas versuchte sich zu erinnern, mit welchem Stein er sich Einlass verschaffen konnte, als das große Tor völlig unerwartet aufflog und Nina hinausgestürmt kam.

Sie hatte gerade losgehen wollen, als sie Jonas und seine Begleiter vom Fenster ihrer Kammer aus gesehen hatte.

In ihrer Aufregung nahm sie die ungläubigen und entsetzten Blicke von Jonas' Begleitern bei ihrem Anblick gar nicht wahr.

„Da bist du ja endlich! Ich habe schon nicht mehr an deine Rückkehr geglaubt. Ein Glück, dass du heute gekommen bist! Ich hatte beschlossen, selber nach Ghom zu gehen; in einer Stunde wäre ich schon nicht mehr da gewesen ...", sprudelte sie los.

Sie war so unglaublich froh, Jonas wiederzusehen. Erst jetzt merkte sie so richtig, wie bang ihr vor einer Wanderung nach Ghom gewesen war. Das war nun hoffentlich nicht mehr nötig. In ihrer Freude fiel sie Jonas einfach um den Hals, ohne lange darüber nachzudenken, wie er darauf reagieren würde.

„Wo warst du denn so lange, was hast du erlebt und hast du den richtigen Spruch gefunden? Ich war so oft wütend und verzweifelt in letzter Zeit, weil du einfach nicht zurückgekommen bist. Ich hab gedacht, dir ist bestimmt etwas geschehen." Sie redete und redete. Jonas musste schließlich lachen: „Du lässt mich ja gar nicht zu Wort kommen, und wenn du mich noch ein bisschen fester drückst, werde ich wahrscheinlich zerquetscht."

Nina ließ Jonas augenblicklich los, wich ein Stück zurück und wurde rot. Erst jetzt wurde ihr bewusst, dass Jonas nicht allein gekommen war. All die Jahre hatte sie sich vor anderen Menschen verborgen, weil sie sich vor ihren Reaktionen auf ihre Hässlichkeit fürchtete. Jetzt stand sie inmitten einer Gruppe Fremder, die sie erschrocken anstarrten. Am liebsten wäre sie im Boden versunken.

Auch Jonas hatte inzwischen die Reaktion seiner Freunde bemerkt und funkelte sie wütend an. Cassian, Konrad und Mirac gaben sich daraufhin einen Ruck und sahen Jonas betreten an. Ihr Verhalten war ihnen mit einem Mal selbst peinlich.

Jada hatte das Ganze teilnahmslos gelassen, so wie eigentlich alles in letzter Zeit.

„Komm Nina, ich stell dir erst mal meine Freunde vor. Ohne sie wäre ich aufgeschmissen gewesen", sagte Jonas und machte Nina mit seinen Begleitern bekannt.

„Kommt doch rein!", forderte Nina die Gruppe auf. „Ihr habt sicher Hunger und Durst. Ich mache etwas zu essen und dann setzen wir uns in den Garten. Heute ist so ein schöner sonniger Tag, einer der ersten in diesem Jahr. Und dann müsst ihr mir alles, aber auch wirklich alles ganz genau erzählen!"

Bald darauf saßen sie alle auf harten unbequemen Glasstühlen im Freien und ließen es sich schmecken. Die Speisen, die Nina herbeigezaubert hatte, waren einfach köstlich. Während sie aßen, musterte Nina Jonas verstohlen. Er hatte sich verändert: Schlanker war er geworden, muskulöser und kantiger im Gesicht. Er sah verdammt gut aus, fand Nina.

Als alle satt waren, begann Jonas zu berichten. Es wurde eine lange Erzählung und die Sonne war schon ein beträchtliches Stück gewandert, als er fertig war.

Nina wahr selig, dass Jonas tatsächlich einen Zauber mitgebracht hatte, der sie von ihrer Hässlichkeit befreien konnte.

Sie ließ sich die Vorgehensweise noch einmal Wort für Wort ganz genau erklären. „Im Grunde gar nicht so schwer", befand sie nach kurzem Nachdenken. „Die Pflanzen, die ich brauche, wachsen alle hier in der Gegend und Neumond ist in einer Woche. Da bekomme ich das mit dem Fasten auch noch bequem hin. Das einzige Problem ist die Kerze: Ich habe keine und kann auch keine herzaubern. Glaskerzen brennen einfach nicht", lachte sie.

„Nicht schlimm", meinte Jonas. „Ich weiß noch, dass hier in der Nähe ein

Dorf ist. Dort werde ich eine Kerze kaufen und dann kann es losgehen."

Die Woche bis Neumond verging wie im Flug. Sie ruhten sich von den Anstrengungen ihrer Fahrt aus, unterhielten sich oder ließen sich einfach die Frühlingssonne ins Gesicht scheinen. So schön kann das Leben sein, dachte Jonas.
Ein Gefühl der Ruhe stellte sich bei ihm ein, das er so gar nicht kannte. Die letzten Monate waren so vollgepackt mit Ereignissen gewesen. Erst jetzt wurde ihm klar, wie unglaublich anstrengend und zehrend diese Reise für alle gewesen war. Endlich einmal Zeit und Muße, ohne sogleich an die nächsten Sorgen und Aufgaben zu denken. „Was für ein Luxus", dachte Jonas lächelnd, während die Sonnenstrahlen seine Nase kitzelten.
„Nun müssen wir irgendwie noch Jada helfen, aus ihrer Starre zu erwachen. Sie scheint in einem ähnlichen Zustand zu sein wie damals Konrad."
Nina schwirrte von morgens bis abends im Schloss umher, bereitete den Zauber vor und bewirtete ihre Gäste. Sie genoss die unverhoffte Gesellschaft in vollen Zügen. „Endlich nicht mehr allein, was für ein schönes Gefühl!", dachte sie ein ums andere Mal.
Eines Morgens nahm Jonas Nina beiseite. „Ich mache mir immer mehr Sorgen um Jada. Sie isst kaum etwas und spricht so gut wie gar nicht. Eigentlich sitzt sie immer nur teilnahmslos da und starrt vor sich hin. Mirac weiß auch nicht mehr, was er machen soll." „Wie war sie denn früher?", fragte Nina. „Na flink, lebenslustig und aufgeweckt. Wir haben viel miteinander geredet, weißt du. Aber seit dem plötzlichen Tod von Adelgard ist sie wie ausgewechselt. Weißt du vielleicht einen Rat?"
„Ich kenne da ein paar Kräuter, die könnten in so einem Fall helfen. Ich werde sie Jada geben", antwortete Nina und machte sich auf den Weg in ihre Kammer, wo sie ihre Mittelchen aufbewahrte.

Dann war es so weit: Die Neumondnacht brach heran. Nina hatte einen geeigneten Platz auf einer Lichtung nur ein kurzes Stück in den Wald hinein entdeckt, der sich eignen würde.
Jonas war das überhaupt nicht recht. Bor wollte er nie wieder betreten, hatte er sich geschworen, als er damals endlich wieder heraus war. Außerdem fürchtete er, dass die Zwerge sie entdecken und angreifen würden.
„Keine Sorge", sagte Nina, „Zwerge sind hier noch nie aufgetaucht. Am

Rand des Waldes sind ihnen zu viele Menschen. Das mögen sie nicht."
In einer kleinen Prozession zogen sie also kurz vor Mitternacht in den
Wald. Konrad und Cassian leuchteten mit ihren Stäben.

Auf der Lichtung angekommen, entzündete Nina die gesammelten und
eilig getrockneten Kräuter in einer Glasschale, fächelte sich den Rauch
zu, um sich zu reinigen und zog anschließend mit der Asche einen Kreis.
Nachdem sie die Kerze entzündet hatte, hielt sie plötzlich einen Moment
inne. Auf einmal überkam sie die Angst, es könnte vielleicht gar nicht
funktionieren.

Doch dann schüttelte sie diesen Gedanken ab, erinnerte sich daran, wie
der Dämon ausgesehen hatte, und ließ vor ihrem Geiste sein Bild
entstehen. Sie atmete tief ein und sprach dann mit heller Stimme klar
und deutlich „Retro Orgin".

Mit einer Art Donnerschlag erschien ein riesiger Schatten auf der
Lichtung, stieß einen fürchterlichen Schrei aus und verschwand so
plötzlich, wie er gekommen war. Gleichzeitig krachte Goromir wieder in
Menschengestalt von einem Ast runter auf den Boden.

Nina aber verwandelte sich vor aller Augen und ihre Schönheit war so
atemberaubend, wie ihre Hässlichkeit zuvor abstoßend gewesen war.
Ohne den Buckel konnte sie wieder gerade stehen und wurde so größer.
Lange blonde Haare umspielten ihr schön geschnittenes Gesicht und
flossen wie ein goldener Fluss über ihre zarten Schultern den Rücken
hinab.

Sie lachte laut, als sie die Veränderung in ihrem Körper spürte. Dann fiel
ihr Blick auf Jonas und sie lachte noch lauter.

„Du kannst den Mund wieder zumachen", rief sie ihm zu. Jonas wurde
rot und hoffte, dass das in der Dunkelheit niemand sah. „Nun", hörte
Jonas eine unbekannte Stimme hinter ihm. „Es hat ja entsetzlich lange
gedauert, bis du endlich in Ghom warst und den Spruch geholt hast.
Aber nun ist es ja vollbracht. Ich nehme an, ich werde mich wohl oder
übel bei dir bedanken müssen."

Jonas drehte sich um. Vor ihm stand Goromir, in einem vielfarbigen
Gewand, den Mund zu einem schmalen Strich zusammengepresst, die
schmalen etwas schräg stehenden Augen auf ihn gerichtet.

Jonas wusste sofort, dass er diesen Goromir nicht leiden konnte. Er
würde ihm auch nie über den Weg trauen.

Etwas barsch antwortete er: „Nicht nötig. Es ist nur so eine Art
Begleiteffekt. Ich wollte Nina helfen. Sonst niemandem."

Dann wandte er sich abrupt ab. Goromir schnaubte vor Wut. Jonas spürte, wie ihn etwas am Nacken packte und mit Macht herumdrehte. Goromir jedoch stand immer noch in einiger Entfernung und hatte sich nicht von der Stelle bewegt. Jonas schauderte. Dieser Goromir war mindestens so mächtig wie Waladan und auch genauso gefährlich. „Ich schätze einen solchen Mangel an Höflichkeit mir gegenüber gar nicht. Die Dankbarkeit für deine Hilfe, war sie nun gewollt oder ungewollt, zwingt mich, noch einmal milde mit dir umzugehen. Aber ich würde dir raten, so etwas nicht zu wiederholen", sagte Goromir zu Jonas, bevor er sich Nina zuwandte.

„Da ist ja meine ach so folgsame Schülerin. Wie schön, dich wiederzusehen. Jetzt können wir ja, nach dieser unerfreulichen Unterbrechung, deine Ausbildung fortsetzen. Ich habe da auch schon ein paar ganz ausgezeichnete Ideen." Der drohende Unterton in seiner Stimme war unüberhörbar.

In den nächsten Tagen zeigte sich Goromir ganz plötzlich von einer versöhnlicheren Seite. Er war zuvorkommend und nett zu seinen und Ninas Gästen. Er entschuldigte sich auch für sein rüdes Verhalten auf der Lichtung. „Ich war einfach viel zu lange ein Vogel. Das hat mich fast in den Wahnsinn getrieben; vor allem, weil es ja auch lange so aussah, als würde ich eine Dohle bleiben. Der Ärger hat sich einfach Luft machen müssen. Nun bin ich wieder der Alte. Ich hoffe, dass ihr mir verzeiht."
Jonas nahm ihm das nicht ab.
Doch Nina versuchte ihn zu beruhigen. „Ist doch klar, dass er erst mal sauer auf mich war. Ich habe ihm ganz schön was eingebrockt. Jetzt hat er sich wieder beruhigt."
Jonas' Zweifel blieben und wurden noch dadurch bestärkt, dass er beobachten konnte, wie sich Goromir und Cassian immer mehr anfreundeten. Ständig sah man die beiden miteinander tuscheln und die Köpfe zusammenstecken, und was Cassians Charakter anging, wusste Jonas mehr als genug.

Schließlich wurde Jonas klar, dass es Zeit zur Abreise war. Er konnte nicht ewig bleiben und Ninas Lehrzeit würde sich noch eine ganze Weile hinziehen.
Er hatte in den letzten Tagen ausführlich mit Konrad und Mirac gesprochen. Irgendwann war auch Jada zu ihnen gekommen und hatte sich am Gespräch beteiligt. Ninas Kräuter schienen langsam zu wirken.

Die drei wollten mit Jonas mitkommen und sich auf den Ländereien von Jonas' Vater niederlassen. Dazu gehörten auch ein paar Wälder. Nicht so groß und dicht wie Bor, aber groß genug, um einen Köhler und einen Schmied zu ernähren.

So nahm Jonas eines Morgens Abschied von Nina, um nach Hause zurückzukehren.

„Wenn deine Lehrzeit zu Ende ist, komm doch zu mir. Bleibe nicht bei diesem Goromir. Eigentlich möchte ich dich gar nicht allein lassen, aber es ist wirklich höchste Zeit, nach Hause zurückzukehren. Komm doch einfach mit!", sagte er beim Abschied.

Nina lachte. „Ja, das würde ich wirklich gerne. Aber ich habe dir erzählt, dass mich ein magischer Vertrag an Goromir bindet, und du würdest mir auch gar nicht helfen können. Es ist auch nicht nötig. Er hat sich wirklich wieder eingekriegt."

Dann wurde Nina für einen Moment sehr ernst. Sie blickte Jonas an und schaute ihm lange in die Augen. „Danke Jonas! Ich weiß gar nicht, was ich sagen soll. Danke für deine Hilfe! Gut, dass ich nicht wusste, was dir alles auf dieser Reise bevorstehen würde. Ich weiß nicht, ob ich dich dann so einfach hätte ziehen lassen."

Sie lächelte ihn an und Jonas wurde mit einem Mal sehr heiß. „Gern geschehen", war alles, was er hervorbrachte. Er wandte sich schnell ab, um die letzten Vorbereitungen für ihre Abreise zu treffen.

Wenige Minuten später ritten Jonas und seine Freunde die Straße hinab und Nina stand vor ihrem Schloss und winkte ihnen nach, bis sie nicht mehr zu sehen waren.

Nachdem sie ein paar Tränen getrocknet hatte, drehte sie sich energisch um und ging zurück ins Schloss, dessen Tür sie fest verriegelte.

Der große Leoula hatte aufgehört zu erzählen.

Langsam tauchte der kleine König Horst aus der Geschichte auf, die ihn ganz und gar gefangen genommen hatte.

Mit einem Mal vernahm er Vogelgezwitscher. Verwundert stand er auf und ging zum Fenster, öffnete es und sah hinaus. Die Sonne schien und überall begann der Schnee zu schmelzen. In unzähligen kleinen Rinnsalen floss Wasser den Hügel hinab. Der Winter war zu Ende. Wie im Flug war er diesmal für Horst vergangen. Er hatte ihn kaum wahrgenommen.

König Horst drehte sich zu seinem Gast um. Der große Leoula griff in eine seiner Taschen und holte einen kleinen reich schattierten Stein heraus, den er auf den Tisch legte.

„Ja, das ist er, der Geschichtenstein", kam er der Frage von Horst zuvor.

„Wenn du in deiner eigenen Geschichte vorgekommen bist, heißt das dann, dass sie wahr ist?", fragte König Horst neugierig. „Dann gibt es Nina, Jonas und seine Freunde wirklich?"

„So wie die Gedanken des Menschen, so haben auch die Geschichten des Geschichtensteins den Drang, Realität zu werden. Doch Traum oder Wirklichkeit, Gedanke oder Tat, Schein oder Sein – das sind nur immer zwei Seiten einer Medaille und nicht die unvereinbaren Gegensätze, als die sie uns oft erscheinen", war Leoulas rätselhafte Antwort.

„Nun da der Frühling da ist, heißt es für mich, wieder auf Wanderschaft zu gehen. Habt Dank König Horst für eure lange Gastfreundschaft. Noch nie bin ich so gut durch einen Winter gekommen. Ich hatte es warm und behaglich bei euch, mit reichlich Tee und Plätzchen", fuhr Leoula munter fort.

Dann nahm er den Geschichtenstein vom Tisch und legte ihn vorsichtig in die Hand von Horst. „Behalte ihn ruhig. Der Stein hat mich mit unzähligen Geschichten versorgt. Die reichen bis ans Ende meiner Tage, ohne dass ich mich oft beim Erzählen wiederholen muss. Ich habe ihn also nicht mehr nötig. Dir aber wird er noch so manchen Winter verkürzen. Der Stein wird die Geschichten erwecken, die in dir sind. Denn jeder von uns trägt Geschichten in sich. Ob sie aber erwachen, das ist eine andere Frage. Der Geschichtenstein wird dir helfen, dass sie sich entfalten. Aber bedenke, dass sie wahr werden könnten. Nun muss ich gehen, gehabt euch wohl."

Mit diesen Worten lief der große Leoula zur Tür und ohne sich noch einmal umzudrehen, trat er zum Schlosstor hinaus und ging seiner Wege. Horst streichelte glücklich den Stein. So ein kostbares Geschenk. Nun fürchtete er sich nicht mehr vor den langen dunklen Wintern. Fast bedauerte er sogar für einen kurzen Moment, dass nun der Frühling und später der Sommer kommen würden. Der nächste Winter mit tollen Geschichten war also noch weit weg.

Entschlossen legte Horst den Stein in eine Schublade und ging hinaus in seinen Garten, um zu sehen, was dort schon alles spross.

Ende